KB158207

어쩌면
행운아

청소년 북카페 01

어쩌면
행운아

1판 1쇄 펴낸날 2017년 12월 30일
1판 4쇄 펴낸날 2021년 10월 30일

글쓴이 안드레아스 슈타인회펠 | 옮긴이 이명아
펴낸이 조영옥 | 책임편집 최영옥
펴낸곳 여유당출판사 출판등록 2021-000090호
주소 경기도 고양시 일산동구 호수로 662, 1322호 | 전화 02-326-2345 전송 02-6280-4563
전자우편 yybooks@hanmail.net | 블로그 http://blog.naver.com/yeoyoubooks

Andes
by Andreas Steinhöfel. Illustrations by Peter Schössow
ⓒ 2014 CARLSEN Verlag GmbH, Hamburg, Germany
All Rights Reserved.
Korean translation edition ⓒ 2017 by Yeoyoudang Publishing Co.
Published by arrangement through Orange Agency, Seoul

이 책의 한국어 저작권은 오렌지에이전시를 통해 저작권사와 독점 계약한 여유당에 있습니다.
저작권법에 의하여 한국 내에서 보호를 받는 저작물이므로 무단전재와 무단복제를 금합니다.

ISBN 978-89-92351-62-1 43850

이 책은 한국출판문화산업진흥원의 출판콘텐츠 창작자금을 지원받아 제작되었습니다.

KC마크는 이 제품이 공통안전기준에 적합하였음을 의미합니다.
사용 연령 12세 이상 ⚠ 책 모서리가 날카로우니 다치지 않게 주의하세요.

어쩌면
행운아

안드레아스 슈타인회펠 장편소설 · 이명아 옮김

여유당

차 례

<h2 style="text-align:center">프롤로그
이전과 이후</h2>

펠릭스는 행운아라는 뜻이다. 이 이름은 라틴어에서 왔는데, 빈
터 부부가 아들 이름을 찾아 헤맬 무렵 인기 있는 이름 순위에서 열
한 번째에 올라 있었고, 점점 더 인기를 얻는 추세였다. 멜라니 빈
터는 인터넷에서 이름 목록을 내려받아 남편 코앞에 디밀었다. 빨
간 매니큐어를 꼼꼼하게 칠한 손톱으로 그녀는 열한 번째 줄을 반
복해서 톡톡 두드렸고, 안드레 빈터는 그 순간 분명히 깨달았다.
펠릭스라는 이 예쁜 이름은 훗날 이 시대에 인기가 있었음을 증명
할 만큼 충분히 목록 위쪽에 있으면서 인기 정상의 얀, 톰, 벤 같은

이름들과는 뚜렷이 구별될 만큼 아래쪽에 있었다. 잘 알려져 있듯이, 올해 새로 태어난 아이들은 너나 없이 이런 1음절 이름에 몰려들었다.

안드레 빈터는 아무 말 없이 이름 목록을, 특히 펠릭스라는 이름 앞에 붙은 숫자를 유심히 들여다보았다. 11은 소수다. 소수를 보면 안드레는 불안해졌다. 자연수로 나눌 수 없는 모든 숫자는 그를 불안하게 했다. 무한한 정보로 넘쳐나는 인터넷, 그 인터넷 이름 목록에 찍힌 숫자의 행렬, 가끔씩 그의 인생 구석구석에 찍힌 숫자들……. 어쩌면 이 소수로 인해 안드레는 골머리를 앓게 될지도 모른다.

그렇지만 미래는 멀리 떨어져 있었다. 안드레의 현재는 다그치듯 톡톡거리는 집게손가락이 꼭 채우고 있었다. 그는 아내가 원하는 걸 얻지 못할 때 얼마나 신경이 곤두서는지에 생각이 미쳤고, 소수 11보다 그 사실에 더 불안해졌다. 안드레는 아내의 빨간 손톱에 한 번 더 눈길을 주었고, 결국 동의해 버렸다. 어쩌면 미신에 빠져 있는 건지도 모른다. 모든 일이 잘될 것이다.

실제로 모든 일이 잘됐다. 11년 동안은.

열두 번째 해로 접어드는 첫날 모든 것이 달라졌다.

벌써 가을이 시작되었다. 쌀쌀한 날씨인데도 갈색 카디건을 여미지 않았다. 안개에 젖어 이마에 들러붙은 검은 머리카락, 움켜 쥔

두 주먹, 벌어진 입술 새로 헐떡거리며 새어 나오는 숨……. 그럼에
도 펠릭스의 걸음걸이는 아주 단호하고, 아주 힘찼다. 평소 이 아이
가 얼마나 발을 질질 끌고 다녔는지 생각해 보면, 이렇게 고집스러
운 걸음걸이는 믿기 어려울 정도였다.

하인젤 부인은 장을 보러 가던 길에 아이와 마주쳤다. 울멘슈트
라세에서 강을 가로지르는 다리를 건너면 신발 상자 모양의 새로
지은 건물에 쉽게 도착할 수 있었다. 그녀는 그 건물이 거기에 들어
서지 말았어야 한다고 생각했다. 그렇지만 누가 한번 물어봐 주기
라도 했던가? 건물로 들어가려던 순간, 그녀는 다시 한번 깜짝 놀라
몸을 돌렸다(그 결에 하마터면 장바구니를 들고 옆으로 쓰러질 뻔했
다). 평소에 펠릭스는 언제나 인사를 했다! 얼마 전부터 조금 달라
지긴 했지만, 가정교육을 잘 받아 이제껏 한결같이 늘 인사를 했다.
하지만 이번에는 이웃에 사는 부인을 전혀 알아채지 못했을 뿐 아
니라 그 아이의 눈엔 어떤 것도, 세상 그 무엇도 들어오지 않는 듯
했다. 그런데 아이 안에, 밝은 회색 눈동자 뒤에, 거기에 뭔가가 있
었다. 어떻게 말해야 할까…….

하인젤 부인은 이 대목을 설명하다 말고 일부러 잠깐씩 말을 멈
추곤 했다. 그러고는 고개를 바짝 들이대고 가라앉은 목소리로 말
을 이었다. 그 순간 뭔가 미쳐 날뛰는 것 같았어요. 그랬다니까요.
광란과 들리지 않는 울부짖음이 바로 펠릭스 안에서 몸부림쳐서,

쇠창살 우리에 갇혀 자꾸자꾸 온몸을 내던지는, 사로잡힌 호랑이나 사자를 떠올리지 않을 수 없었어요. 게다가 그날이 펠릭스 생일이었으니……. 하느님, 맙소사! 불쌍한 녀석!

그리고 나서 하인젤 부인은 처음부터 이야기를 전부 다시, 세 번씩이라도 반복하려 했다. 듣는 사람이 결국 인내심을 잃고 처음부터 다시 듣고 싶지 않다고 속내를 내비치면, 그녀는 다음 이웃을 붙잡을 때까지 참을성 있게 기다렸다. 하인젤 부인 집은 울멘슈트라세 한가운데에 있고 부엌 창문이 넓어 사방을 내다볼 수 있었다. 이제 예순이 되어 서른 살 때처럼 민첩하지는 못했지만, 누가 쓰레기를 들고 계단을 내려오거나, 우편함을 비우러, 혹은 장을 보거나 시내에 가려고 거리에 나타나면, 그녀는 재빨리 걸음을 옮겼다. 이런 기회는 당연히 놓칠 수 없었다. 그리고 그녀는 자신이 이…… 이런…… 끔찍한 일이 벌어지기 바로 직전에 펠릭스를 본 마지막 사람임을 강조했다.

사고 당일 이른 오후에 찾아온 앳된 경찰관에게 하인젤 부인이 털어놓은 건 결국 자기 행동에 대한 후회뿐이었다. 불과 수백 미터 떨어진 곳에서 운명의 소용돌이가 치는 동안, 자신은 슈퍼마켓에서 고기 소스 라비올리를 살지, 그냥 라비올리를 살지를 두고 전에 없이 오래 고민했다는 거다. 슬픈 사건이 발생한 곳이 빈터네 집 옆의 차고 입구이니, 자기 집 창문 바로 건너편이 아니냐는 거다. 젊은 경찰관은 물론이라고, 그렇지 않다면 자신이 올 필요도 없었을 거고, 그녀가 집에 있었다면 분명히 아주 훌륭한 증인이 되었을 거라고 상냥하게 말해 주었다.

대문 안에 서서 힐데가르트 하인젤은 파란색과 흰색 줄무늬 경찰차가 떠나는 걸 조금 걱정스레 지켜보았다. 사람들은 그녀의 순수한 인간적 관심을 선정적인 것에 대한 호기심과 혼동할지도 모른다. 그녀는 필요 이상으로 거칠게 문을 닫았다. 그 망할 놈의 라비올리가 모든 것을 망쳐 놓았다! 결국 그녀는 결정을 내리지 못하고 아무 라비올리도 집어 들지 못한 채 계산대 앞에 섰는데, 이미 밖에서는 구급차의 사이렌 소리가 멀리서부터 어둡고 차가운 가을 공기를 가르고 있었다.

그새 모든 일이 벌어졌다.

사고 이후 시간도 세상도 뒤틀어졌다. 가을이 가고 겨울이 왔고, 크리스마스트리 장식도 없고 즐거움도 없는 크리스마스 축제가 지나가 버렸다. 봄이 왔다 가고, 여름도 막바지에 이르렀다. 퇴원하고 딱 7주가 흘렀을 때, 펠릭스는 세탁실에 있는 엄마를 놀라게 했다. 펠릭스는 침착하게, 하지만 단호하게 통보했다. 이제부터 자신을 다른 이름으로 부르라고. 그러니까 안더스('다르다'라는 뜻의 독일어 anders를 Anders로 고쳐 고유명사로 만들었다. ─옮긴이)라고 부르라고, 펠릭스라고 부르면 더 이상 반응하지 않을 거라고 했다. 그러고는 대답을 듣지도 않고 자리를 떴다. 그는 옅은 냄새를 뒤에 남겼는데, 여름날 대기 같기도 하고 퀴퀴하기도 한 그 냄새는 길고 더러운 발자국처럼 그를 따라갔다. 강 냄새였을까?

멜라니 빈터는 갖가지 색 빨래를 한아름 안고 입을 다물지 못한 채 펠릭스를 뚫어져라 쳐다보았다. 아랫입술이 파르르 떨리는 게 느껴졌다. 그녀는 숨을 깊고 고르게 가다듬으려고 애썼다. 그리고 마지막으로 고개를 천천히 흔들었다. 그것은 피곤한, 체념의 고갯짓이었다. 안 돼를 뜻하는 게 아니었다. 무조건적인 항복을 뜻했다.

펠릭스는 이제 자기가 하고 싶은 대로 행동해. 그동안 그녀는 두려움을 느끼곤 했다. 심각한 두려움이었다. 아들을, 퇴원하고 돌아온 순간부터 완전히 달라져 더 이상 자기 아들처럼 행동하지 않는 이상한 아이를 이해하려는 시도는 모두 실패로 끝났다.

멜라니는 이틀 전에야 처음으로 텔레비전을 보며 앉아 있는 아들을 보았다. 화면이 완전히 회색빛으로 뭉개져 있었다. 이 모습을 처음 본 순간, 멜라니는 펠릭스가 자기 취향과는 완전히 다른 아주 옛날 오락영화를 보는 줄 알았다. 펠릭스는 원래 자연, 역사, 미술 등에 관한 다큐멘터리를 보려고 채널들 사이를 헤집고 다녔다. 그런데 이번에는 채도를 완전히 낮춰 놓은 거다. 펠릭스가 침착하게 설명했다. 컬러로 텔레비전을 보면 눈이 아프고 주의력이 흩어져 버린다고. 앞으로 흑백으로 텔레비전을 보며 저녁 시간을 함께 보내도 부모님께 특별히 문제되지는 않을 거라고. 흑백이라니! 멜라니 빈터는 떠오르는 기억을 떨쳐 내며 걱정스럽게 빨래를 매만졌다. 이런 생각이 갑자기 어느 한순간 떠오른 게 아니라면…….

안드스.

밤에 잠자리에 들어서야 비로소, 잠들기 전 아주 짧은 순간이 되어서야 비로소, 그리고 불편한 진실을 외면하는 일이 더 이상 가능하지 않게 되어서야 비로소…… 멜라니는 어쩔 수 없이 펠릭스가 납득할 만하며 매우 일관성 있는 결정을 내렸음을 인정했다. 끔찍한, 말할 수 없이 끔찍한 사고가 아들을 뒤바꿔 버렸다. 펠릭스는 달라졌다.

저녁 식탁에서 새로운 소식을 들은 안드레 또한 더 이상 아무 말도 덧붙이지 않았다. 멜라니가 착각한 게 아니라면, 안드레에게선 일종의 안도감 같은 것까지 묻어났다. 이 부부가 알던 펠릭스는 사라져 버렸다. 지금 자신들 집에 사는 이 다른 남자아이는 자기에게 알맞은 새 이름을 붙여 놓았다. 어둠 속에서 고르게 숨을 쉬며 누워 있는 남편의 세계도 멜라니의 세계처럼 사고가 난 뒤 균형을 잃고 무너져 내렸다. 이제야 겨우 한 조각 균형을 되찾았다. 다 잘될 수밖에 없다. 그렇다고 펠릭스를 우스꽝스러운 새 이름으로 부를 만큼 멜라니의 마음이 진지하게 움직인 건 물론 아니었다. 그건 당연히 안 됐다.

이런 생각을 끝으로 멜라니는 완전히 무채색 꿈으로 빠져들었다. 멜라니 옆에 누워 있던 안드레 빈터는 아내가 고르고 낮게 숨쉴 때까지 참을성 있게 기다렸다가 마침내 3분 뒤 침대에서 몸을 일으켰다. 안드레는 실내화를 신고 어둠 속에서 조심스럽게 걸어나와 아이 방을 지나 계단을 통과해 부엌으로 왔다. 냉장고를 열어 차가운 불빛을 받으며 얼음 칸에서 얼음 두 덩이를 꺼내 유리컵에 쨍그랑 떨어뜨리고 그 위로 우유와 생크림을 대충 한 모금 정도 붓고는, 겨울 정원(난방 없이 자연광을 이용해 식물들이 겨울을 날 수 있도록 만들어 놓은 실내 공간. 이를 위해 지붕이나 벽 등 대부분의 공간이 유리로 되어 있다. 다양한 용도로 활용된다.─옮긴이)을 가로질러 잔디밭과 거리를 지나 길 건너편 어둠이 내린 타우흐만과 하인젤 집을 뚫어져라 쳐다보며 몇 분을 보냈다. 그러다 유리컵을 들고 거실로 와서 가지런히 놓인 보드카병 가운데 하나를 꺼내 보드카를 듬뿍 따르고, 또 다른 병에서 커피 리큐어(당류와 식물성 향료 따위를 섞어 만든 술의 하나─옮긴이)를 넉넉히 부어 얼음처럼 차가운 음료를 단숨에 들이켰다.

좋아.

그럼 이제부터는 안더스다.

펠릭스 빈터 사고에 대한 경찰 조사 최종 결과
(수사팀장:클라우스 타우흐만, 검토용 조서 원본)

10월 11일 11시 15분, 펠릭스 빈터는 학급 담임에게 현기증과 구토를 호소했다. 담임 사비네 뤼케르 노이펠트는 2교시가 남아 있지만 조퇴를 허락했다. 펠릭스 빈터는 (휴대폰이나 행정실을 통해) 부모에게 마중 나오도록 동의를 구하는 것을 거부했다. 신선한 공기가 자신에게 확실히 도움이 될 것이므로 걸어가는 편이 낫겠다는 게 이유였다. 11시 20분, 펠릭스는 교정을 떠났다.

12시 40분경, 펠릭스 빈터는 장을 보러 맞은편에서 오고 있는 이웃 힐데가르트 하인젤에게 목격되었다. 이 소년은 정신이 팔린 듯 매우 몰두한 인상을 주었다고 한다. (하인젤은 그 밖에도 장보기와 관련해 구매하지 않은, 달걀이 든 밀가루 반죽 제품에 대해 설명했다. 중요하지 않은 것으로 여겨지지만, 이 또한 포함시켜야 하는가? 그렇다면 호랑이와 사자 이야기도 더 있다.)
[수정:달걀이 함유된 밀가루 반죽 제품에 대해 쓰지 않아도 된다. 동물 이야기도 만찬가지다.]

12시 45분경, 펠릭스 빈터는 울멘슈트라세 17번지인 자기 집을 향해 오고 있었다. 그의 아버지는 집에서 지붕 오른쪽 머리면을 따라 측면까지 5미터짜리 사슬로 이어진 전구를 다는 작업을 하고 있었다. 그날은 아들의 열한 번째 생일이었고, 전구 두 개마다 고정쇠로 고정하게 되어 있는 색깔 전구(길이, 높이, 너비 70×610×410mm, 한 상자 19개 들임. 단색으로 밝음)를 달아 학교에서 돌아온 펠릭스를 깜짝 놀라게 할 계획이었다. ~~실제로 그렇게 되기도 했다.~~

[수정 : 극적인 꾸밈 삼가. 그 밖에 조명도구임. 전구 아님!]

사슬로 이어진 전구는 안드레 빈터가 예상했던 것보다 다루기가 어렵고 무거웠다. 경사진 지붕 삼각면 위에서 안드레는 오른손으로 고정하지 못한 고정쇠를 쥐고 있었다. 지붕 가장자리의 경사도 때문에 집과 경계를 이루는 정원 부분은 위에서 곧장 보이지가 않는다. 펠릭스 빈터는 지붕 위에 있는 아버지를 멀리서부터 보았고, 집 가까이 다가와서 사다리 발치에서 아버지를 부르거나 말을 걸려 했다고 가정할 수 있다. 경우에 따라 사다리에 올라 아버지에게 갈 계획이었을 수 있지만, 더 이상 그렇게 할 수 없었다.

[수정 : 좀 덜 꾸밀 수 없는가? 경사도는 측정했나?]

안드레 빈터에 따르면 건드리지도 않은 고정쇠 하나가 미끄러져 떨어졌다. 아주 천천히. 그는 고정쇠가 지붕 모서리에서 꺾여 떨어지는 것을 보았다. 그리고 떨어지는 소리나 깨지는 소리가 들리지 않아 의아했지만, 이내 고정쇠가 망가지지 않고 풀 위로 떨어졌기 때문이라고 생각했다 한다. 동시에 그는 가족용 빨간 SUV 포드 익스플로러의 귀에 익은 엔진 소리를 들었다. 멜라니 빈터가 이 차를 운전하고 이웃 수잔네 발저(조수석

16

탑승자)가 동승하고 있었다. 시내에서 장을 보고 집으로 돌아오는 길이었다. 이 시점에 안드레 빈터는 사다리 반대쪽에 있는 지붕을 뜯을 수가 없었다. 왜냐하면 ~~크 바로~~ 순간 다른 고정쇠가 미끄러지기 시작했기 때문인데, 그는 팔을 뻗어 이 고정쇠를 잡으려 했고 성공했다.

[수정 : 바로 그 순간]

펠릭스 빈터는 고정쇠 왼쪽 긴 모서리에 관자놀이를 맞고 비스듬히 미끄러져 내리는 고정쇠에 오른쪽 귀를 맞았다. 상처는 겉에만 났지만, 피가 많이 흐르는 부위는 거의 3센티미터에 달했다(고정쇠 하나의 무게 3,700그램). 그는 소리를 지르거나 아버지를 부르지 않은 것으로 추정된다. 응급 의사는 고정쇠에 맞은 것이 쇼크의 원인이 되었을 수 있다고 한다. 부상에 신경 쓰지 않고 펠릭스 빈터는 집 주위를 돌아 대문을 지나 차고로 갔다. 아마 차량을 알아보고 엄마에게 가려 했기 때문일지도 모른다. 멜라니 빈터는 그것도 모르고 문이 열린 차고를 향해 활기차게 차를 몰았다. 포드 익스플로러는 갑자기 나타난 아들의 몸 왼쪽을 치고 뒤쪽에 있는 벽 오른쪽으로 내던졌다. 펠릭스는 이미 상처 난 관자놀이를 벽에 세게 부딪쳤다(사진 첨부, 핏자국).

펠릭스 빈터는 벽에서 미끄러져 내려 정신을 잃고 쓰러져 있었다. 두 여자는 비명을 지르며 차에서 내렸다. 아버지가 달려와 곧장 응급 의사에게 연락했다. 중증 뇌 외상이라는 현장 진단이 내려졌다. 13시 14분, 후속 조치와 다른 검사를 위한 이송이 뒤따랐다. 현재 펠릭스 빈터는 의식을 되찾지 못하고 있다.

사고로 인해 펠릭스는 결국 혼수상태에 빠져들었고, 정확히 263일 동안 낮과 낮이, 밤과 밤이 계속되었다. 아들을 돌려주셔서 감사하다고 신에게 무릎을 꿇었던 안드레 빈터는 이 숫자를 좀 더 정확히 헤아려 볼 생각을 조금도 하지 못했다. 만약 그렇게 했더라면 두 가지 사실이 눈에 띄었을 거다.

263은 소수다.

그리고 이 숫자는 11년 전 아내가 펠릭스를 임신했던 기간과 정확히 일치한다.

7월 15~16일
깨어나라, 깨어나라, 네가 누구든

병실에는 창문이 하나밖에 없었다. 노란색 포드 포커스가 아래쪽 의사 전용 주차장의 주차선에 맞춰 들어오자, 게리 브뤼크하우젠은 급히 창가 맨 끝으로 바짝 다가섰다. 자동차 문이 춤추듯 열렸다. 날씬한 두 다리가 눈에 들어왔다. 은빛으로 반사된 선글라스 유리가 번쩍거렸고, 기다란 어두운 금빛 머리카락이 윤기를 내며 찰랑거렸다.

"꽃무늬 여름 원피스를 입으셨네요!"

게리는 그녀를 지켜보며 무척 반갑게 아는 체를 했다.

"본 적 있어요. 그 파란색 원피스."

머뭇거릴 틈도 없이 게리는 무심코 이미 창문을 두드리고 있었다. 게리는 세상에서 가장 아름다운 이 여자가 자신의 손짓을 오로지 직업적으로 해석하기를 바랐다. 당신의 소중한 환자는 잘 지내고 있어요. 의사 선생님, 오늘도 하루를 즐겁게 시작하세요. 참! 그 여름 원피스는 병원에서 입으면 안 되겠어요. 순간순간 숨이 막혀 버릴 것 같아요.

라우라 비케르트는 걸음을 멈추지 않고 게리를 올려다보았다. 응급실 접수창구를 빠져나와 건물 안으로 사라지기 전, 그녀는 대머리 간호사를 알아보자 저절로 웃음이 나왔고, 거의 동시에 손을 흔들었다.

"맙소사, 내가 얼마나 빠져 있는지 그녀가 안다면."

게리는 몸을 틀었다.

"언젠가 너한테 말한 적 있지, 백설공주? 내가 그녀한테, 울멘슈트라세에 사는 어여쁜 네 이웃한테 얼마나 빠져 있는지 말이야."

너한테만 비밀을 털어놓을 수 있는 게 얼마나 괴로운 일인지 전에 한번 얘기를 했잖아.

그는 이 방에 하나밖에 없는 침대로 다가가 어린 환자를 살펴보았다. 얇은 침대보 밑으로 아이 몸이 빈약하게 드러났다. 두 팔은 덮개 위로 길게 뻗쳐 있고 두 손과 손가락은 슬프게도 가늘었다. 가끔씩 침대 난간 사이로 손가락이 움찔거렸다. 그건 조금도 특별할 것 없는 반사 작용이었다. 언젠가 그가 자신의 모든 움직임을 통제하던 일을 꿈꾸듯 몸이 기억하는 걸지도.

지난 여러 달 동안 수없이 해 온 것처럼 게리는 하얀 베개 위에 파묻힌 얼굴을 뜯어보았다. 흑까마귀처럼 검은 곱슬머리. 창백한, 거의 유리 같은 살결. 비현실적일 만큼 붉은 입술. 영원한 잠.

백설공주.

누가 이 남자아이를 백설공주라고 부르기 시작했는지는 병동에서 아무도 알지 못했다. 병동 간호사들은 남자애한테 터무니없는 이름이라 여겼지만, 다시 보면 꼭 그렇지도 않았다. 누가 봐도 검정, 하양, 빨강이 죽음 같은 잠과 짝을 이룬 모습에서 이 이름을 떼어 낼 수 없었기 때문이다. 게다가 옛이야기에서 한결같이 소녀들만 유명한 이름을 갖는 것도 불공평하지 않은가? 소년들은 잠자는 숲속의 공주, 라푼젤, 백설공주, 신데렐라를 곤경에서 구해 주려고 나타났지만, 그때마다 이름 없는 채였다. 좋다. 대신 이 소년들은 그냥 이름 없는 게 아니었다. 왕자들이었다.

그렇지만 그들은 이름 없는 왕자들이었어.

"너, 내가 어렸을 때 항상 궁금했던 게 뭔지 아니?"

게리는 침대보를 판판하게 펴고 늘 하던 대로 오줌주머니와 인공 영양 호스가 제자리에 잘 고정돼 있는지 확인했다.

"왕자들이 신부들한테 왜 그렇게 달려드는지 궁금했어. 이 신부들은 독이 든 사과를 베어 먹을 정도로 멍청하잖아. 아니면 치명적인 물레에 찔리거나. 분명히 금지된 일이었는데. 내 생각에는, 얘? 너라면 이런 신부들을 어떻게 할래?"

게리, 당장 입 닥쳐! 이 아이는 결코 신부를 맞이하지 못할지도 몰라. 신데렐라든 여의사든 누구든 간에. 어쩌면 단 한 번도 여자아이를, 이름 없는 누구라도 꿈꿀 수 없을지 모르잖아. 그러니까 입 닥쳐. 넌 이 아이를 슬프게 할 뿐이야.

빈터 부부는 아들과 이야기를 나눴다. 두 사람은 매일, 거의 함께 왔다. 아홉 달이 지난 지금 이 부부의 방문 시간은 대체로 30분 안팎이다. 처음에는 서너 시간씩 아들 곁에 앉아 있었다. 그때의 네 시간과 오늘의 반 시간을 계산해 보면, 이렇게 말해도 된다면, 그들에게는 8분의 1만큼의 희망이 남아 있었다. 나머지 8분의 7은 절망과 피로와 괴로움의 제물이 되었다. 두려움은 두말할 필요도 없었다. 두려움을 뺀 계산은 있을 수 없었다.

아들과 이야기 나누지 않는 시간에 빈터 부부는 함께 음악을 들었다. 침대 옆 탁자에 작은 스피커가 놓여 있었는데, 게리는 빈터 가족이 오지 않아도 가끔 이 스피커를 켜 놓았다. 스피커에 꽂아 놓은 USB에서 라디오 방송이나 음악이 흘러나왔는데 대부분 게리에겐 낯선 1990년대의 오래된 히트곡들이었다. 어쩌면 펠릭스 부모가 아들을 오래된 애창곡에 길들여 놓았는지도 몰랐다. 건즈 앤 로지즈, 마돈나가 부른 팝과 록, 켈리 패밀리의 끔찍한 괴성의 노래들이 무작위로 섞여 있었다. 죽어도 인정하기 싫지만, 게리 역시 어렸을 때 켈리 패밀리를 좋아했다. 켈리 패밀리는 원래 여자애들 몫이었다.

게리는 모니터를 꼼꼼히 확인했다. 환자의 생체 기능들이 집중 관찰 모니터에서 양방향으로 요동치며 표시되고 있고, 이에 상응하는 알람 소리가 정상적인 기능 여부를 알려 주었다. 그럼에도 게리는 기기에 나타난 숫자를 정확히 확인했다. 모든 게 평소대로였다. 혈압은 변함없이 낮고 뇌파는 평소처럼 길게 늘어진 전형적인 델타파였다. 꿈을 잃어버린 깊은 잠. 언제까지나 이렇게 머물러 있지 기를.

"백설공주, 애 좀 써 봐."

게리는 자신의 따뜻한 손을 아이의 차가운 손에 올려놓았다.

"엉뚱한 짓 하면 안 돼! 알았지! 이제 곧 점심시간이야."

게리는 세면대로 가서 수도꼭지를 돌렸다. 그리고 비누통을 누르고 흐르는 물 아래로 손을 가져가던 순간, 뭔가 변했음을 알아차렸다. 더 정확하게…….

그때.

갑자기 위가 죄어들었다. 주저앉을 것 같아 휠체어가 필요했다.

뜨거워진 호흡에 짓눌리기라도 한 듯 목덜미가 달아올랐다. 그는 거울 속에 비친 빈 방을 샅샅이 훑어보았다. 깜짝 놀란 자신의 눈동자를 주시하다, 순간 따스한 황갈색 홍채 속에서 동공을 향해 아주 작은 점들이 윙윙거리며 모여드는 걸 보았다.

그는 갑자기 몸을 틀고 두 눈을 가늘게 떴다.

거기에는 아무것도 없었다.

아니면, 거기에……

빛이 반사되어 그랬을지도 모른다. 침대 쪽에서, 번쩍거릴 게 아무것도 없는 쪽에서 나온 번쩍거림. 펠릭스가 눈을 떴을까? 펠릭스는 단 한 번도, 어떤 시간에도 눈을 뜬 적이 없었다. 이 순간에도 두 눈은 감겨 있었다. 게다가 아이의 작은 변화 하나까지 놓치지 않고 일러 주는 기계의 단조로운 삐삐거림은 몇 분 동안 아무런 변화도 없었다.

게리는 깊게 숨을 들이마시고 내쉬었다. 그리고 더 이상 떨지 말라고 스스로를 다독였다. 다시 몸을 돌려 마저 손을 씻고 생각에 잠겨 거울 속 제 모습을 자세히 살펴보았다. 많은 이들은 혹사나 과로 끝에 눈 밑에 다크 서클이 생긴다. 그런데 이렇게 기진맥진해지면 게리는 눈 밑에 다크 서클이 아니라 브라이트 서클이 생긴다. 게리는 두 손을 털고 볼을 꼬집어 얼굴색을 생기 있게 바꾸려 했다. 신은 시체처럼 창백한 얼굴로 라우라와 마주치는 걸 막아 줄 거다.

24

개떡 같은 교대 근무.

병원에서 채 3분도 떨어지지 않은 곳에 한가로이 강이 흐르고 있었다. 강으로 향하는 좁은 길은 단선 철로를 가로질러 오래된 방앗간 건물을 지나 오베르뮐 나무다리로 이어졌다. 몇 해 전 예술행동 프로젝트의 일환으로 다리를 따라 철조망이 쳐졌고, 그 결과 사랑의 자물쇠를 매달 수 있게 되었다. 간단한 맹꽁이 자물쇠인데, 다리에 매달기 전에 연인들은 자물쇠에 두 사람 이름을 새겨 넣었다. 가장 낭만적인 연인들은 자물쇠를 매단 즉시 열쇠를 앞쪽 강으로 던져 버렸고, 또 몇몇은 뒤쪽으로 곧장 빠뜨렸다. 게리는 47개의 자물쇠를 지나쳤다. 변변치 않은 숫자다. 지난 이른 봄 마지막으로 자물쇠를 헤아려 보았을 때는 51개였다. 네 쌍은 영원에 이르지 못했다. 세상에는 너무 적은 사랑만이 존재한다.

라우라와 게리. 이 둘은 뭔가 될지도 모른다.

걸음을 뗄 때마다 널찍한 널빤지가 낮은 소리로 삐거덕거렸다. 어렸을 때 게리는 친구와 함께 이 다리에 배를 깔고 엎드려 새 자석을 매단 막대기를 강으로 던져 고철을 낚아 올리려 했다. 겨우 맥주병 뚜껑 몇 개나 어쩌다 녹슨 통조림 깡통을 건져 올렸을 뿐이다. 당연히 허사였다. 게리는 누군가는 열쇠를 낚았을 거라고 생각했다. 그리고 자물쇠도.

다리 뒤편에서 길은 두 갈래로 갈라졌다. 왼편으로 꺾어지는 길은 스포츠센터로 향하다 너도밤나무 그늘을 지나 한 작은 도시-강 건너편에 있는 유일한 도시-로 이어진다. 이곳에 백설공주의 불행한 부모가 살고 있는데, 아울러 꽃무늬 원피스를 입은 아름다운 아가씨가 살고 있는 것도 잊어선 안 된다. 오른편 길을 따라가면 50미터도 지나지 않아 다시 길이 갈라진다. 이 길은 곧게 뻗어 나가다 갑자기 산 위로 이어진다. 시선을 차단하는 빽빽한 울타리 뒤의 주말농장을 지나 말 목장으로 계속 이어지다 숲으로 둘러싸인 엔츠베르크(네카강 지류-옮긴이)로 통한다. 이 골짜기에서 멈춰 오른쪽으로 난 작은 아스팔트길을 따라가면 이내 도시 앞으로 펼쳐진 목초지와 만난다. 자연보호자들은 그 강을 갈라진 형태로, 짐승들의 본래 본거지로 되돌려 놓았다. 드넓은 목초지에서 소와 조랑말과 꽤 많은 양들이 풀을 뜯고 있었다.

게리는 목표 지점에 더 가까이 왔다. 다리 바로 뒤편 길 아래 움푹 팬 좁은 곳에 나무 벤치가 하나 서 있다. 여기에는, 단풍나무 그늘이 드리운 이 벤치에는 거의 아무도 앉지 않았다. 게리는 자리를 차지하고 배낭에서 샌드위치와 차가 담긴 보온병을 꺼내 박하 향을 깊이 들이마셨다. 한 시간도 채 못 돼 병원으로 돌아가야 했고, 아직도 남아 있는 금요일 오후와 저녁 근무를 마쳐야 겨우 주말을 맞을 수 있었다. 날씨는 황홀했고 여름은 여전히 아름다웠다. 게리는 만족스럽게 샌드위치를 우적거리며 강을 바라보았다. 물은 수정처럼 맑았다. 2주 전부터 비가 내리지 않고 있었다.

게리가 앉아 있는 란강의 이 지점은 폭이 10미터도 안 되고 깊이도 50센티미터가 안 됐다. 그것도 비가 세차게 내릴 때만 그랬다. 건조한 여름에 란강은 돌로 덮인 강바닥을 고스란히 드러냈고, 그 위로 침을 뱉을 수도 있었다. 게리는 어렸을 때 바로 이곳에 침을 뱉었고, 친구들과 바지를 걷어붙이고 놀았다. 첨벙대며 물을 건넜고, 뾰족하게 다듬은 막대기로 작은 물고기들을 겨냥했지만 번개같이 재빠른 물고기들을 한 번도 맞추지 못했다. 어느 누구도 그렇게 재빠를 수는 없었다. 그러다 강 상류로 조금 더 올라가면……. 게리는 자신도 모르게 왼쪽을 살펴보았다. 풍성하게 이파리를 드리운 수양버들이 시야를 가로막고 있었지만, 머리카락이 쭈뼛 서는 것만 같았다.

닉세 웅덩이. 란강이 더 넓고 더 거칠며 더 깊어지는 저 위쪽, 검은 오리나무가 서 있는 곳 즈음. 지질학적 단층이라고도 하고 그저 강바닥에 생긴 틈이라고도 하는 뻥 뚫린 구멍. 3~4미터 깊이에 한밤중보다 더 어두운 곳. 가파르게 경사진 강기슭을 기어 내려가 요동치는 물 쪽으로 열 걸음 걸어갈 만큼 어리석은 사람이라면, 그 웅덩이는 그에게 치명적일 것이다. 닉세가 먹물 같은 물속에서 솟아올라 그를 잡아갈 거다.

강의 여자, 반인반수, 뾰족한 송곳니와 날카로운 해부용 칼날 같은 검정 비늘로 뒤덮인 닉세는 오래전 어부들이 죽인 자기 자식을 애도하고 있었다. 그래서 닉세는 언제든 낯선 아이를 물속 깊은 곳으로 끌어내려, 차가운 두 눈에서 어두운 눈물을 흘리며 새 시신을 위해 울부짖었고, 폭풍우 치는 밤마다 큰 물결 속에서 고개를 치켜들고 할퀴는 듯 탄식의 노래를 불렀다. 부모 말을 따르지 않으면 오리나무 웅덩이로 던져 버리겠다는 협박은 모든 시대를 통틀어 어린아이들을 두려움에 떨게 만들었다. 어쩌면 이 협박이 아직까지 통할지도 모르겠다. 게리는 몸서리를 쳤다. 이 이야기는 게리한테 통했다.

게리는 남은 차 한 모금을 마저 마시고 배낭을 꾸렸다. 그리고 여름을, 이 찬란한 여름을 가로질러, 삐걱대는 나무다리를 건너 일터로 갔다. 이날 지역신문 기자는 게리에게, 중환자실 입구에서 큰 소리로 게리를 부르며 울고 있는 아이의 맑은 목소리를 듣고 맨 먼저 무슨 생각이 났는지를 물었다. 게리는 기억은 나지 않지만, 우선 믿을 수가 없었고, 그 다음에는 기뻐서 미칠 것 같았다고 대답했다. 그러나 그것은 거짓말이었다.

게리 브뤼크하우젠은 검은 닉세를 생각하고 있었다.

베르크발트의 기적

우리 도시 밖 먼 곳에 사는 수많은 이들조차 어린 펠릭스 빈터의 운명에 몹시 마음 아파했다. 지난해 10월, 11번째 생일을 맞은 펠릭스는 비극적인 사고를 당했고 혼수상태에 빠졌다. 그러나 이제 펠릭스 빈터는 놀랍게도 혼수상태에서 깨어났다. 담당 의사 라우라 비케르트에 따르면, 이 소년의 상태가 급변할 징후는 전혀 보이지 않았다고 한다. 현재 기적이 다소 제한적으로 일어나고 있지만, 이러한 경우를 기적이라 한다 했다. "펠릭스는 사고가 일어나기 전의 시점이나 사고 자체에 대해 아무것도 뚜렷하게 기억하지 못"한다고 의사는 설명했다. "이러한 기억 상실증 증세는 드문 일이 아닌데 빨리 사라질 겁니다. 펠릭스는 아주 평범한 일상으로 다시 돌아가게 될 거예요." 행복에 겨운 이 소년의 부모는 소식을 전해 듣고 곧장 병원으로 달려왔다. 인터뷰와 자세한 소식은 내일 신문에서 이어진다.

베르크발트 지역신문에 실린 이 기사를 특별히 주의 깊게, 훑어보는 것 이상으로 한 번 넘게 읽은 사람이 세 명 있었다. 부인 한 명, 남자 노인 한 명, 아이 한 명이었다. 그들은 이 도시의 서로 다른 지역에 살고 있었다. 아이는 부인은 물론 노인도 알고 있었다.

부인은 아이만 알고 있고, 노인은 아무도 알지 못했다. 결국 이 셋은 다가올 시간 속에서 어쩔 수 없이 뒤엉켜야 했다. 셋 모두 펠릭스 빈터를 알기 때문이었다.

사비네 뤼케르 노이펠트는 발코니에 앉아 차가운 샴페인 한 잔을 탁자 위에 올려놓고 있었다. 성적표 주는 날을 정리하는 동시에 여름방학 시작을 반기는 하나의 의식이었다. 다시 한 학년이 마무리되었다. 25년째 이어 오는 직업. 사반세기에 해당한다. 대단하다. 25년을 학생, 학부모, 학교 행정과 함께했다. 학교는 모두 만족하기가 불가능한 전쟁터이자 위기 지역이다. 한 동료는 이 위기 지역에서 교사로 살아남기 위해 필요한 세 가지를 이렇게 정리했다. 매수되지 않는 이성, 공감하는 심장, 두둑한 배짱. 더 정확하게는 네 가지가 필요한데, 하하! 하고 웃어넘기다. 사비네 뤼케르 노이펠트는 그림이 선명하게 그려지는 이런 고상하지 못한 발상이 마음에 안 들었지만, 동료의 말을 남몰래 인정하지 않을 수 없었다. 선견지명과 공감능력 없이, 이 둘과 짝을 이룬 추진력 없이는 짧게든 길게든 이 직업에서 버틸 수 없다.

늦은 오후, 햇볕이 뜨겁게 내리쬐었지만 바람이 불고 공기는 신선했다. 사비네는 얇은 카디건을 걸쳤다. 그녀는 한숨을 내쉬며 주말 장을 보러 갈 채비를 하기 전에 남편과 마주 앉아 잔을 부딪쳤다. 그때부터 그녀의 시선은 원하든 원치 않든 펼쳐진 신문 머리기사로 계속 향해 있었다. 짧은 기사와 함께 지역신문 자료실에서 서둘러 찾아 실은 사진. 사고가 나기 전 여름휴가를 떠나 활짝 웃는 펠릭스 빈터.

오늘에서야 이 상황을 접한 건 물론 아니었다. 어제 펠릭스 빈터가 다시 깨어났다는 충격적인 소식은 마른 들판에 불 번지듯 도시 전체를 휩쓸고 지나갔다. 전화벨이 울리고, 휴대폰이 진동했고, 스마트폰 단체 채팅방 알림 신호가 셀 수 없이 번쩍이며 끊이지 않았다. 마치 크리스마스 장식에 매다는 기적의 촛불이 반짝이는 것 같았다. 매주 금요일 오후 3시 무렵, 여느 때처럼 헬스장에서 나왔을 때는 열일곱 통이나 되는 문자가 기다리고 있었다.

사비네는 밤새 눈을 거의 붙일 수가 없었다. 깊이 잠든 남편을 꼭 껴안자 어떤 감정이 차올랐다. 곰곰이 생각해 보니 그 감정은 확실히 행복감과 안도감 같은 것이었다. 어쨌거나 고통을 어루만지는 시원한 감정이었다. 오늘 아침 잠에서 깨어났을 때는 더 이상 이 감정을 느끼지 못했다. 하지만 이 감정을 되찾아 벌써 열 달째 매일 새롭게 자신을 향하고 있는, 그래서 송진처럼 들러붙어 심장을 찌르는 듯한 책망에서 마침내 헤어나길 바랐다. 그녀는 펠릭스를 지난 10월 아침에 결코 혼자 집으로 가게 내버려 둬선 안 됐다. 펠릭스 부모에게 전화를 걸어 동의를 구하고 아들을 데려가게 했어야 했다. 그렇지만 무엇보다도 아이를 더 의식해서 살폈어야 했다. 더 깨어서, 더 공감하면서. 그런 책망에도 불구하고 남아 있는 자책이 점점 엷어져 간 것도 사실이었다.

집에 가도 될까요? 펀치가 않아요.

사고가 나고 시간이 흐를수록 사비네는 펠릭스가 아프다고, 어지럽고 울렁거린다고 핑계를 댔을 뿐이라는 확신이 섰다. 펠릭스는 창백했지만 아픈 것 같지 않았다. 오히려 겁을 먹었거나 떠는 것 같았다. 쉬는 시간 혹은 학교에 와서 바로 무슨 일이 벌어진 게 틀림없었다. 펠릭스는 곧장 집으로 가지도 않았다. 정말 아팠다면 곧장 집으로 갔을 게 분명했다. 이런 수수께끼는 오늘까지 풀리지 않고 있었다. 어째서 펠릭스는 학교에서 고작 몇 백 미터 떨어진, 오베르 뮐 다리 건너 스포츠센터를 지나 집으로 가는 짧은 길을 놔두고 시내를 통과하는 우회로를 택했을까? 어째서 좁은 나무계단을 밟고 집 쪽으로 흐르는 란강을 건너려고 슈퍼마켓을 지났을까? (이곳에서 펠릭스는 이웃 아주머니 한 명을 만났다.)

그래서 사비네는 사고 다음날 반 아이들에게 사고 난 날 아침 펠릭스의 행동에서 눈에 띄는 게 없었는지를 물었다. 23명의 아이들은 하나같이 고개를 저었다. 그 가운데 니쎄 팔라슈도 있었는데, 그 아이의 증언은 앞뒤가 하나도 맞지 않았다. 골치 아픈 일이 생길 때마다 이 아이가 항상 엮여 있었다. 그렇다고 사비네가 이 아이에게 공정한 점수를 주는 데 겪는 어려움은 전혀 없었다. 사비네는 개인적 호감이나 비호감을 무시하고 모든 걸 저울에 올려놓을 마음의 준비가 돼 있었다. 이런 개인 감정은 학생 입장에서 얼마든 털어 버릴 수 있었다. 단지 지난 10월에는······.

얘들아, 뭐든 아는 거 있니?

니쎄의 순진한 표정, 쭉 찢어진 눈. 어쩌면 너무 길게 찢어진 건지도 모른다. 사비네는 이 아이를 믿지 않았다. 이 아이는 야비한 마음을 타고났는데, 불행히도 펠릭스는 사고 나기 한참 전부터 니쎄와 그의 친구 벤 칸트슈와 가깝게 지내는 것 같았다. 어쨌거나 아침에, 사고 다음날 아침에 아이들에게 질문을 던지고 난 다음, 사비네는 니쎄와 개인 면담을 하기에는 너무나 혼란스러웠다. 그 다음날도 면담을 하고 싶었지만, 그때 그녀는 이 아이를 샅샅이 캐 보고 싶은 충동이 자기 일을 태만히 처리한 데서 오는 건 아닌지 스스로 따져 보고 있었다. 그 시점에는 펠릭스가 살아 돌아올 수 있을지 없을지도 알 수 없었다. 펠릭스는 아직도 중환자실에 누워 있었다. 결국 사비네는 니쎄를 그냥 두기로 마음먹었다.

아침에 펠릭스한테 무슨 일이 있었다고 생각하자 한기가 몰려들었고, 사비네는 카디건을 꼭 여몄다. *어쩌면 그 이유를 알아낼 수 있을지도 몰라. 그런데 내가 너무 소심했는지도 모르지.*

"재수 없는 기적이야. 그치?"

니쎄는 묻지도 않고 벤의 침대에 벌렁 나자빠졌다. 다리를 침대 아래로 떨어뜨리고 이마를 찡그린 채 신문기사를 뚫어져라 보고 있었다. 벤은 책상에서 니쎄를 관찰했다. 벤은 니쎄가 무엇을 읽고 있는지 알았다. 니쎄는 언제인지 몰라도 휴가를 보내는 펠릭스 빈터의 까맣게 곱슬거리는 머리카락을 보고 있었다. 청동색으로 그을린 피부. 여름이었다. 그런데 사진 속 펠릭스는 웃고 있지만 차가워 보였다. 눈 때문임에 틀림없었다. 비록 싸구려 신문 사진이지만 그 사진에서는 영웅의 대담한 시선 못지않게 얼음처럼 차가운 회색빛이 뿜어져 나오고 있었다.

니쎄가 말했다.

"퇴행성 기억 상실증. 이런 건 얼마나 오래가지? 다 다르겠지?"

"몰라. 위키피디아라도 찾아볼까?"

니쎄는 손을 내저으며 다음으로 미루자는 표시를 했다. 벤은 친구가 무엇을 생각하는지 알고 있었다. 니쎄가 생각하는 것들을 낱낱이 써내려 갈 수 있을 만큼 정확히 알고 있었다. 차라리 펠릭스의 기억이 금 간 뇌의 알 수 없는 검정 구멍 속에, 그곳에 숨겨진 채로 멈춰 있는 게 나았다. 만약 펠릭스가 다시 기억하게 된다면, 그때는······.

니쎄는 사진 속에서 웃고 있는 펠릭스 얼굴의 입술에 손가락을 갖다 대고 말했다. 쉿! 계속 자, 꼬마 펠릭스! 그런 다음 여름 볕에 그을린 목 위에 직선을 그었다.

남자 노인은 근심에 싸여 로미가 신문 기사 위로 갈겨 놓은 초록색과 하얀색 닭똥 사이를 자세히 들여다보고 있었다. 73년 동안 지상의 존재로 살면서 에크하르트 슈탁의 기억력은 더 이상 최고 상태가 아니었다. 특히 단기 기억력은 조금의 지체도 없이 긴 휴가를 떠나며 작별인사를 해 왔다. 그렇지만 텍스트의 철자를 정확히 기억한다면, 닭똥은 지금 기억 상실증과 호전되다라는 글자를 덮고 있었다. 기사 내용은 거의 빈터 가족의 아들을 다루고 있었다. 슈탁은 그 아들을 아주 잘 기억하고 있었다.

"탁자에서 내려가!"

소리치는 데 그치지 않고 재빨리 손까지 내젓자 이 명령은 강력한 효과를 발휘했다. 암탉은 몹시 화가 나서 꼬꼬댁거리며 날개를 푸드덕거리더니 탁자 모서리를 넘어 아래로, 부엌에서 총총히, 불구가 된 날개 때문에 뒤뚱거리며, 녹처럼 빨갛게 뒤엉킨 깃털과 고개를 빳빳이 세운 채 베란다 너머 정글 같은 정원으로 나가 버렸다. 슈탁은 밖으로 나가는 암탉을 어쩔 줄 모르는 눈으로 따라갔다. 이 신경질적인 피조물이 집 전체를 제 것인 양 여기는 건 정말 괴로웠다. 그렇지만 더 나쁜 것은, 이 깃털 달린 동거인에게 차마 엄격하게 선을 그을 수 없다는 사실이었다. 로미는 끔찍한 일을 겪었고, 얼마간의 관대함은 세상이 이 암탉에게 진 빚에 대한 최소한의 도리였다. 그렇다 할지라도…….

가축 배설물.

슈탁은 부엌 휴지를 가져와서 한 칸을 뜯어 신문의 얼룩을 문질렀다. 그는 기사에 딸린 사진을 눈여겨보았다. 그러니까 기억 상실 중이라. 빈터 아들은 지난해 슈탁이 가르친 걸 아직도 알고 있을까? 과외 수업 시간에 가르친 것을? 흥미진진한 질문이었다.

수학은 세상 거의 모든 학생들에게 공포의 대상이었다. 어쨌거나 슈탁 자신은 이 과목에서 한 번도 어려움을 겪어 본 적이 없었다. 스스로 선택한 엔지니어라는 직업을 예로 들면, 그는 수학을 곧장 현장에서 활용하는 데 아무런 문제도 없었다. 하늘이 알고 땅이 안다. 이 직업을 가진 지는 곧 반세기가 된다. 과외 수업은 재정적인 이유와 거리가 멀었다. 슈탁은 오랫동안 일했다. 그것도 처우가 좋은 직업이었고, 그래서 그가 받는 연금은 상대적으로 여유가 있었다. 그런 이유가 아니었다. 자신이 고철 덩어리에 속하지 않는다는 느낌을 받았기 때문에 과외 수업을 했다. 그래서 맡은 일을 잘 해냈고, 학생들은 평균 한두 등급씩 성적이 올랐다.

그런 종류의 소문은 관심 있는 부모들 사이에서 재빨리 퍼졌고, 빈터 가족 역시 슈탁에게 관심을 가졌다. 그래서 언제였던가 그 여자도, 바로 연보라색 여자도 결국 부엌 이 자리에 앉게 되었다. 슈탁은 단박에 그 여자가 마음에 들지 않았다. 외모 때문이 아니었다. 짧고 검은 머리, 단정한 화장, 연보라 옷과 같은 보라색 매니큐어. 그녀는 어떤 말을 강조하려 할 때마다 매니큐어 칠한 손가락으로 식탁을 톡톡 두드렸다. 그렇지만, 멜라니 빈터는 예뻤다.

그렇지만 그녀는 쓸데없는 말만 지껄였다.

이 예쁘장한 부인은 자기 아들이 평균적인 학생이 되고 싶어 하지만-펠릭스는 수학에서 4등급을 받았다.-요즘은 평균 점수로는 충분하지 못하고 두말할 것 없이 최소한 3등급은 받아야 하지 않겠냐고, 그렇지 않느냐고 꽥꽥댔다. 터무니없다고 생각한 슈탁은 제대로 논쟁을 벌이고 싶어졌고, 수학 점수가 4등급인 아이가 1등급이나 2등급으로 바뀔 필요는 전혀 없다고 말했다. 그 밖에 또……
멜라니는 슈탁의 생각을 매우 예의 바르게 경청하는 것 같았지만, 같이 고심하거나 슈탁 입장에 아무런 반응도 보이지 않고 마치 먼 곳을 지나가는 번개처럼 취급했다. 예상과 정반대로 슈탁은 시내 은행에서 일하는 이 연보라색 여자에게서 15분 동안 흔해빠진 강연을 들어야 했다. 그녀가 생활과 직업에 거는 기대, 자신과 타인을 향한 요구, 성취 정도와 사회 적응력, 사회적 승자와 패자 등등에 대해. 완전히 불필요한 거드름이었다. 그래서 그는 펠릭스 빈터에게 과외 수업을 해 주기로 결정했다. 최소한 일 주일에 한 시간씩

세 번은 소위 양육 해독제로 아이를 이 불쾌한 인간의 굴레에서 자유롭게 해 주기 위해서였다.

슈탁은 신문 기사 옆에 실린 사진을 새롭게 바라보았다. 너무나 어린 아이, 너무나 어린……

멀어져 버린 지난해 4월과 5월과 6월……

슈탁은 멍청하지도 영리하지도 않은 펠릭스가 운동에는 관심이 거의 없고, 오히려 책에 관심이 쏠려 있다고 흔쾌히 결론을 내렸다. 그것도 슈탁이 뒤늦게 관심을 갖게 된 판타지 분야에 주된 관심이 쏠려 있었다. 그러나 펠릭스는 이런 이야기들을 시립도서관에서만 읽었다. 판타지 책을 집에서 그리 좋게 보지 않았기 때문이다. 그는 천천히 배웠지만 발전했다. 평균 점수에 머무르고 싶어 한 이 소년이 수학에서 처음으로 3등급을 받자, 노인은 책방에서 판타지 소설을 사서 선물했다.

"흠, 기억 상실증과 행복에 겨운 부모?"

슈탁은 신문을 접어 오븐 옆에 두었다.

"빈터네 아들아, 너한테 할 말이 있단다. 네가 아무도 알지 못하고, 또 아무도 들어오지 못하는 네 머릿속에서 조금 더 머물러 있으려무나. 무엇보다 욕심 많은 네 엄마가 못 들어오게."

8월 12일
요 새

　게리 브뤼크하우젠이라면 펠릭스가 혼수상태에서 깨어난 첫날부터 확신했겠지만, 병원 의사들은 일련의 의학적·심리학적 검사를 마치고 나서야 펠릭스 빈터의 지적 능력이 봄 산에 흐르는 계곡물처럼 아주 맑고 아주 투명하다는 결론에 이르렀다. 빛바랜 기억력만 빼면 아무런 손상도 남아 있지 않았다. 눈에 띄는 점이라면, 라우라 비케르트가 초반에 예상한 낙관적 전망이 빗나가 깨어난 지 4주가 지나도록 퇴원이 미뤄지고 있다는 거였다. 그것도 변함없이 멍한 상태가 그 이유였다. 이 소년에게는 자기 이름도 자신이 사는 도시 이름과 마찬가지로 낯설기만 했다.

잠시 나타났다 사라져 버리긴 했지만, 깨어나고 2주째를 보내던 어느 날 그 계곡물은 투명함을 잃어버렸다. 그때 게리는 빠끔히 열린 병실 문을 통해 한 줄기 빛이 복도로 스며 나오는 걸 보았다. 깊은 밤 3시 무렵이었는데, 아이는 혼수상태에서 깨어나고부터 도무지 잠을 자려 하지 않았다. 게리는 방으로 들어섰고, 세면대 거울 앞에 서 있는 아이를 보았다. 아이는 두 손으로 얼굴을 더듬으며 자신의 근육과 피와 생각을 뒤집어쓴 창백한 남자애를 샅샅이 뜯어보고 있었다. 그리고 게리를 알아보자마자 천천히 두 손을 내렸다. 펠릭스는 두 눈을 가늘게 뜨고 거울에 비친 게리를 바라보았다. 회색빛 도는 아이의 검은 시선에 너무나 집중한 나머지, 게리에게 제 모습은 거울에 반사된 희미한 점으로, 대머리는 소년의 가냘픈 어깨 뒤에 빛나는 우윳빛 달로 보였다.

"선생님한테서 빛이 나요."

펠릭스가 말했다.

게리는 자기도 모르게 입이 일그러지는 것 같았다. 그는 입술을 깨물었다. 펠릭스가 비웃음을 샀다고 느끼는 건 좋지 않았다.

"나한테서 빛이 난다고?"

무심하게 고개를 끄덕인다.

"파란색이에요."

"나한테서 파란색 빛이 난다고?"

또 한 번 고개를 끄덕인다.

"네 생각에는…… 그러니까 안에서 밖으로? 백열전구처럼?"

"아니요. 밖을 빙 둘러서요."

"그렇구나. 근데 너 파란색 좋아하니?"

펠릭스는 거울에서 게리를 향한 시선을 거두고 돌아서서 고개를 반쯤 젖히고 천장이 뚫어져라 위를 쳐다보았다. 마치 게리의 질문에 걸맞은 유채색 기억들이 천장 어딘가에 떠다니기라도 하는 것처럼. 마침내 펠릭스가 말했다.

"네. 분명 손을 넣어도 하나도 뜨겁지 않을 거예요."

"그렇구나."

게리는 다시 한번 말했다. 그렇지만 한마디도 이해할 수 없다고 생각했다. 나중에 게리는 파란빛은 망막이 자극을 받아 생겨났을 거라고 짐작했다. 이 아이가 거울에 비친 눈부신 전등 아래에 오래 서 있는 걸 얼마나 즐기는지 누가 알겠는가. 시간이 흐르자 게리는 이 일을 잊어버렸다.

물리치료를 날마다 집중적으로 받은 덕분에 펠릭스의 몸은 놀랍도록 빠르게 기운을 회복했다. 전례 없는 식욕도 회복에 큰 몫을 했다. 그렇지만 그 밖의 시간에는 앉아 있거나, 누워 있거나, 그도 아니면 하얀 공간 어디에도 시선을 고정하지 않은 채 날마다 흰색 벽

앞에 놓인, 흰색 보를 씌운 침대에 틀어박혀 지냈다. 그래서 펠릭스 담당 심리학자 바움가르트 박사는 일과가 끝날 때마다 매번 피곤에 지쳐 어깨를 으쓱하거나, 다음날 보자며 고개를 저었다. 바움가르트 박사는 빈터 부부에게 아들이 놀이 식으로 개념들을 기억할 수 있지만, 이런 개념을 감정이 이입된 내용들로 채우거나 익숙한 사람들과 연결하지는 못하는 상태라고 설명했다.

이 자리에 게리도 라우라도 있었는데, 박사가 설명하는 내내 게리의 심장은 라우라 곁에서 두근거렸다. 구체적으로 말해서, 환자는 가족이 무엇인지는 알지만 자기 부모는 전혀 떠올리지 못한다는 거다. 게리는 의사들이 이런 사실을 얼마 전부터 알게 된 것 같다고 생각했다. 펠릭스는 자신이 외동아들인지 형제자매가 있는지도 모른다고 했다. 마찬가지로 펠릭스에게 학교가 무엇인지 설명해 줄 필요는 없지만, 선생과 학생들에 대한 기억은 완전히 사라진 것 같다는 거다. 수학만 빼고 좋아하던 과목에 대한 기억 역시 사라졌다. 이를 입증하는 검사 결과들이 눈에 띄게 두드러졌다. 그런데 펠릭스 빈터가 특별히 수학을 좋아했던가?

펠릭스가 불쑥불쑥 주의력을 잃는 게 눈에 띈다며, 바움가르트는 이에 대해 특별히 주의를 주었다. 게리에게 이런 점은 새삼스러울 게 없었다. 웃으면서 대꾸하는 일은 드물었지만, 펠릭스는 언제나 예의 바르게 들었다. 그러나 가끔씩 불안이 감도는 차가운 눈으로

게리를 샅샅이 뜯어보았고, 그의 회색 눈빛은 급속히 흐려졌다. 그
러면 펠릭스는 순식간에 자기 속으로 가라앉는 것 같았다. 아주 무
거운 돌이 깊은, 한밤중보다 더 어둡고 더 새까만 물속으로 가라앉
는 것 같았다. 마치 돌멩이가 닉세 웅덩이 같은 물속으로 가라앉는
것처럼.

게리 브뤼크하우젠은 펠릭스를 좋아했지만, 조금 섬뜩하게 여긴
다는 점도 인정하지 않을 수 없었다. 절망적인 영원한 잠에 빠진 백
설공주에서(게리는 더 이상 아무도 그를 백설공주라 부르지 않는다고
결론지었다.) 생각이 번잡하고 차가운 소년이 되었다. 펠릭스가 가
끔 작은 발코니로 나가 꼼짝 않고 햇볕 속에 앉아 있을 때는 고개를
반쯤 파묻고 있는데, 게리는 그가 자기 안 깊은 곳에서 나는 소리를
귀 기울여 듣는 것만 같았다. 마치 그 속에서, 절대적인 어둠 속에
서 오직 그에게만 들리는 소리, 수백 개의 스위치와 빗장과 횡목이
찰칵 철컥 맞물려 돌아가는 소리를 듣는 것처럼. 아니면 마치 사고
전 자신을 이루던 기억의 파편들, 산산이 부서져 버린 수많은 파편
들 속에서 아주 작디작은 은빛 무언가를 찾고 있는 것만 같았다.

"떠나기 전에 말해 줄 수 있겠니?"

퇴원하는 날 게리는 발코니에 있는 펠릭스에게 물었다. 아직까
지 하얀 가운을 걸치고 있는 펠릭스는 바구니 의자에 앉아 난간 너
머 펼쳐진 산자락을 따라 성을 뚫어지게 바라보고 있었다. 게리는

생각했다. *저건 원래 요새였어.* 게리는 이마를 찡그렸고, 어떻게 이런 생각이 머릿속을 차지했는지 혼란스러웠다. 게다가 아주 짧은 순간이었지만, 심지어는 머릿속에서 자모들이 나란히 줄지어 선 모양이 보이는 것 같았다.

ㅇ - ㅛ - ㅅ - ㅐ

어렸을 때 게리는 쓰기를 이런 식으로 배운다고 생각했다.

"뭘 말해 달라고요?"

게리는 펠릭스가 묻는 소리를 들었다.

"어? 아, 그러니까…… 맞아. 넌 밖에 있을 때 대체 무슨 생각을 그렇게 하니? 뭐 특별한 걸 생각하는 거니?"

"대부분 아무 생각도 안 해요."

펠릭스는 수백 년 된 성벽을 응시하던 시선을 그대로 둔 채 대답했다.

"그런데 가끔씩 빨간 음악의 맛에 대해 생각해요."

"빨간 음악이라고?"

얼마 전 한밤중 거울 앞에서처럼 게리는 다시 입술을 깨물었다. 펠릭스는 정말이지 가끔씩 기상천외한 생각을 했다.

"그 음악은 특별히 록 스타일이니? 아니면……?"

"아니요. 음악이 그냥 빨간 거예요."

펠릭스는 가늘고 하얀 손을 올려 뭔가 던져 버리려는 듯 이상하게 손을 저었다.

"알잖아요. 선생님이 파란 것처럼요."

"파랗다고?"

게리는 이마를 찡그리며 펠릭스에게 수수께끼 공책을 건네주었다. 이 공책은 매주 대기 근무 시간에 새로 채워 넣는 것이다.

"여기 있어. 몇 개는 내가 풀었지만 아직 좋은 문제들이 많이 남아 있어. 수도쿠(일본식 숫자 게임 ─옮긴이)나 그런 것들."

"고마워요. 전부 다 논리 수수께끼예요?"

"당연하지."

펠릭스가 의자에서 일어섰다. 펠릭스가 게리가 채운 수수께끼 공책 몇 쪽을 살펴보는 동안 공책에서 바스락 소리가 났다. 펠릭스는 살짝 웃으며 공책을 소파에 놓았다. 그러고는 두 손을 펴 난간을 감싸 쥐고 아래를 향해 거의 수직으로 침을 뱉었다. 침이 떨어지는 걸 바라보면서……

"겁나요."

펠릭스는 게리를 보지 않고 말했다.

"제대로 못할까 봐 겁이 나요. 밖에 나가면요. 뭐든 맞는 건지 틀린 건지 어떻게 알죠? 물어볼 사람이 아무도 없으면요."

게리는 차가운 강철 고리를 심장에 끼워 넣는 것 같았다.

"이런, 녀석. 언제나 맞고 틀린 게 있는 건 아니야. 가끔은 신중해야겠지. 자신을 위해 결정해야 해."

펠릭스는 계속 아래쪽을 뚫어져라 쳐다보았다.

"근데 그때 잘못하면요?"

"그럼, 그때 생각을 바꿔. 생각하는 사람은 의견을 바꿔. 그래, 가끔씩 일들을 새롭게 생각해야 해. 무엇보다……."

"……새롭게 정보를 얻게 되면요?"

"그렇지."

펠릭스는 난간에 기댔던 윗몸을 용수철처럼 벌떡 일으켜 세우고 게리 쪽으로 몸을 돌렸다. 펠릭스한테서 빛이 났고 회색 눈동자가 반짝거렸다. 게리는 이제 펠릭스가 행복하다고, 행복한 소년이라고 생각했다.

톱니바퀴 장치가 다시 방해받지 않고 돌아갔다.

"이제 다 잘될 거야."

멜라니는 주차장으로 향하며 낮은 소리로 말했다. 안드레는 만족스럽게 웃어 보였다. 펠릭스는 한 손으로 안드레 손을, 다른 한 손으로 멜라니 손을 잡고 둘 사이에서 걸어갔다. 펠릭스 손은 적당히 보송보송하고 따뜻했다. 펠릭스는 멜라니가 한 말을 분명히 들었을 거다. 아니 당연히 들었지만 아무 반응도 보이지 않았다. 어쩌면 펠릭스는 자기 손을 잡고 곧장 차를 타고 출발하려는 이 낯선 두 사람이 진짜 자기 부모인지 반문했을지도 모른다. 사실 누구라도 부모라고 할 수도…….

집으로 가는 차 안에서도 침묵이 흘렀다. 안드레는 검정색 폭스바겐 투아렉을 몰았다. 작년에 멜라니는 사고 난 차를 당장 바꾸자고 다그쳤다. 당연히 멜라니 자신이 그 익스플로러를 몰고 싶지 않았을 뿐더러, 펠릭스도 그 차를 두 번 다시 봐선 안 됐다. 이제야 안드레는 새 차를 장만하고 그로 인해 빚을 얻은 일을 따져 보았다. 빚을 내지 않아도 됐을 텐데. 차에 타기 전 펠릭스는 차를 거들떠보지도 않았다.

펠릭스는 조수석 뒷자리에 안전벨트를 매고 앉았다. 백미러로 뒤를 살피던 안드레는 펠릭스와 시선이 마주쳤다. 안드레는 마음이 놓여 슬쩍 웃어 보였다. 펠릭스는 최소한 달리는 차에 유괴당한 아이처럼 앉아 있지는 않았다.

"뒷자리 다 괜찮아?"

안드레가 물었다. 펠릭스는 고개를 끄덕이고 이내 창밖을 바라보았다. 지금까지 설명을 듣고도 펠릭스는 아무 말도 하지 않았고 어떤 질문도 던지지 않았다. 그리고 이 낯선 사람들이 자신을 낯선 집으로 데려가도록 자신이 알던 유일한 곳을 막 떠나고 있었다. 앞으로 이 두 사람이 해야 할 것과 하지 말아야 할 것, 옳은 것과 그른 것, 유익한 것과 해로운 것에 대해 설명해 줄 거다. 펠릭스는 어떻게 이런 것들과 잘 지낼 수 있을까? 대답하기 쉽지 않다. 사고를 당하기 전에 펠릭스는 뭔가에 대해 찬성 혹은 반대 입장을 거의 드러내지 않았다.

"근데 빵집 생각나니?"

멜라니가 물었다.

"당연하죠."

안드레는 곧장 주차할 자리를 하나 찾아냈다.

"특별히 먹고 싶은 건? 땅콩크림빵?"

멜라니가 물었다.

"땅콩크림빵을 항상 좋아했어요."

"너는…… 그래, 맞아!"

아주 잠깐 동안 안드레는 펠릭스가 땅콩크림빵을 좋아했던 게 떠올랐다. 그렇지만 펠릭스는 기억이 나서 한 말이 아니었다. 확인 혹은 물음표 없는 질문에 불과했다.

"어쨌거나 먹어 보기는 할 거예요."

펠릭스가 말했다.

"같이 들어가는 건 어때?"

멜라니가 말했다.

"좋아요."

안드레는 펠릭스가 빵집에서 너무 많은 시선을 받게 될지 모른 다며 반대하고 싶었지만 말을 삼켰다. 계속해서 펠릭스를 세상으로부터 감춰 둘 수 없고, 또 무엇을 위해 그래야 한단 말인가? 모든 사람들이 펠릭스를 빨리 보면 볼수록, 소도시의 호기심이 빨리 채워지면 채워질수록 일상생활로 더 쉽게 돌아올 수 있을 거다. 그리고 누군가 뻔뻔스럽게 굴거나, 멍청하게 빤히 쳐다보거나, 말도 안 되는 생각을 털어놓는다면, 그 사람은 멜라니와 불편한 관계가 될 거다.

그렇지. 그에게 평화가 깃들기를.

안드레는 펠릭스와 멜라니가 빵집으로 들어가는 모습을 지켜보았다. 멜라니는 한참 전 마음속에 고정된 시점으로 돌아가 앞으로 며칠이건 몇 주건 펠릭스를 주시할 거다. 언제로 돌아가서 얼마 동안 주시할까? 한 반년쯤? 멜라니는 결단코 그런 목표를 눈에서 놓쳐버리지도 의심하지도 않을 거다. 멜라니 빈터가 설계한 미래는 철근 콘크리트로 만든 것처럼 너무나 견고하게 변치 않고 서 있었다. 안드레는 한 치의 흔들림 없이 목표를 추구하는 그녀에게 모든 걸 기댈 수 있었다. 멜라니는 언제나 믿을 만했다. 예측할 수 있고 거리낌 없었다. 끈질기다. 지루하다. 갑자기 이런 말들이 떠올랐다.

이런 말들을 멜라니한테 해. 그러면 지루한 것과는 완전히 다른 일들을 겪게 될 거야.

멜라니는 펠릭스가 처한 상황으로 인해 역설적인 문제들에 부딪힐 거다. 그녀는 아들이 머리카락 한 올의 차이도 없이 사고 전 모습으로 되돌아오기를 원했다. 기억을 되찾기만 한다면 어려운 일도 아닐 게다. 그렇지만 기억을 되찾게 하려면 다음 규칙에 주의하라고 바움가르트 박사는 멜라니와 안드레에게 요구했다.

"아들을 평범하게 대하세요. 두 분을 알게 될 시간을 주고 신뢰를 쌓으세요. 두 분은 아들과 새롭게 일상을 배워야 하지만, 아들에게 예전 생활의 흔적들을 접할 기회도 만들어 주셔야 합니다. 그러니까 가족 행사나 이웃, 당연히 학교 같은 것들을 통해서죠. 여름방학이 언제 끝나죠? 3주 있으면 끝나던가요?"

안드레는 고개를 끄덕였다. 이 심리학자가 정리한 주의 목록을 제시하면 멜라니도 일단 고개를 끄덕일 거다. 아니면 고개를 저을지도 모른다.

"펠릭스가 특정 상황에서 두 분 예상과 다르게 행동한다고 해서 놀라지 마세요. 우리 행동 중 많은 것들은 그저 학습된 것이라서 어쩌면 이전의 행동 방식을 잊었을지도 모릅니다. 펠릭스가 여러 면에서 달라졌다는 걸 명심해야 합니다."

아, 핵심은 바로 이것이었다. 펠릭스가 기억해 낼 수 있도록 모든 것을 행하라. 그러면 모든 것이 다시 전처럼 될지도 모른다. 그렇지만 펠릭스가 기억해 낼 수 있도록 그에게 자유를, 다른 사람이 될 자유를 보장해야 한다.

이제껏 멜라니는 동의 표시도 거부 표시도 드러내지 않았다. 바움가르트 박사는 아직 말을 맺지 않았다. 그가 말을 이었다.

"그렇지만 무엇보다 기억이 떠오르도록 돕는 물건이나 사실, 아니면 장소들과 억지로 대면하게 하지 마세요. 펠릭스에게 부담이 될 수 있는 모든 것을 피하세요. 두 분 아드님은 겉으로는 차분해 보여요. 그렇지만 과도하게 불안정합니다."

멜라니와 마찬가지로 안드레 역시 너무 놀라 박사의 눈을 똑바로 보았다.

"과도하게…… 불안정하다고요? 그런데 펠릭스는 언제나 아주 차분해요. 걱정스러울 정도로 차분한걸요."

멜라니가 말했다.

"그렇다고 말씀드렸잖아요. 차분해 보인다고요. 하지만 이렇게 차분한 단계에서는 정말 차분한 게 아닙니다. 받아들인 온갖 인상들을 분류하고 정리하느라 몰두하기 때문에 그렇게 보일 뿐이죠. 그리고 아직까지 모든 물건들, 또 모든 사람이 아이에게는 새롭고 낯설다는 사실 잊지 마세요. 이해하시죠?"

멜라니는 고개를 끄덕였다. 그녀는 이해했다. 이제 모든 게 계속되는 거야. 이 문장은 자신과 아이의 미래에 관한 것이라면 어떤 계획도 차질을 빚어서는 안 된다는 소망이자 기도인 동시에, 모든 신과 운명의 힘에 대한 협박이자 경고이기도 했다.

갑자기 안드레는 혼자 떨어져 나온 듯한 느낌이 들었다. 안드레는 차에 앉아 길 건너를 주시했다. 진열창 뒤로 멜라니와 펠릭스 앞에 두세 무리의 사람들이 서 있었다. 나이 많은 부인이 웃으며 멜라니와 이야기 나누다 드러나지 않게 옆의 펠릭스를 힐끗거렸다. 펠릭스는 유리 진열장 코앞에 서서 여러 종류의 빵과 케이크를 자세히 살펴보고 있었다. 펠릭스는 뭘 고를까?

그래, 안드레. 말 좀 해 보시지. 펠릭스가 과연 뭘 고를까? 진짜 땅콩 크림빵을 고를까? 아니면 체리파이? 아몬드 소보로빵? 확실하지 않지, 그렇지, 안드레? 인정해. 원래 넌 네 아들이 뭘 좋아하는지 눈곱만큼도 모르잖아.

어쨌든 안드레는 펠릭스가 좋아하지 않는 것은 알고 있었다. 예를 들어 자동차나 거의 모든 종류의 공구들. 그리고 축구. 실제로 펠릭스는 지역 축구협회에 거의 관심이 없었고 여러 주에서 경합을 벌이는 분데스리가에 대해서도 마찬가지였다. 자전거 타기라면, 안드레는 최소한 일주일에 두 번은 비가 오나 바람이 부나 긴 구간을 달렸고, 아들과 함께 즐기기를 바란 스포츠였다. 펠릭스는 모두 다 싫어했다.

고맙습니다, 빈터 씨. 고맙습니다! 당신은 청중들께 펠릭스가 무엇을 안 좋아하는지 설명하셨습니다. 다시 말하면 당신은 여러 해 동안 펠릭스가 이런 일들에 흥미를 갖게 하려고 애를 쓰셨네요. 당신이 흥미 있으니까요. 그렇지만 펠릭스는 진짜 무엇을 좋아하죠? 그의 심장이 무엇으로 두근거리나요? 청중들 앞에서 아들의 취미 다섯 가지를 들어 보세요. 그러면 알래스카행 꿈의 여행을 상으로 받게 됩니다!

취미 다섯 가지요? 그거 간단한데요. 아주 좋아요. 말해 볼게요.

첫째, 탐험가. 펠릭스는 탐험가에 관한 책과 텔레비전 프로그램을 좋아합니다. 마젤란, 가마, 스콧, 아문센…… 우리 아들은 다 알아요. 성뿐만 아니라 이름까지 다 안다고 확실하게 말할 수 있어요. (청중이 웃는다)

둘째, 판타지 나부랭이. 대부분 도서관에서 읽긴 하지만 아내가 말해 줘서 알고 있지요. 아 참, 사서 이름이 '늙은 암캐'라나요? (사이사이 웃는 사람)

셋째, 자연. 주로 새인 것 같아요. 지저귀는 새 말이지요. 독일에 박새만 해도 일곱 종류나 있답니다. 여러분도 알고 계셨나요? 펠릭스는 이런 것들을 알고 있어요. 아들이 말해 줘서 기억해 두었답니다. 아이가 저를 닮아서 머리가 좋아요. 뭐요? 네, 아니죠. 그렇죠. 물론 현재는 아니죠. 네, 바람직한 일은 아니죠. 음…….

넷째, 음식도 들어가나요? 초코아이스가 취미인가요? 아니면 바닐라아이스? 에이, 이건 그냥 농담입니다. 제 뜻은…….

다섯째, ……. (방청석이 동요한다.)

정말 안타깝습니다. 빈터 씨, 시간이 지났습니다. 그러면 이제까지 알래스카행 여행 건이었습니다! 그렇다고 빈터 가족이 꿈꾸던 알래스카 여행 계획이 없어지는 건 당연히 아니겠지요. 그렇죠?

청중들의 거친 외침 소리가 집까지 안드레를 따라왔다.

안드레는 차를 차고 앞에 세우고 곧장 트렁크를 열었다. 펠릭스가 쉴 수 있도록 가능한 한 빨리, 모든 것을 빨리 처리해야 했다. 이웃은 아무도 없었다. 이들은 이웃 누구에게도, 친척 아무한테도 펠릭스가 오늘 병원에서 나온다고 알리지 않았다. 운이 따르는 것 같았다. 아무도 그들이 도착하는 걸 보지 못했다. 물론 하인젤 부인 집에서 무슨 일이 벌어지는지는 절대 알 수 없지만 말이다. 어쩌면 지금 이 순간에도 커튼 뒤에 서 있을지도 모른다.

"아들, 집에 온 걸 환영해."

차에서 내리기 전에 멜라니가 말했다.

창문에 코를 박고 있던 펠릭스는 알았다는 듯 고개를 끄덕였다.

"마음에 들어요, 집이. 더 작은 집을 상상했어요."

멜라니에게서 가벼운 웃음이 새어 나왔다.

"그래. 우리는 전과 다름없이 맨 아래층과 중간층에서 살고 있어. 맨 위층은 아직도 수리가 끝나지 않았거든."

안드레가 말했다.

"집이 낡았어요? 아니면 망가졌어요?"

"그냥 낡았어. 그래, 분명히 수리할 필요가 있었어. 이전 집주인이 영국에 살고 있어. 어렸을 때 이곳에서 살았는데, 아주 잠깐만 산 것 같아. 식구들 모두 이사 갔어. 나중에 집을 세놓았고."

"언제부터 여기서 살았어요?"

"십이 년째. 우리가 집을 샀어. 네가 태어나기 전에."

안드레는 이 짧은 대화가 좋았다. 대화는 평범한 모양새였다. 또 다른 누구와 나눴어도 평범했을 거다. 아들만 제외한다면. 그런데…….

"마음에 들어요. 아주요."

펠릭스가 또 말했다.

"잘됐다. 네가 좋아할지 정말 알 수가 없었거든."

안드레는 이렇게 말하며 살며시 웃었다.

펠릭스도 살짝 웃었다. 순간 안드레는 크게 환호하며 거리로 뛰쳐나가 야호 야호! 외치고 싶은 충동을 억누를 수 없었다.

안드레가 멜라니와 펠릭스를 따라 옷으로 꽉 찬 스포츠 가방을 메고 집으로 들어왔을 때, 이런 소박한 충만감이 그를 가득 채우고 있었다. 안드레는 이런저런 식으로 사고를 직접 목격한 사람들이 울멘슈트라세에 살 뿐 아니라, 빈터 집에 붙어 살거나 아주 가까이 모여 사는 게 이상할 정도라고 생각했다.

대각선 맞은편에 사는 힐데가르트 하인젤은 사고 당일 오전에 펠릭스를 슈퍼마켓 근처에서 마주쳤고, 아직도 한 가지 질문에 대한 답을 목이 빠지도록 기다리고 있었다. 불행을 당한 날 오전, 펠릭스는 왜 무의미한 그 길을, 집으로 가는 데 훨씬 더 먼 그 길을 택했을까? 창밖을 내다보면 베르크발트 경찰 클라우스 타우흐만 역시 길 건너 하인젤 집 왼쪽에 살고 있는데, 그는 빈터 사건의 수사를 이끌고 있었다. 그리고 같은 쪽으로 시선을 옮기면, 이 두 집의 왼쪽으로 라우라 비케르트가 살고 있었다. 그녀는 2년 전에 이 집을 나이 많은 마르코브스키(라우라 비케르트가 익스플로러를 구입한 자동차 중계인)한테서 구입했다. 빈터 집 오른쪽에는 사고 당시 멜라니와 익스플로러에 타고 있던 수잔네 발저가 살고 있었다(수잔네 집 위층 아니면 아래층에 그녀의 부모님이 살고 있는데, 어느 층인지 안드레는 잊어버렸다).

안드레는 펠릭스가 이제 라우라 비케르트만 빼고 네 명 중에 아무도 기억하지 못한다는 사실을 문득 깨달았다. 라우라 비케르트 조차 얼마 전에야 겨우 담당 의사로서 알게 되었다. 그녀는 펠릭스 기억 속에 이웃으로 자리하고 있지 않았다. 이에 대해 보다 면밀히 생각해 보면, 자신도 알지 못하는 사이에 세계가 그 자신을 완전히 새롭게 만든다는 사실은 너무 두려운 일이었다. 기억이 뒤따르지 않는 한, 아이로 얼마 안 되는 삶을 살면서 쌓아 올린 정보를 채워 줄 믿음직한 그 무엇도 그 누구도 없기 때문이다. 확실히, 그의 아들은 확실히 신생아처럼 무방비 상태였다. 안드레가 이런 생각에 빠져 있는 동안 차가운 뭔가가, 회색 뭔가가 혈관을 타고 가며 스멀거리는 느낌을 주었다. 아들의 정신은 완전히 발가벗고 있었다. 그렇지만 이런 상황을 달리 보면…….

이런 기억 상실증이 오히려 선물일지도 몰라. 이렇게 생각해 봐. 너도 너 자신을 새롭게 발견할 수 있어. 너희 둘 관계도 마찬가지야. 펠릭스와 처음부터 다시 시작할 수 있다면, 네가 망쳐 버린 것들을 제대로 살려 낼 수 있다면, 네 아들을 본디 모습 그대로 새로 알 수 있다면, 펠릭스가 널 받아들이기만 한다면……. 누가 그런 기회를 다시 얻을 수 있겠어?

집에 들어서자 갑자기 모든 것이 달라졌는데, 처음에 안드레는 그 이유를 찾을 수 없었다. 마루 틈새로 발이 빠져들듯 마지막 세포까지 차올랐던 충만감이 새어 나가고 있는 것만은 확실했다. 멜라니가 식탁을 차리고 커피 타임 전에 일을 끝내려고 스포츠 가방에서 더러워진 세탁물을 꺼내 서둘러 정리하는 동안, 안드레는 펠릭스를 위층으로 데려갔다. 안드레의 갑작스런 기분 변화는 아무래도 채워지지 못한 기대감 때문이었을 거다. 집으로 들어섰을 때 그는 당연히 속으로 기대에 부풀어 있었다. 펠릭스는 집에, 자기 방에 들어설 테고, 식탁, 액션 배우를 본뜬 피규어, 책꽂이에 꽂혀 있는 특별한 어떤 책, 침대 앞에 놓인 낡은 운동화 같은 것들에 주의를 기울일 테고, 그러면 아들 머릿속을 둘러친 방벽이 무너져 내리며 기억이 밀려들지도 모른다고.

그러나 그런 일 따위는 전혀 일어나지 않았다. 안드레가 문을 열었고 둘은 방으로 들어섰다. 지난해 사고가 난 날, 펠릭스가 방을 떠난 날과 모든 게 똑같았다. 침대보 하나만 새로 씌웠을 뿐이다. 〈스타 워즈〉를 테마로 한, 클론 전사가 그려진 침대보였다.

이봐요, 사회자! 아들이 〈스타 워즈〉에 푹 빠져 있던 건 알고 있었는데, 그냥 생각이 나지 않았어요. 혹시 다섯 번째 대답으로……. 안 된다고요? 아, 좀 봐주세요!

벽마다 포스터가 붙어 있었다. 벽 위로 아나킨 스카이워커, 오비원 케노비, 그들의 동료 기사 제다이가 레이저 칼을 휘두르고 있었다. 사고 후 안드레는 매번 텔레비전 드라마 방영분을 녹화해 두었다. 이걸로 집에 돌아온 펠릭스를 깜짝 놀라게 해 주고 싶었지만, 기대했던 반응은 아직까지 나타나지 않았다. 작년에 준비해 둔 생일 선물도 마찬가지였다. 초보자를 위한 반사 망원경인데, 달 분화구를 입체적으로 본떠 놓았고 목성과 화성의 구조를 대충이지만 똑똑히 알아볼 수 있었다. 이 망원경으로는 가까이 은하계가 존재한다는 걸 감지하는 데서 그치지 않고 은하계를 생생하게 볼 수 있었다. 펠릭스가 이 도구로 뭔가 시작할 수 있을지 어떨지는 곧 드러날 거다. 펠릭스가 망원경을 갖고 싶다는 희망사항을 한 번도 내비친 적이 없지만, 2년 전 가족끼리 행성 궤도를 따라 야간산행을 하고 부터 별자리 포스터가 책상 위로 화려하게 등장했다. 지난해 언젠가 멜라니는 아이의 행성 카드 가운데 한 장은 그래도 클론 전쟁과 상관없는 은하수 카드라는 사실을 확인하고 안도했다.

멜라니는 공상과학뿐만 아니라 개 포스터도 관심 밖이었다. 벽마다 나눠 붙인 스무 장의 포스터는 온갖 종류의 개 사진들이었다. 이 종들은 대부분 덩치가 크고 털이 매끈했다. 검정색보다는 갈색에 가까운 개들로 밝은 색과는 거리가 멀었다. 지난해 펠릭스는 귀에 못이 박이도록 개를 갖고 싶다고 말하지 않았던가! 개집 놓을 자리를 찾으려고 벌에 쏘인 것처럼 정원에서 이리저리 뛰어다니지 않았던가! 심지어 개 이름도 벌써 지어 놓고 있었다.

"난 개를 부퍼라고 부를 거예요! 내 생일날 부퍼를 동물병원에서 데려와요. 그러면 부퍼랑 내 생일이 같잖아요!"

그렇지만 멜라니는 개 짖는 소리, 개 냄새, 개털을 끔찍해했다. 멜라니는 실의에 빠져 불행해진, 점점 더 불행해져 말할 수 없이 불행해진 펠릭스에게 단호하게 말했다. 안됐지만 그 특별한 희망사항을 접어야 한다고. 펠릭스도 절대로 엄마가 심각한 알레르기로 고생하길 바라지는 않을 거라면서. 안드레는 경계에 힘겹게 서 있었다. 멜라니의 면역력을 감히 위협하던 알레르기 인자들은 모두 없어진 걸로 드러났다. 안드레는 아내가 가끔씩 자신의 이해를 관철시키려고 거짓말을 지어내는 걸 알고 있었다. 그렇지만 자기 아들까지 속인다는 건 새롭게 안 불쾌한 사실이었다.

안드레는 곧장 자기 속으로 깊숙이 숨어들었다. 안드레는 다투는 게 너무 싫었다. 그러나 포스터를 계속 붙여 둘지 말지를 두고 둘 사이에 다툼이 벌어졌다. 멜라니는 이런 포스터가 개를 원하는 펠릭스의 간절한 소망을 쓸데없이 부추긴다고 여겼다. 그렇지만 안드레는 어렸을 때 개 한 마리를 키웠다. 거대한 라브라도어종이었다. 이 개는 암을 앓다가 비참하게 죽어 버렸다. 그 뒤 안드레는 어떤 개도 갖고 싶지 않았다. 그렇지만 마음속 어딘가에 그 개가 여전히 자리하고 있었고, 그래서 그는 아들을 대신한 싸움에서 승리를 거뒀다. 포스터는 계속 붙어 있다. 사고 후 안드레에게는 펠릭스가 지난번 생일날 집에 돌아와 개 선물 받기를 꿈꿨을 거라는 생각이 고통스럽게 남아 있었다.

펠릭스는 주변을 둘러보았다. 펠릭스가 방을 얼마나 마음에 들어 하는지는 알 수 없지만, 이 방의 어떤 것도 기억을 불러일으키지 않는다는 건 분명히 알 수 있었다.

펠릭스의 시선이 책상으로, 책상 위 뚜껑 덮인 랩톱으로 옮겨지자 안드레는 오, 하고 낮게 신음 소리를 냈다. 펠릭스와 안드레는 그때 둘 다 데스크톱 컴퓨터 대신 랩톱을 사기로 결정했다. 들고 이동하기 쉽기 때문이었다. 게임 용도로는 어쨌거나 플레이 스테이션이 있었다. 안드레는 랩톱과 함께 무선 자판기와 마우스도 장만했다.

"물론 아무도 네 컴퓨터를 쓰지 않았어."

안드레는 펠릭스의 관심을 알아차리고 말했다. 무엇보다 펠릭스가 좀처럼 집에 온 것 같지 않아 실망스러워하는 게 느껴졌다. 펠릭스는 컴퓨터에 중독된 청소년의 전형적인 행동을 극단적으로 증명해 보이려는 것 같았다.

"네 랩톱 말인데, 우선 엄청나게 업데이트를 해야겠어. 윈도도 그렇고 깔려 있는 여러 프로그램들도 그렇고."

안드레는 (이제야 생각났다는 듯이) 손으로 이마를 쳤다.

"맙소사! 내가 전원을 꺼 버렸네. 네가 병원에 있는 동안…… 뭐, 이 기계가 쓸데없이 전력을 많이 낭비하잖니. 다시 켜 놓을게. 그럼 바로 인터넷을 할 수 있어. 미안. 전에 미리……. 완전히 잊고 있었어. 미안해."

안드레는 이렇게 빨리 말하는 자신이 싫었다. 사과가 지나치게 변명처럼 들리는 게 싫었다.

"어쨌거나 마우스랑 자판 배터리는 새로 갈아 놓았어."

안드레는 이렇게 말하는 자신이 가장 싫었다.

펠릭스는 겨우 고개만 끄덕이더니 책상 앞에 앉아 랩톱을 열고 전원을 켰다. 어디에 어떤 단추가 있고, 어디에 전원 스위치가 있는지 전혀 고민할 필요가 없는 게 분명했다. 그러고 나서 익숙하게 의자 아래를 잡았다. 이런 것도 모두 자동적인 기억일까? 수력학이 작동해 의자가 몇 센티미터 아래로 내려갔다. 당연했다. 안드레는 펠릭스가 깨어나서 첫 번째로 받은 의료 검사가 떠올랐다. 펠릭스는 혼수상태에 있는 동안 키가 자랐다. 멜라니가 이미 밝혔듯이 조만간 몸에 맞는 옷을 사기 위해 대대적인 쇼핑을 할 거다.

모니터가 깜빡였다. 화면은 투명한 에메랄드빛 녹색이었다. 화면 왼쪽에 스무 개의 아이콘이 정확하게 세로로 세 줄 모여 있었다. 펠릭스는 마치 목표에 완전히 집중해서 돌진하듯 마우스 커서를 그중 한 아이콘으로 가져갔다. 그러자 베이지색 배경 위로 상징적인 하얀 성채가 나타났다. 이 성채에는 성탑이 세 개밖에 없었고, 성탑마다 성가퀴가 세 개씩 있었다. 그렇지만 전체가 요새로 불렸다. 게임일까?

펠릭스는 요새를 더블클릭 했다. 바로 창이 열리더니 크고 텅 빈 단순한 선택 화면이 나타났다. 그 아래 다양한 선택 사항 옆으로 이 소프트웨어의 원래 상징인 파란 바탕의 하얀 열쇠가 당당히 모습을 드러냈다. 안드레는 이마를 찡그리고 창 가장자리를 둘러 트루크립트(실시간 파일 암호화를 지원하는 응용 소프트웨어-옮긴이)

라고 쓰여 있는 걸 보았다. 사무실 직원 한 명이 이 프로그램을 시행정 업무를 보는 데 사용했다. 이 프로그램은 철저한 보안을 위해 만들어진 것으로, 그의 컴퓨터는 다양한 보안 프로그램의 도움을 받아 난공불락의 보루로 변모했다. 난공불락의 보루를 다른 말로 뭐라고 할까?

펠릭스는 이 암호화된 프로그램 이름을 요새로 바꿔 놓고 게임으로 위장된 다른 아이콘으로 숨겨 놓아 겉으로는 이 프로그램을 알아볼 수 없게 만들어 놓았다. 그런데 왜? 안드레는 이 프로그램이 데이터를 스스로 암호화하지 않는다는 걸 기억해 냈다. 오히려 이 프로그램은 보호할 데이터를 안전한 보관함에 담는 형태로 만들어져 있었다.

화면은 계속 이어졌다. 다시 세 개의 성탑. 그렇지만 이번에는 성가퀴가 없고 대신 깃발이 휘날리는 뾰족한 지붕이 있었다. 요새가 아니라 성이었다. 그 아이콘은 정확하게 성이라는 이름을 달고 있었고, 이제 펠릭스는 빠르게 클릭을 반복하며 순서대로 프로그램을 연결해 갔다. 안드레는 이것을 보고 이러한 성이 보관함이란 걸 알아차렸다. 마지막까지 클릭하자, 작은 창이지만 달리 오해할 여지가 없는 또 다른 창이 나타났다.

패스워드

바로 그게 문제였다. 성 없는 요새였고 열쇠 없는 성이었다. 그럼 열쇠 없는 보물의 방을 어떻게 열지?

여기서 문제는, 모든 시대를 뛰어넘는 웅장한 레고 성을 건설하기 위한 초특급 계획을 외계인이나 호기심 넘치는 아빠 같은 비밀 첩보원에게 들키지 않으려는 애들 놀이가 아니라는 점이었다. 안드레는 꼬리를 물고 이어지는 생각에 빠져들었다. 아들은 사고 전 이곳에 뭔가를 숨겨 두었다. 틀림없이 그것은 성안에 숨겨져 있다. 그것은 기억 상실증 때문에 띄엄띄엄해진 기억에서 이탈해 펠릭스 의식 어딘가에 숨어 기억의 길을 찾기를 참을성 있게 기다려 온 그 무엇이었다. 뭔가…… 뭔가를 하기 위해서. 어떤 기억에 이르러 기억의 길이 트인다면, 다른 것이라고 왜 기억나지 않겠는가? 모든 것이 왜 기억나지 않겠는가?

펠릭스의 손가락이 자판 위에 잠시 머물렀다.

안드레는 숨을 참았다.

펠릭스는 두 손을 내려놓았다. 그리고 책상 바로 위에 걸려 있는 커다란 별자리표를 초점 없는 눈으로 응시했다. 안드레는 랩톱 모니터에 비친 아들 얼굴을 보았다. 에메랄드빛 화면 위로 창백한 얼굴이 흐릿하게 떠올랐고, 매끈한 이마 뒤로 무슨 생각을 하는지 어떤 표정 변화도 찡그림도 보이지 않았다. 오른손이 천천히 마우스로 돌아왔다. 맞는 패스워드가 입력되지 않자 커서는 확인 칸으로

64

미끄러져 내렸다.

클릭-
　　　잘못된 암호이거나 트루크립트 난이 아님
확인
　　　　　　　패스워드
클릭-
　　　잘못된 암호이거나 트루크립트 난이 아님
확인
　　　　　　　패스워드
클릭-

그리고 이런 식으로 또 하고 또 하고. 이 과정은 멈추지 않았다. 펠릭스는 최면에 걸린 것 같았다. 안드레는 펠릭스가 이곳에 앉아 부상당한 머릿속의 끝없는 올가미에 걸려 내일도 모레도 다음 주도 클릭을 계속할 거라는 생각이 들었다. 안드레가 펠릭스 어깨에 조심스럽게 손을 얹으려는 찰나, 무슨 소리가 안드레 귓가로 밀려들었다. 속삭임이었다. 너무 낮은 속삭임이라 알아듣기 위해 몸을 숙이지 않으면 안 됐다. 끝나지 않을 듯한 높낮이 없는 그 속삭임은 아들을 마침내 사로잡는 중얼거림이었다.

"저 집에 가도 될까요? 여기가 편하지 않아요. 저집에 가도 될까
요? 여기가편하지 않아요. 저집에가도될까요. 여기가편하지않아
요. 저집에가도될까요여기가편하지않아요저집에가도 될까요여기
가편하지않아요저집에……."

"펠릭스!"

중얼거림은 멈췄다. 에메랄드빛 초록색 모니터에 비친 창백한
이마가 미끄러지듯 위를 향했다. 펠릭스는 프로그램을 닫고 안드
레를 향해 몸을 돌려 상냥하게 물었다.

"이제 케이크 다 됐죠?"

이 무슨 불쾌한 악몽이란 말인가.

같은 날 저녁 잠깐이지만 거세게 비가 내렸다. 그 뒤 안개가 피
어올랐다. 안개는 고운 증기처럼 강을 따라 자리한 작은 주말농장
들 정원에서 피어올랐다. 증기는 강가의 나뭇가지와 덤불들을 휘
감으며 타고 올라와 밀려들고 퍼지더니, 마침내 회색 습기로 짠 거
대한 덮개처럼 천천히 흘러가는 수면을 덮었다. 강바닥이 난데없
이 깊은 바위로 떨어져 물살이 회오리치는 오리나무 웅덩이 상류
에서 안개 덮개로는 감쌀 수 없는 거친 소리가 울려 퍼졌다. 마치
물살 속에서 거대한 뭔가가 투석기로 발사되었다가 다시 검은 물
결 위로 떨어지는 것 같았다. 그러자 오리나무 아래로 다시 고요가

찾아왔다.

같은 시각, 도시의 정반대 쪽에서 에크하르트 슈탁은 부엌 창문에서 정원을 주시하고 있었다. 볼 게 많아서가 아니었다. 그의 눈길은 짙은 회색 안개를 뚫고 저녁마다 꼼꼼히 잠그는 로미의 개집 모양 우리에 미쳤다. 여우와 담비 때문이었다. 닭장 뒤 왼쪽으로 키가 크지 않은 회양목이 정원 문까지 이어져 있었다. 바로 그 지점에서 슈탁은 갑자기 뭔가를 본 듯한 느낌이 들었다. 실제로 보았다기보다 직감에 훨씬 더 가까웠지만, 너무 놀라 온몸에 소름이 돋는 것 같았다. 아주 짧은 동안이었지만, 이렇게 놀라고 나니 극도의 무력감이 불쾌하게 남았다. 힘이 쭉 빠졌다.

어떤 작은 형상의 윤곽.

아이였을까?

그건 뭔가…….

슈탁은 창에 얼굴을 바짝 갖다 댔다. 숨을 쉬자 유리창이 뿌예졌다. 아무것도 보이지 않아 급히 소매로 유리를 문질렀다. 갑자기, 순식간에, 바깥 안개가 한층 짙어졌고, 그 모습은 부엌에서 새어 나온 불빛에 밝게 반사되어 마치 견고한 빛의 벽처럼 보였다.

물론 거기에는 아무도 없었다. 슈탁은 머리를 다시 당겼다. 이런 날씨에 돌아다닐 아이는 없다. 혼자서, 그것도 이런 깊은 밤중에 절대 그럴 리 없다. 그가 봤다고 믿은 건 환영이었을 뿐이다. 단지 환영이었다.

　결국 잠자리에 들기 전, 슈탁은 여느 때와 달리 현관문 열쇠를 두 번이나 돌렸다.

9월 2 ~ 6일
빛나라, 오래된 달아, 빛나거라!

　사비네 뤼케르 노이펠트는 쉬는 시간 감독을 하고 있었다. 언젠가 그녀는 정원 가꾸기 동아리가 건물 입구에 심어 놓은 인동 덩굴과 겨울꽃 덩굴 옆에 있으면 사람들 눈에 잘 띄지 않는다는 사실을 알아냈다. 이 덩굴들은 여전히 건물 벽에 배경으로 잦아들고 있었다. 펠릭스는 학교 정원 한가운데 주황색 나무 벤치에 홀로 앉아 몽상에 잠긴 기이한 시선으로 산성을 바라보고 있었다. 마치 성곽 너머 포도색 파란 하늘에 섬세한 선처럼 펼쳐진 구름 틈새로 특별한 무늬라도 찾고 있는 것 같았다.

학년이 새로 시작되는 첫날, 펠릭스는 전교생의 이목을 끌었다. 사고를 당하기 전까지 펠릭스는 특별한 인상을 남기는 아이가 아니었다. 이제는 모두가 펠릭스를 뚫어져라 쳐다보고 있었다. 지난해 같은 반 학생들은 물론 다른 아이들도 그랬다.

펠릭스 빈터는 한 학년을 유급했다.

"뭐 어때요. 아이가 더 이상 동급생들을 기억하지 못하는데."

캄탈러 교장이 짓궂게 웃었다. 펠릭스가 같은 학년을 반복해야 할지에 관한 질문이 회의에서 다뤄졌다. 진도를 고려할 때 반복이 여러모로 불가피해 보였지만, 익숙한 환경이 기억의 회로를 다시 활성화시킬 수 있어 반 아이들과 함께 진급하는 게 나을 수 있었다. 이건 의사의 생각이었고 바람직한 해결책이었다.

"그럼 펠릭스의 기억이 어떻게 되는지 시도해 보면 어떨까요? 반복은 언제든 다시 할 수 있으니까요. 내년이 지나고 그 다음 학년에서도요."

사비네가 제안했다.

"그렇게 되면 펠릭스가 두 학년이나 뒤처지게 될 텐데요. 선생님이 책임질 겁니까?"

캄탈러 입가에 웃음이 흘렀다.

사비네는 학교 정원을 죽 훑어보았다. 멀찍이 거리를 두고 학생들이 펠릭스를 둘러싸며 마치 동물원에서 도망친, 보기 드문 동물이라도 되는 듯 머뭇머뭇 모여들고 있었다. 아이들 가운데 누구도 펠릭스를 놀리거나 일부러 상처 주려 하지 않는다는 걸 사비네는 알고 있었다. 사고가 모두의 마음을 뒤흔들었다. 많은 아이들이 병원으로 집으로 카드를 보냈고, 심지어 그를 위해 촛불까지 밝혔다. 울멘슈트라세의 사고 지점에서는 아니었지만, 이곳 학교에서, 강당 입구 복도 갤러리에 걸린 사진 아래서였다. 사진은 펠릭스가 학교에서 셰익스피어의 〈한여름 밤의 꿈〉을 공연할 때 찍은 거였다(그는 여러 요정 가운데 한 요정 역을 맡았는데, 거미줄 역이었는지, 완두콩 껍질 역이었는지, 아니면 겨자씨였는지 사비네는 더 이상 기억하지 못했다). 요정 왕 오베론의 대사가 그녀의 머릿속을 스치고 지나갔다.

그녀가 깨어났을 때, 그녀를 속인 것은
꿈들처럼, 밤의 헛된 그림자들처럼 날아가 버렸네.

바로 그 순간, 갑자기 펠릭스가 사비네 쪽을 바라보았는데 뭔가가, 공기 혹은 빛의 질감 같은 것이 확연히 달라졌다. 학교 정원의 고운 아스팔트는 단번에 유리처럼 평평하고 끔찍하리만큼 고요한 대양의 물 같은 청회색으로 변했으며, 펠릭스는 혼자 주황색 뗏목을 타고 표류하며 구조를 기다리고 있었다. 어디에도 가 닿을 수 있는 물가가 보이지 않았고, 붙잡을 수 있는 것이라곤 아무것도 없었다. 그렇지만 펠릭스는 그런 게 필요하지 않았다. 비록 아무도 손 닿을 수 있는 거리에 있거나 그를 향해 앞으로 나오지 않았지만, 아이들은 둘씩 혹은 서넛씩 작게 무리 지어 그를 둘러싸고 거의 정확한 동심원을 이루며 움직이고 있었다. 마치 수영하는 사람을 위험에서 보호해 주려는 돌고래처럼. 마치 초록 물속 깊은 곳에서 등지느러미로 물살을 가르며 다가오는 상어로부터 보호해 주려는 것처럼. 또……

"야, 펠릭스!"

한 목소리가 정원 위로 크게 울려 퍼졌다. 동심원은 산산이 부서져 마치 안개 걷히듯 흔적도 없이 사라져 버렸다.

"이런……. 대체 무슨 놈의……."

너무 강한 인상을 받고 깜짝 놀란 사비네가 중얼거렸다. 그녀는 몽롱해져 머리를 흔들었다.

니쎄가 입가에 웃음을 머금고 펠릭스에게 어슬렁거리며 다가왔고, 벤이 그 뒤를 슬슬 따라왔다. 펠릭스는 아주 천천히 두 아이 쪽으로 몸을 돌렸다. 여러 눈동자들은 일 년 전에 한시도 떨어지지 않던 이 셋이 처음으로, 최소한 병원 밖에서 처음으로 다시 만나는 모습을 지켜보고 있었다. 니쎄는 병문안을 다녀와서 펠릭스가 오래 보관한 야채 치고 아주 싱싱해 보였다며 못돼먹게 큰소리를 했다. 이에 벤은 입꼬리를 슬쩍 올렸고, 몇몇은 웃었고, 순간 사비네는 하느님께 빌었다. 이제 막 사춘기로 접어드는 이 아이들이 더 강한 소신과 더 섬세한 감성을 지니게 해 주소서 하고.

"야, 괜찮냐, 이 자식아?"

그 순간 니쎄가 말했다. 이 아이는 모든 아이들이 자기가 하는 말에 남몰래 귀 기울이고 있다는 사실, 그 사실을 알고 있었다. 누구나 그랬고, 대부분의 아이들은 이 순간 잠시 숨을 멈추기까지 했다. 여름 바람조차 니쎄의 말을 한 단어도 놓치지 않으려고 입을 다무는 것 같았다.

"이름이 뭐니?"

펠릭스가 물었다.

"벤 칸트슈. 얘는 니쎄 팔라슈."

갑자기 니쎄는 멍청하게 소리를 높여 킥킥거리기 시작했다.

"아, 맙소사. 바뀌었네. 얘가 벤, 난 니쎄."

별로 유쾌하진 않아도 이쯤은 유머로 통할 수 있었다. 다가가기에 적당히 멋진 유머일지도 몰랐다. 사비네는 니쎄가 못마땅하다는 이유만으로 그가 펠릭스를 껄끄럽게 대한다며 꼬투리 잡으면 안 된다고 생각했다. 다른 학생들과 교사들도 펠릭스를 어색해했다.

"난 펠릭스야."

펠릭스가 말하자 니쎄가 입을 크게 벌려 웃었다.

"나도 알아, 이 자식아. 개떡 같은 기억 상실증은 내 게 아니라 결국 네 거지 않냐?"

펠릭스는 무심하게 웃어넘기기로 마음먹기 전, 머릿속 어딘가에 답을 정리하려고 잠시 이마를 찡그렸다. 그런데 사비네한테 펠릭스가 웃음 뒤로 계속 생각하는 게 보였고, 그때 뭔가 이상한 일이 새로 벌어졌다. 검은 머리카락으로 뒤덮인 펠릭스의 머릿속에서 생각들이 맴돌다 갑자기 철자들이 단어로, 단어들이 하나의 문장으로 모이는 모습이 상상됐을 뿐 아니라, 심지어 느껴지기까지 했다. 공기가 낮게 쉿쉿 소리를 내며 폐로 몰려들어 작은 흉곽이 넓어지는 모습, 근육이 압박하여 성대가 움직이는 모습, 그리고 비현실적일 만큼 붉은 입술이 뭔가를 말하려는 모습이……

……펠릭스는 입술 위에 맺힌 말들을 뱉어 내지 않았는데 꼭 그럴 필요도 없었다. 내뱉지 않은 문장이 소리 없이 저절로 입술에서 늦여름 공기 속으로 밀려나왔고, 학교 정원을 뒤덮는 넓고 붉은 띠처럼 팽팽하게 펼쳐졌다. 너는 눈에 띄지 않는 게 두렵구나. 니쎄 팔라슈.

수업 시작을 알리는 종이 울렸다. 사비네는 벽에 기대 서 있다 몽롱한 상태에서 빠져나와 급히 건물로 들어갔다. 목이 말랐다. 교무실로 가서 냉장고에서 생수 한 병을 꺼내 유리컵에 따르고 창가로 갔다. 물을 두세 모금 깊게 들이켰다. 손이 떨렸다. 무릎에 힘이 빠져 어떻게 교무실까지 왔는지 스스로도 의아했다. 창밖 학교 정원,

니쎄와 벤은 주황색 벤치 곁에 서서 펠릭스와 얘기를 했다. 세 아이 모두 웃고 있지만 두 아이의 눈만 입을 따라 같이 웃고 있었다. 니쎄 팔라슈는 백 명 중에 한 명 있는 타고난 괴수일지도 모른다. 하지만 앞으로 제대로 대처하지 않으면 안 될 거다. 아직 잘 모르겠지만, 니쎄는 호적수를 만났다.

아들과 다시 같이 살기 시작하면서 안드레 빈터는 당황스럽다 못해 아찔한 순간이 한두 번이 아니었다. 예를 들면 이런 순간이었다.
  식구들이 함께 점심 식탁에 둘러앉았다. 멜라니는 펠릭스가 좋아서 달려들던 음식을 차려 놓았다. 양배추 초절임과 바싹 구운 소시지에 곱게 으깬 감자를 곁들였다. 모두 유기농 감자로 농부한테 바로 사서 직접 감자를 찌고 우유를 넣어 으깼다. 사고 전 이 음식이 식탁에 오르면 펠릭스는 아이들다운 무아지경에 빠져들었다. 이 음식 말고는 세상 그 무엇도 펠릭스의 관심을 끌지 못했다.
  펠릭스는 오늘도 음식에 관심을 보였는데, 무엇보다 으깬 감자에 그랬다. 으깬 감자를 접시에 수북이 퍼 담고 칼로 평평하게 문질러 2센티쯤 되는 두께로 접시를 덮었다. 그러고는 거기에 포크로 가는 선을 그려 넣었다. 그 윤곽은…… 도대체 무슨 윤곽일까? 멜라니가 음식으로 장난치지 말라는, 세상 모든 아이들이 아는 규칙을 일깨우려 들자, 안드레는 멜라니의 시선을 붙잡아 조용히 고개를 저었다.

"아, 세계지도지?"

안드레는 멜라니를 향해 웃으며 펠릭스에게 말을 건넸다. 펠릭스가 자기 세계를 넓혀 줄 기억을 붙잡는 표시 하나하나가 모두 좋은 징조였다. 멜라니도 상황을 이해했지만, 미심쩍게 지도를 들여다보았다.

펠릭스는 하던 일에서 눈을 떼지 않고 고개를 끄덕였다. 안드레는 으깬 감자 지도를 더 자세히 살펴보았다. 뭔가가 맞지 않았다. 사고 전 펠릭스가 지리 과목에서 어떤 점수를 받았더라? 안드레는 아프리카 서부 해안을 아주 잘 그릴 수 있다. 이건 분명 아프리카였다. 지도 동쪽으로 도저히 헷갈릴 여지가 없는, 형태상 인도로 판단되는 곳이 맞닿아 있었기 때문이다. 단지 대륙 부분이 이웃에 딱 달라붙어 있어 아프리카와 아시아가 전혀 분리된 대륙처럼 보이지 않았다. 북쪽도 더 나아 보이지는 않았다. 아프리카 위쪽으로 밀려 올라간 북쪽 땅 덩어리에 뭔가가 빠져 있는데…….

"지중해가 완전히 빠져 있네. 그렇지 않니?"

안드레가 이상한 점을 알아챘다. 펠릭스는 이마를 찌푸렸다.

"어디요?"

"아프리카 위쪽으로."

"그건 투리아예요."

"투리아?"

펠릭스는 안드레가 남아프리카라고 생각한 곳을 포크로 가리켰다.

"음, 이 아래 이게 검은 왕국들이고 그 오른쪽이 이라니스탄이에요. 아주 꼭대기에, 북쪽에 노르트하임이 있어요. 휘퍼보레아 옆으로요."

안드레는 재빨리 멜라니 쪽을 쳐다보았다. 멜라니는 접시에서 굴러 떨어지는 소시지를 낚아채기라도 하듯 소시지에 포크를 팍 꽂았다.

안드레는 실망스럽게 말했다.

"참 예쁘네. 투리아 말이야."

펠릭스는 어깨를 으쓱했다.

"아빠가 거기서 살아야 한다면 다르게 생각할 거예요. 소시지랑 양배추 초절임 좀 더 주실래요?"

그게 전부가 아니었다. 마침내 음식을 먹기 시작했지만, 펠릭스는 한 입 베어 물고는 계속 입에 물고만 있었다. 그러다가 물었다.

"후추 있나요?"

그런 뒤 슈거 파우더를 뿌리는 것처럼 접시 위에 검은 후춧가루를 뿌려 댔다.

"이제 그만해."

멜라니가 높낮이 없이 말했다.

반응이 없었다.

"그만둬!"

"그렇지만 아무 맛도 안 난다고요!"

펠릭스가 큰 소리로 대들었다. 그리고 후추 통을 식탁 위에 쾅 내려놓았다.

순간 멜라니 얼굴 위로 납득할 수 없다는 표정이 스쳤고, 이제 그 표정은 순전한 공포로 변했다. 미각이 없다니. 아직 발견하지 못한 뇌 손상일까?

"뭐라고?"

멜라니에게서 작고 갈라진 소리가 났다.

"제발 걱정 좀 하지 말아요!"

펠릭스는 이미 침착해졌고 방어하듯 두 손을 접시 위로 가져갔다. 음식에 축복을 내리려는 듯한 이 모습은 허무맹랑해 보였다.

"무슨 맛이 나기는 하는데 많이는 아니에요. 그냥 양념이 많으면 맛이 더 괜찮아질 거 같아서요."

"근데 그 정도면 정말 충분해. 입 안이 화끈거릴 정도라고."

멜라니가 고집스레 말했다.

안드레는 펠릭스가 포크 위에 으깬 감자와 양배추 초절임을 조금씩 얹고 끝으로 소시지 조각을 올려놓는 모습을 지켜보았다. 사고 전부터 늘 하던 대로였다.

"그런데, 그래서요?"

펠릭스로부터 이런 대답이 느릿느릿 돌아왔다.

"그것도 결국은 망할 놈의 엄마 입이 아니라 내 입이잖아요."

이런 식으로 그 순간은 지나갔다. 안드레 빈터는 방금 되찾은 아들을 또 잃어버린 것 같았다.

힐데가르트 하인젤은 지난 시간을 되돌아보며, 하필이면 오늘같이 대기가 탁한 오후에 이 다리에서 펠릭스를 다시 만난 건 참 이상한 일이라며 투덜거렸다. 거의 일 년 전에 바로 이 다리에서 펠릭스와 마지막으로 마주쳤다. 어제 일처럼 생생하게 장을 보러 다리로 들어서던 순간까지 떠올랐다. 그 무렵, 그러니까 그때 이미 펠릭스 머리 위로 먹구름 같은, 눈에 보이는 먹구름 같은 불행이 몰려들었다! 충분히 섬세하다는 전제에서 그 나이가 되면 사람들은 뭔가에 대한 직감이 발달하는데, 힐데가르트는 젊은 경찰이 질문할 때 이 사실을 말하는 걸 완전히 잊고 말았다. 두드러지던 그 암흑을. 그리고 잠시 후 그 암흑이 실제로 펠릭스를 세상에서 앗아가 버렸다는 것을.

도무지 이해할 수 없었다. 비극적인, 너무도 비극적인 그날을 그녀는 잊을 수가 없다. 이 불쌍한 아이가 정신이 온전한 걸 마지막으로 본 사람이 자신이니까. 엄마가 아이를 차로 치었다. 그 사실에 대해서는 아무것도, 그 어떤 것도 꾸며 대서는 안 된다. 그때 펠릭스는 이미 일자 모양의 고정쇠에 머리를 다쳤고, 확실히 두 사고는 서로 아무 의미도 없었다. 당연히 어떤 의미도 없었다. 아이가 남은 삶 동안 정신장애를 안고 살게 될지의 여부를 알려고 해도 오로지 기다리는 일만 남아 있었다. 세상에!

힐데가르트는 근처로 장을 보러 가고 있었다. 다리 건너에 작은 슈퍼마켓이 있는데 이미 다리의 3분의 2까지 건너왔다. 나무판자가 두 발 아래서 낮은 소리로 삐거덕거렸다. 이 지점의 강폭은 넓지 않아 강가 양쪽으로 늘어선 오리나무와 수양버들 가지들이 다리 위로 연결돼 열린 지붕을 이루고 있었다. 여름 바람이 부는 대로 가지들이 부드럽게 움직이면서 마치 작고 검은 동물처럼 그림자가 이곳저곳으로, 펠릭스 위로도 헤매 다녔다. 펠릭스는 이끼색 초록 티셔츠에 남색 청바지를 입고 갈색 운동화를 신은 채 꼼짝 않고 나무 난간에 붙박이로 서 있었다. 오래전, 아주 오래전부터 그 자리에서 자라난 것 같았다. 그 모습을 보고 소스라치게 놀란 그녀는 그 자리에 꼼짝없이 얼어붙었고 얼토당토않은 생각을 했다. 어쩌면 사흘 전에 이 다리를 마지막으로 건널 때에도 이 아이를 지나쳤을지도 모른다는.

펠릭스가 다시 집으로 왔지만, 힐데가르트 하인젤은 건너편 집 초인종을 감히 누르지 못했다. 여러 해 동안 이웃으로 지내 왔지만 이제까지 빈터 가족과, 특히 멜라니와 거의 왕래 없이 지냈다. 그런데 이런 행운이 찾아오다니! 펠릭스는 뭇사람들의 관심거리가 된 것 같았다. 힐데가르트는 두세 가지 질문을 염두에 두었고, 몇 주째 못 견디게 궁금했던 것들을 마침내 알게 될 거다. 그러니까 깨어난 뒤 얼마만큼 활기를 되찾았는지, 아직도 진정 어린 위로가 필요한지 전혀 그렇지 않은지 따위 물음들이다. 하지만 펠릭스가 저쪽 난간에 서 있다는 건 이미 좋은 징조가 아니었다.

"너 거거서 그러면 안 돼!"

힐데가르트는 말이 헛나왔다.

"거기서 남자애 하나가 벌써 강에 떨어져 팔이 부러졌어."

"그게 누군데요?"

"발저 씨네 아들 파울 말이야."

그녀는 펠릭스가 울멘슈트라세에 사는 이웃들의 이름을 빨리 떠올릴 수 있을지 확신이 안 섰다. 아직도 그 이름들은 처음 듣는 것처럼 생소할 게 분명했고, 그래서 재빨리 덧붙였다.

"너희 옆집에 사는 발저 씨네."

"저도 알아요. 전 파울을 한 번도 본 적이 없어요."

이 말은 꼭 질문처럼 들렸는데, 아마 그랬을 거다. 춤추는 그림자 속에서 아이 얼굴을 거의 알아볼 수 없었고, 그녀는 끔찍이도 헷갈리는 느낌에 사로잡혔다. 얼굴에서 읽어 낼 수 있는 게 거의 없었다. 특히 펠릭스는 두 눈을 거의 움직이지 않는 것 같았는데, 그 모습이 기괴해 보이기까지 했다.

"파울은 한참 전에 어른이 됐어. 이곳에서 못 본 지는 오래됐지. 베를린에 살거든."

힐데가르트 하인젤이 말했다.

"그는 친절했나요?"

"그는 달랐어."

오래된, 몹시 오래되고 몹시 불쾌한 기억이 힐데가르트의 머릿속을 스쳤다. 피부가 하얀 남자아이, 슈뢰더의 아이들 중 하나. 입가에 삐죽삐죽 수염이 나기 시작한 그 아이는 빛에 예민한 붉은 눈을 선글라스 뒤에 숨기고 발저네 부엌 식탁 귀퉁이 의자에 앉아 있었다. 그리고 집 어딘가에서 뱀 한 마리가, 구렁이 한 마리가 기어 다녔다……

ㄱ-ㅜ-ㄹ-ㅓ-ㅇ-ㅇ-ㅣ

……어쨌거나 다른 생명체를 죽이는 뱀 가운데 하나였고, 그래서 힐데가르트는 의자에 앉은 채로 구조되었고 비명도 질렀다. 그때의 굴욕감이란! 다행히 슈뢰더 식구들과 겪은 악몽 같은 사건의 기억은 그리 오래가지 않았다. 네 아이와 병든 엄마가 이사 간 다음 집은 오랫동안 비어 있다가 노부부 벵거가 세를 들었고, 벵거 부인은 죽고 남편은 요양원에 갔다. 그러다 빈터네가 결국 그 집을 사서

수리했다.

"왜 그 아이, 파울을 볼 수가 없나요? 파울이 아주머니를 싫어했
나요?"

펠릭스가 말했다.

대체 이게 무슨 소리람…….

"왜 파울이 나를……."

"파울은 아주머니를 참을 수 없었을 거예요. 아주머니가 진실하
지 않다고 느꼈으니까요. 게다가 지루하고요."

펠릭스의 눈동자는 여전히 움직이지 않았지만, 힐데가르트를 응
시하는 동안 눈동자가 점점 커지는 것 같았다.

"아주머니는 회색빛 도는 주황색이에요. 개도 분명히 그걸 알아
차렸을 거예요. 파울이요."

그러고 나서 뭔가 특이한 일이 벌어졌고, 그 일은 힐데가르트 하
인젤을 그 뻔뻔함과 회색빛 주황으로부터 관심을 돌리게 만들었
다. 그렇지만 어떻게, 왜 그런 기이한 일이 벌어졌는지에 대해서는
나중에라도, 세상 모든 돈을 준다 해도 설명하기 어려울 거다. 그녀
는 아무 계획도 없는 것 같았다. 그러니까 잘 생각나진 않지만, 파
울이 난간 너머 아니면 난간대 사이를 통과해 유유히 흐르는 물을
등지고 아직도 허공에 절박하게 매달려 있는 걸 바라보는 것 말고
는 이곳에 온 이유가 전혀 없는 것 같았다. 그 순간 펠릭스를 잊었

다. 이상하게 물이 끈적거리며 기포가 많아 보였는데, 저 아래에서 이곳 위쪽을 향해 썩은 냄새가 진동하자, 그녀는 자신이 가장 사랑하는 오래된 판타지가 떠올랐다.

아가씨였을 적에 빠져든 판타지인데, 이때는 세제가 거의 성적인 매력을 발산하기 시작한 무렵이었다. 그러니까 강줄기를 따라 길게 이어지는 둑에 엄청나게 큰 용기에서 세제와 소독제를 제대로 섞어 붓기만 하면, 이 강을(다른 강이라 할지라도) 손쉽게 씻어 낼 수 있으리라는 판타지 말이다. 잘 섞인 합성 용액이 두툼하며 향기 나는 모포처럼 물결을 덮고 남쪽을 향해 촬촬 소리를 내며 흘러가, 무지갯빛으로 반짝이는 비눗방울이 바다를 수 킬로미터씩 가득 메우고, 고약한 냄새가 나는 돌멩이와 자갈 위로 쏟아지며 물결을 타고 청결함을 더하며 향기를 풍기리라는 판타지. 그와 동시에 박테리아로 오염된 하수구 문제를 뿌리 뽑자마자, 잘못하면 인간의 가장 귀한 자산인 건강이 덫에 걸릴 수 있다는 깨달음도 얻은 시기가 있었다.

이제 펠릭스는 그녀의 코앞 난간 위에서 균형을 잡고 섰는데, 마치 난간을 견고하고 드넓은 길로 여기는 것 같았다. 펠릭스는 몇 발짝 종종걸음으로 다가왔다 다시 멀어졌는데, 몸을 돌리지 않고 규칙적으로 뒷걸음질을 쳤다. 힐데가르트 하인젤은 저 너머 장 보러 가는 쪽을 쳐다보았다. 이 아이에 대해 더 이상 아무것도 알고 싶지 않았다. 그러나 보초 교대라도 하듯 나타나 그녀를 구해 주고 이 아이를 떠맡을 사람은 아무도 없었다. 그녀는 아이 머리가 정상이 아님을 알게 됐고, 더 이상 이 아이에 대해 알고 싶지 않았을 뿐 아니라, 작년에 일어난 사고의 증인조차 되고 싶지 않았다.

땀이 솟아나 곱고 윤기 흐르는 막이 이마를 덮었다. 땀에서 어떤 느낌이 나는지 알지만 문질러 버리지 않았다. 코에서는 여전히 강 냄새가 배어 나왔다. 상상 속 진주조개 속껍질처럼 무지갯빛 나는 세제의 물결이 내뿜는 향기와 뒤섞인, 곰팡내와 향기가 뒤섞인, 너무나 불쾌한 냄새였다.

모순이었다.

"이제 뜀박질 좀 멈춰."

그녀는 펠릭스에게 소리를 질렀고, 자신이 내지른 무례한 말투에 스스로 깜짝 놀랐다.

"그렇게 묘기 부리는 건 조심해야지. 안 그러면 넌 꼬마 해벨만처럼 된다."

펠릭스가 동작을 멈췄다.

"그게 뭔데요?"

힐데가르트는 눈을 치켜떴다.

"해벨만은 밤에 침대를 타고 하늘로 올라가. 그때 달이 비춰 주지. 그렇지만 한 번도 충분히 빠르거나 충분히 높이 가지는 못했어.

해벨만은 꼭 너 같았어. 점점 더 많이, 더 많이 원했어."

펠릭스 눈에 기이한, 거의 굶주린 듯한 표정이 서렸다.

"그래서 그는 그걸 얻었나요?"

"그래, 그렇지……. 근데 결국 하늘에서 떨어졌지."

"네? 사랑하는 하느님한테 쫓겨난, 그때 그 사탄처럼요? 원래 사탄은 천사였어요. 그렇죠? 검은 천사. 그는 꼭 자기 주인처럼 되고 싶었고, 그래서 신이 그를 내쫓았고, 불이 붙어 이리저리 몸부림치며 하늘에서 땅으로 떨어졌어요. 그게 한밤중이었으면 정말 분명히…… 대단히 멋져 보였을 거예요."

회색 눈에 감탄의 빛이 어렸고, 두 눈은 마치 멀리 떨어진 우주로부터 하늘가 지평선으로 떨어지는 천사를 발견한 듯했다. 그렇지만 애들은 누구도 하늘에서 불타며 떨어지는 천사에 관해 설명하지 않는다. 그녀는 펠릭스가 출발하는 것을 보고 나서야, 아이가 조금 제정신이 아닌 게 분명하다는 판단이 섰다. 펠릭스는 걷는 게 아니었다. 달렸다. 폭이 15센티미터도 되지 않는 난간 위의 단거리 질주자는 그녀가 잡고 있는 교각 끝을 향해, 울멘슈트라세를 향해, 다리 끝을 향해 달렸다. 그리고 곧 멈추지 않는다면……

첨벙!

……또다시 다리 이쪽에서부터 맞은편으로, 다시 땅의 한쪽에서 또 다른 쪽으로, 보기만 해도 심장이 멎을 지경이었다! 그러고는 다

시 돌아와 바로 코앞 난간에서 날갯짓 하며 사뿐히 뛰어내려 그녀를 뚫어져라 쳐다보았다. 꼭 박수갈채라도 요구하는 듯. 꼭 도전이라도 하듯. 어쨌거나 그녀는 이 아이가 자신을 바라보는 모습이 마음에 들지 않았다. 그의 눈은 너무 잿빛이었다. 그리고 그 안에 냉기가…….

"뭐라고?"

그녀는 재빨리 말을 이었다.

"아주머니를 자주 봐요."

펠릭스가 천천히 그리고 조용히 말했다. 묘기를 부리고 났지만 숨결은 조금도 거칠지 않았다. 또 목소리는 깊고 낮게, 마치 어떤 아이가 이 다리에서 떨어지기라도 한 것처럼 깊게 울렸다.

"아주머니는 창 뒤에 서서 건너편 우리 집을 보지요. 어둠 속에서요. 사람들이 아주머니를 보지 못할 거라 생각하기 때문에요. 그런데 난 아주머니를 봐요. 난 아주머니가 숨 쉬는 게 보여요. 아주머니의 숨은 주황색 얼룩이 있는 완전한 잿빛이에요. 아주머니가 아픈 것 같아요."

힐데가르트는 어깨를 움츠렸다. 펠릭스는 작은 손으로 그녀의 배 위쪽을 눌렀다. 간이 있는 부위쯤이었다. 손이 닿자 그녀의 피부와 아이 피부 사이에 옷감 한 장 없는 것 같았고, 꼭 배가 불에 덴 것 같았다.

"이쯤인 것 같아요. 여기요. 여기 뭐가 있나요?"

그 부위에 뭔가 있었지만, 힐데가르트 하인젤 자신도 몇 주 전에야 알게 된 사실이었다. 주치의에 따르면 가벼운 당뇨와 기름진 음식을 좋아하는 게 불행히도 짝을 이뤘고, 그에 더해 필요한 것보다 4분의 1 정도씩 음식을 더 삼켜 버릇해서 지방간을 선물로 받았다고 했다. 위로가 되는 말은 한마디도 없었지만, 현실적으로 받아들이지 않으면 안 됐다. 어차피 어떤 말로 병이 낫는 건 아니었다. 이제 그녀는 이 문제에 어떻게 대처해야 할지, 그리고 앞으로 무엇을 개선해야 할지 성급히 고심했다. 영양가 풍부한 음식일지, 4분의 1의 식사량일지, 아니면 의사를 찾아가야 하는지를.

펠릭스는 손을 제자리로 가져왔다. 그는 팔을 떨구었고, 회색 눈으로 그녀를 놓치지 않은 채 다리 위에서 계속 뒷걸음치면서 그녀로부터 멀어졌다.

"난 괜찮아."

그녀의 대꾸는 고집스럽기까지 했다.

"그리고 너, 이제 집으로 가야지."

뒤쪽으로. 뒤로, 뒤로.

"음, 엄마한테 가야 해요. 엄마가 오늘 색깔 있는 옷들을 빤다고 했어요. 그런데 엄마한테 할 말이 있어요."

그 말에서 기분 좋은 울림이 났다. 안전한 영역의 울림이 풍겨 나왔다. 힐데가르트는 자신을 짓누르던 압박이 사라져 감을 느꼈다. 그녀는 이 아이와 두 번 다시 얘기하지 않기를 바랐지만, 벌어진 일은 벌어진 일이었다. 그대로 괜찮다. 불편한 대화는 쓸데없는 미사여구를 집어넣어 끝내는 게 최선이다.

"엄마한테 뭘 얘기해야 하는데?"

그녀가 말했다. 아니 소리를 지르는 편에 가까웠다. 아이가 곧 다리 아래로 내려서서 되받아 소리쳤다.

"엄마가 저를 더 이상 펠릭스라고 부르면 안 된다고요. 이제 저는 안더스예요. 아시겠어요?"

저런, 누구한테 한 말인가. 힐데가르트는 아이가 계속 뒷걸음질치면서 재빠르게 그곳에서 빠져나가는 모습을 지켜보았다. 안더스. 빈터 가족에겐 아무것도 속이지 않는 편이 나을 거다. 사고를 당해 펠릭스가 뭔가를 잃어버렸다는 것을. 그것도 아주 많이. 아직까지 머릿속이 뒤범벅인 모양이다. 아마도 주황 잼으로. 그렇지?

강 아래에서 향기가 훅 끼쳐 왔다.

단 한순간도 힐데가르트는 펠릭스 빈터가 자기 배를 만진 순간 무슨 일이 벌어진 건지 되묻지 않을 거다. 힐데가르트는 머릿속에서 손 여섯 개를 마음대로 부렸다. 그녀는 자신에게서 삶이 미끄러져 나가는 듯한 느낌이 들자 곧바로, 또 자신이 호감을 사지 못하는 듯한 느낌이 스치자마자 곧바로, 여섯 개의 손으로 자기 자신을, 두 눈과 입과 두 귀를 붙잡았다.

"애가 몰래 나가."

"어디로?"

"몰라. 신발 보고 알았어. 병원에서 퇴원한 날 처음으로 알았어. 그날 밤에 비가 내렸잖아. 그 다음날 아침에 보니 신발에 진흙이 묻어 있었어."

"당신 생각은……."

"맞아. 밤에. 애가 밤에 나갔어."

"아이랑 이런 얘기 해 봤어?"

"아니."

"애가 어디 있었는지 알아?"

"아니."

"어쩌면 정원에만?"

"그럴 수도 있겠지."

"왜 나한테 이야기하지 않……."

"저절로 나을 거라 생각했으니까! 퇴원해서 집에 온 지 얼마 안 됐고. 처음에는 자면서 돌아다니는 것 같다고. 뭐 그렇게 생각했어."

"근데 그게 아닌 거지?"

"모르겠어. 아니야. 어제 다시 그랬어. 오후에. 지하 세탁실로 와서 말도 안 되는 소리를 했어. 이제 자기를 안더스라고 부르라고. 애한테서 강 냄새가 났어."

"냄새가 나고……."

"란강에 갔었나 봐. 애가 방에 있다고, 줄곧 컴퓨터 앞에 앉아 있다고 생각했거든. 근데 그냥 슬쩍 빠져나간 거지."

"나라면 애가 그냥 슬쩍 빠져나갔다고 말하지 않겠어. 게다가 우리가 애를 계속 따라다닐 수도 없잖아."

"그러다 애한테 다시 무슨 일이라도 생기면?"

"여보, 당신은 애를 꼭 보석 박힌 왕관처럼 지켜 왔잖아. 그래도 사고가 났어. 멜라니, 그런 건 그냥 일어나는 거야. 우리가 막을 수 없어."

"그래서 어쩌라는 거야?"

"그건 말이야, 펠릭스를 가게 내버려 둬야 한다는 거야. 어렵더라도 애가 가려 한다면 말야. 당신 펠릭스를…… 안더스…… 당신 그렇게 불러 봤어?"

대답이 없었다. 안드레 빈터는 멜라니가 두려워하는 걸 알았다. 멜라니는 안더스가 밤 소풍을, 강가 어딘가를 쏘다닌 일을 기억하지 못할까 봐 두려웠다. 안더스 머리에 사고 후유증이 남았을지 몰라 두려웠다. 뭔가 있었을까? 안더스는 친절했고 까다롭지 않았지만, 한 사람 이상의 관심을 받으면 곧장 위축됐다. 안드레는 이럴 때마다 자신이 아들의 예전 행동 방식을 얼마나 기대하는지를 문득 깨달았다. 그러고 보면 자신은 사실 사고 전에 본 전형적인 행동 방식만 알고 있음을 시인할 수밖에 없었다. 그건 무리한 요구를 받으면 단순히 무관심하다는 걸 보여 주는 반응이었고, 일종의 거부 표현이었다. 그럴 때면 펠릭스는 위팔은 어깨 위로 치켜 올리고 아래 팔은 힘없이 축 늘어뜨렸다가 갑자기 팔 전체를 아래로 떨궈 앞뒤로 흔들리게 했다. 그래서 이전에 안드레는 펠릭스가 모든 것에 관심이 많고 그 무엇에 대해서도 무리한 요구라고 느끼지 않기를 헛되이 기다려 왔다. 그런데 안더스는 펠릭스와 다른 것 같았다.

집으로 돌아온 다음부터 펠릭스는 적잖은 시간을 컴퓨터나 텔레비전 앞에서, 아니면 책을 읽으며 보냈다. 얼핏 보면 새로운 지식을 자기 안으로 쌓아 들이는 것 같았다. 하지만 최소한 그만큼의 시간을 멍하니 아무 창이나 바라보거나, 아니면 정원에 놓인 바구니 의자에 앉아 구멍이나 색깔, 혹은 알 수 없는 허공 어딘가로 시선을 고정시켰으며, 완전히 자신 안으로 빠져들었다. 바움가르트 박사는 이런 현상을 심각하지 않은 걸로 분류했다. 어린 환자는 세계 전체는 물론 세계 속에서 자신의 위치를 완전히 새롭게 설명해야 한다는 게 그 이유였다.

그 남자는 어린 환자가 붙인 새 이름에 대해 뭐라고 할지, 정말 흥미롭게 지켜봐도 좋겠다고 안드레 빈터는 생각했다.

에크하르트 슈탁은 이전에 가르친 과외 학생을 골즈 사무 용품 가게에서 마주쳤다. 종이와 편지 봉투, 서류철과 신문 등의 냄새가 편안하게 풍기는 가게로 우체국 지점 업무도 겸하고 있었다. 가게에 들어서자 그는 계산대에서 거스름 동전을 세고 있는 펠릭스를 보았다. 옆모습만 보였지만, 슈탁은 펠릭스를 곧장 알아보았다. 계산대 위에 달려 있는 형광등의 차가운 불빛 때문에 아이의 작은 얼굴은 아주 밝게, 머리는 아주 새까맣게 보였다. 이와 대조되어 입술은 어떤 불빛 아래서도 빛날 듯 붉은색이 무척 강렬했다. 무언가, 그 무언가의 입술처럼……

"제가 할아버지를 아나요?"

펠릭스가 그를 향해 번개처럼 고개를 돌렸다.

"네가 대답해 보렴."

물음과 거의 동시에 슈탁이 대꾸했다.

빈터네 아들은 세상 사람 모두가 자신의 기억 상실증을 알고 있다고 전제하는 것 같았다. 그는 계산원에게 짧지만 친절하게 고개를 끄덕이고 슈탁에게 다가왔다. 웃고 있었지만, 회색빛 눈동자 때문에 그 웃음은 차가워 보였다.

"그런 것 같네요. 할아버지를 알고 있어요. 그렇지 않으면 말을 걸지 않았겠죠."

슈탁은 천천히 고개를 끄덕였다. 그런 종류의 논리가 마음에 들었다.

"그럼 너는 나를…… 조금 알아본 거니?"

"색깔만요."

펠릭스는 점점 더 가까이 다가서며 대답했다. 아이의 옅은 웃음이 사라졌고 대신 이마가 찡그러졌다. 슈탁은 고개를 숙여 자신을 내려다보았다. 어깨에 파란 천을 덧댄 빨간 바람막이 재킷을 입고 있었는데, 아이는 작년 사고 전에 이 재킷을 입고 있는 자신을 분명히 보았다. 아니면 그가, 슈탁이 펠릭스를 창밖 안개 속에서 본 것 같다고 생각한 밤에도 이 재킷을 입고 있었을까? 말도 안 돼. 헛소리야. 만약 거실에서 재킷을 걸치고 있었다면, 털실로 짠 스웨터였을 거다. 한밤중에 슈탁의 두 눈이 그를 골탕 먹인 게 분명하다. 그런데 슈탁은 왜 아이에게 불필요한 혼란을 보태려 하지? 완전 기억상실증이라서 슈탁 집에 오는 길도 모를 텐데.

슈탁이 다시 시선을 들었을 때, 그는 놀라서 흠칫 움츠러들었다. 펠릭스가 아이다운 둥근 턱을 살짝 치켜들고, 고개를 앞으로 살짝 빼고 너무 가까이 다가와서, 슈탁은 무례하다고 느낄 정도였다. 꼭 뭔가를 하려는 듯했다.

마치 나한테서 냄새라도 맡으려는 것 같아!

슈탁은 급히 한 손을 뻗었다. 이것이 이 아이로부터 거리를 확보하는 최선의 방법 같았고, 실제로 펠릭스는 슈탁이 바라던 대로 걸음을 뒤로 물렸다. 누구든 아이에게 이런 점을 반드시 주의시켜야 할 것 같았다. 모든 사람에게는 신체 주변에 50센티미터 정도 막으로 둘러싸인, 보이지 않는 내밀한 차단 공간이 있다는 점을. 오로지 가족 구성원이나 친분이 두터운 사람, 연인만이 그 안으로 불편하지 않게 들어올 수 있다는 점을.

"에크하르트 슈탁이야. 네가 나한테 과외 수업을 받았어. 사고 전에. 수학 과목을."

슈탁이 말했다.

"아, 그런데 그게 나한테 도움을 주었나요? 과외 수업요."

"그럼, 그렇고말고."

"그럼 감사해요."

맞잡은 손은 건조했고 놀랍도록 힘이 셌다. 슈탁은 일 년도 훨씬 더 전 아이와의 첫 만남과 그때의 손을 잘 기억했다. 그때의 손은 맥없이 축축하고 따뜻했다. 비교가 안 됐다.

"요즘 수학은 어떠니? 그런데 벌써 다시 학교에 가는 거니, 펠릭스?"

그가 물었다.

"네. 근데 한 학년을 다시 다녀야 해요. 모두 친절해요. 수학은 괜찮아요. 그리고 제 이름은 이제 더 이상 펠릭스가 아니에요. 제 이름은 안더스예요. 대문자 A를 써서요. 안데르센처럼요. 할아버지도 아시죠. 인어공주 동화를 지은 사람요. 인어공주는 매일매일 현실 세계에서 칼 위를 걷는 고통을 견디며 맨발로 다녀요. 게다가 아무에게도 자기 생각과 느낌을 말할 수가 없었어요. 혀가 없으니까요."

펠릭스는 손을 치켜들고 집게와 가운뎃손가락을 쭉 뻗어 입술 앞에 대고 철컥철컥 움직여 보였다.

"잘렸어요."

"그 얘기 생각나는 것 같다. 맞아. 그런데 넌 뭣 땜에 이름을 바꿨니?"

빈터네 아들은 어깨를 으쓱했다.

"더 이상 펠릭스 같지가 않으니까요."

"펠릭스가 어떤데?"

"갇혀 있어요."

슈탁은 비죽비죽 새어 나오는 웃음을 꾹 참아야 했다. 뒤통수에 가해진 작은 충격으로 사고력이 확실히 향상되었다. 혹시 여러 달 동안 혼수상태에 빠졌다고 보상이라도 받은 걸까. 언제 이렇게 냉소적으로 바뀐 거니, 이 녀석아? 그는 억지로 생각을 떨쳐 버렸다.

"부모님은 뭐라고 하시니?"

"아빠는 애쓰고 계세요. 엄마는 저를 계속 펠릭스라고 부르고요. 엄마는 뭔가 바뀌면 잘 받아들이지 못해요. 엄마가 그러는 건 이해해야 해요. 그렇지 않나요?"

"네 말이 맞겠지."

힘겹게 참은 웃음이 터져 나오고야 말았다. 빈터네 새 아이가 마음에 들었다. 펠릭스는 안더스와 달리 자의식이 강하지 않았다. 슈탁이 펠릭스를 처음 알았을 때, 펠릭스는 너무 조심스러웠고 꽤 오랫동안 만나면서도 여전히 그랬다. 게다가 펠릭스는 혼자서는 절대 시내로 나오지 못했을 거다. 연보라색 여자가 그렇게 시켰다면 모를까.

안더스는 그를 인내심 있게 지켜보았다. 슈탁은 더 이상 할 말이 없었지만, 뭔가 말해야 할 것 같은 느낌에 사로잡혀 신문 가판대를 가리켰다.

"만화 때문에 여기 왔니?"

"아니요."

안더스는 손에 아무것도 없다는 걸 보여 주려는 듯 두 손을 들었다.

"우표가 필요해서요. 할아버지는요?"

"일간신문."

"편지는 게리 선생님 때문이에요. 병원에서 저를 담당하던 간호사요. 저를 조금 무서워하지만 언젠가 분명히 나아질 거예요."

슈탁은 다시 웃지 않을 수 없었다. 그래도 귀엽다고 여길 수밖에 없는 말들이 이어지는 내내, 그는 웃음을 터뜨리지 않으려고 애써야 했다.

"게다가 게리 선생님이 우리 집 옆에 사는 제 담당 의사 선생님을 사랑하거든요. 그 의사 선생님이 그걸 모를 거라고 생각하지만, 벌써 오래전부터 알고 있어요. 게리 선생님은 그 선생님이 자기 같은 사람은 절대 사랑할 수 없을 거라고 생각하지만, 사실은 선생님도 그를 사랑해요.

"선생님이 그걸 표현했니?"

"그건 아니지만 확실해요. 선생님 심장이 그의 심장과 너무 맞붙어 있어서, 둘 안에 심장이 오직 하나만 보여요."

안더스가 아주 진지하게 말했다.

갑자기 슈탁은 심장을 바늘로 찔리는 듯한 느낌을 받았다. 마치 그 부위…… 오, 그래 그 부위였어……. 상처가 엉망으로 아물어 버렸고, 그 상처에 덧댄 반창고를 안더스의 말이 뜯어냈고, 그러자 그의 심장은 피를 흘렸다…….

"네가 지은 시니?"

슈탁은 꺼지는 듯한 목소리로 말했다.

"셰익스피어요."

안더스는 슈탁을 주의 깊게 바라보았다. 잠깐이지만 슈탁은 안더스가 또 냄새를 맡으려고 다가오는 것 같았다. 이미 턱이 들려 있었고, 작은 콧구멍이 벌름거렸으며, 몸 전체가 슈탁 쪽으로 기울어졌다. 그러다 다행히 그 순간이 지나갔고 턱은 제자리를 찾았지만, 대신 시선이 위로 향했다. 슈탁 머리 바로 위의 뭔가가 주의를 끄는지, 회색빛 두 눈을 잠깐, 아주 잠깐 가늘게 모았다. 그러고는 그 순간도 지나갔다.

"근데 할아버지는 왜 그렇게 슬퍼하세요? 혼자 있기 때문인가요?"

슈탁은 안더스가 연달아 하는 말을 들었다.

슈탁은 침을 삼켰다. 슈탁이 자기 내면의 삶에 대해 이야기를 나눈 사람은 여태 아무도 없었다. 친구나 아는 사람은 충분히 많았지만, 15년 넘는 시간이 흐르도록 자신에게 들러붙은 생각과 슬픔의 짐을 누구에게도 지우고 싶지 않았다. 그리고 또⋯⋯.

"아내가 그리워."

슈탁은 자기가 하는 말을 들었다.

"돌아가신 지 얼마나 됐는데요?"

할머니가 떠났나요? 별거 중이세요? 이혼하신 거예요? 이런 말들이 아니었다.

"아주 오래전에. 십오 년이나 지났어."

"안됐어요. 할아버지 집에 가도 될까요?"

"그럼 아주 좋지. 클라겐바허길, 숲 가장자리 위쪽에 있는 마지막 집이다. 그런데 네가 우리 집에 오면 엄마한데 무척 혼날 거다. 장담한다. 네 엄마는 나랑 좀 안 좋거든."

"다른 애라면 혼나겠지요. 난 아니에요."

안더스는 아주 침착한 목소리로 대꾸했다.

9월 7~22일
시간이 조금 흐르고

시간이 서서히 흐른다. 아들이 아무도 모르게 밤나들이를 하고 있다는 의심을 품고부터 멜라니 빈터는 자다가도 놀라서 깨곤 한다. 그렇지만 침대에서 살짝 빠져나와 펠릭스 방에 가 보면, 언제나 침대에서 깊은 숨을 쉬며 꿈속으로 빠져든 아들을 볼 수 있다. 침대는 털이 매끈하고 흉측한 개 스무 마리의 감시를 받고 있는데, 벽에 붙은 이 개들은 아래쪽 침대를 뚫어져라 쳐다보고 있다. 중간에 깨지 않고 푹 자고 일어난 날 아침이면, 멜라니는 간밤에 펠릭스가 기회를 틈타 나갔다 왔을지도 모른다는 바위 같은 믿음이 흔들리는 것 같다. 안 그랬을지도…….

멜라니는 남편 모르게 현관 입구의 옷걸이 겸용 신발장 바닥에 하얀 분필로 펠릭스의 신발과 장화 뒤꿈치를 빙 둘러 아주 가는 선을 그어 놓는다. 안드레가 이런 일을 좋게 볼 리가 없다. 유감스럽지만, 아니 분통이 터질 노릇이지만, 안드레는 아들을 키우면서 아들 일에 거의 간여하지 않는다. 그렇지만 이런 태도는 어서 변해야 한다. 그래야 학교에서도 아들에 대해 더 나은 이야기를 듣게 될 거다. 펠릭스는 사고 전에 지독히 싫어하던 자연과학을 놀랍도록 잘하고 있지만, 대신 독일어와 영어는 관심 밖이다. 꼭 좋아하는 과목을 맞바꿔 놓은 것 같다. 이런 일에 대한 멜라니의 품평은 갓 방수 처리된 장갑에 묻은 물방울처럼 펠릭스나 안드레로부터 튕겨져 나온다.

아들 신발을 이용해 밤나들이를 통제하려던 시도는 번번이 실패로 돌아갔다. 더 이상 밤나들이를 하지 않는 게 분명하다. 그렇게 생각하고 싶지 않지만, 멜라니 빈터는 펠릭스가 짧은 기간 동안 몽유병을 앓은 것 같다는 결론에 다다랐다. 그럼에도 그녀는 규칙적으로 분필 선을 새롭게 긋는 일을 멈추지 않는다.

이제 밤중에 아무도 찾아오지 않는다는 점에서 에크하르트 슈탁은 멜라니 빈터의 결론을 지지할 수 있을 거다. 물론 한 번이라도 누군가의 방문을 받은 적이 있다면 말이다. 안개가 자욱했던 그날 밤이 지나고 시간이 흐르면 흐를수록, 슈탁은 자신이 환영에 사로잡혔다고 점점 더 확신했다. 그날 밤 이후 깊은 밤에 혹여 어린 방문자를 기다린 건 결코 아니다. 오히려 낮에 정원 울타리를 쳐다본다. 가끔 울타리 위에 로미가 앉아 있고, 또 가끔은 아니지만 로미도 뭔가 기다리는 것 같다. 마치 빈터네 아들이 골즈 가게에서의 대화를 기억하고 찾아올지 말지를 주인에게 묻는 것 같다.

이런 날, 기다림에 지쳐 완전히 우울해지기 전에 슈탁은 대부분 200미터 가량 떨어진 풀밭으로 간다. 작년 여름까지 이곳엔 닭장이 있었다. 땅 여기저기가 타고 그을려 새까만 숯이 붙어 있어 그곳에선 아무것도 자라거나 번식하지 못할 거다. 더 정직하게 말하자면, 너무 오랫동안 닭들이 살던 곳이라서 문자 그대로 풀 한 포기 자랄 수 없게 됐기 때문이기도 하다.

예순 마리의 가축들, 로미까지 더하면 예순한 마리. 슈탁은 서글픈 생각이 든다.

닭장 터 위쪽 가장자리, 오래된 소나무들이 줄지어 서 있는 곳 바로 아래에 나무 벤치가 하나 있는데, 슈탁은 이 벤치에 즐겨 앉는다. 이 벤치에서 보면 지난해 여름에 벌어진 극적인 사건의 무대가 한눈에 들어온다. 슈탁과 아내가 오랜 꿈을 이루려고 닭 울타리를 높게 세운 지 곧 20년이 되어 간다. 엘케 슈탁은 이렇게 울타리를 세우고 3년 뒤 죽었고, 슈탁은 이 마당을 아내의 유산으로 여기고 계속 돌봐 왔다. 슈탁은 자유롭게 돌아다니는 여러 종류의 닭들을 사랑스럽게 돌봤고, 그 달걀들은 주말 시장에서 엄청난 매상을 올렸다. 울타리와 헛간, 그리고 그 옆 농기구 창고까지 완전히 타 버리자, 애초에 닭을 키워 경영하려 한 건 아니지만 수입원이 바싹 말라 버렸다. 닭들은 여느 밤처럼 모두 헛간에 갇혀 있었는데, 여러 주 동안의 건조한 여름 날씨는 건물을 부싯깃처럼 완전히 태워 버렸다. 소방대가 빨리 도착했지만, 아주 재빠르진 못했다. 오로지 쇼크를 받은 로미만 살아남았고, 왼쪽 날개 위와 아래가 타 버렸다. 다른 상처는 입지 않았다.

내 오랜 똥싸개.

슈탁은 곰곰이 생각한다. 그사이 안더스가 된 펠릭스 빈터는 이 동물을 한 번도 본 적이 없다. 화재, 보험 사기……. 지난해 사람들은 아무것도 정확히 알 수 없었고, 소도시의 친목 모임들은 흔적과 증인이 부족하자 손쉽게 에크하르트 슈탁을 구체적인 범인으로 지명해 닭 살해범 서열 위쪽에 올려놓았다. 희생자를 범죄자로 만드는 일 역시 너무나 잘 지켜져 온 전통이었고, 이에 따라 불타 버린 예순 마리 닭의 이름으로 사람들은 그를 산산조각 내 버렸다.

연보라색 여자는 전화 한 통 하지 않았고 엽서 한 장 보내지 않았다. 펠릭스 빈터는 슈탁에게 과외 수업을 받던 대부분의 학생들처럼 더 이상 수업에 나타나지 않았다.

라우라 비케르트는 마음을 가라앉히고 게리 브뤼크하우젠 집 초
인종을 누르기까지 받은 편지를 정확히 일곱 번 읽었다. 그녀는 벌
써 여러 달 전에 전화번호부에서 게리 집 주소를 찾아냈다. 어느 날
밤에는 천천히 차를 몰아 어둠에 잠긴 그의 집을 지나기도 했다.

문 앞에 서서 그녀는 손을 뒤로 올려 어쩌다 말총머리가 풀리지
않았는지 확인한다. 게리가 문을 열고 얼빠진 것처럼 바라보자 그
녀의 심장은 잠시 멈춘 것 같다. 소녀 시절 상상했던 그대로, 그렇
지만 아직 어떤 남자에게도 해 보지 못한 입맞춤을 하려고 그의 어
깨를 감싸며 당기자, 심장이 다시 뛰기 시작하는 걸 느낀다. 드디어
그녀가 키스를 하고, 게리가 되돌려 그녀에게 또 키스를 하고, 숨
가쁜 순간이 수없이 지나고야 비로소 둘은 정신이 든다. 그때 라우
라가 중얼거린다.

"정말이야. 당신이 편지를 보내지 않았으면 난 절대 용기를 못
냈을 거야."

"무슨 편지?"

게리 브뤼크하우젠과 라우라 비케르트가 며칠 밤낮을 가리지 않
고 씨름한 질문은 두 가지다. 첫 번째 질문은 글씨체에 관한 수수께
끼다. 편지를 쓴 게 남자든 여자든, 대체 어떤 서류로 게리 글씨체

를 꽤 그럴싸하게 익혔느냐는 거다. 라우라는 편지를 쓴 사람은 분명 여자일 거라고 장담한다.

"남자야."

"아니면 여자겠지."

"그런데 그 남자는 자기 글씨체를, 그러니까 글씨체를 완전히 마음대로 바꿀 수 있을 거야. 맙소사. 편지를 컴퓨터로 칠 수도 있는데!"

"아니야. 그러면 효과가 없었겠지."

라우라가 반박한다.

"난 당신 글씨체를 알고 있고, 또 잊지 않았어. 교대 근무 기록, 메모, 간호사실 냉장고에 붙여 놓은 장보기 목록……. 편지에서 당신 글씨체를 알아보지 못했다면 의심했을 거야."

"그러면?"

"모르지. 아마 그냥 집에 있겠지. 그랬다면 당신의 따뜻한 감촉을 결코 느끼지 못할 테고."

라우라는 게리에게 몸을 비비며 목덜미에 짧은 입맞춤을 계속한다.

"그런데…… 난 한순간도 이 편지를 쓴 게 당신이 아닐 거라곤 의심하지 못했어. 말투까지 똑같다고 느꼈으니까. 편지를 읽는데 꼭 당신이 말하는 걸 듣는 것 같았어. 당신이 말하는 걸……."

"난 한 번도 말한 적이 없어."

"상관없으니까 다시 한번 말해 봐. 한 번도 말한 적 없다 해도."

게리가 속삭이는 말 한마디 한마디마다에 가벼운 입맞춤이 쉬지 않고 이어진다.

두 번째 질문은 대답하기가 더욱 곤란하다. 누가 도대체 라우라를 향한 게리의 감정을 알았을까? 게리는 수다쟁이가 아니다. 맹세할 수 있다. 그는 라우라를 향한 사랑에 오직 한 사람만 끌어들였다. 그건……

"당신 엄마?"

라우라가 말을 가로챘다.

"그렇다면 당신 엄마가 미장원에서, 아니면 의사한테 가서, 그러니까 환자들로 꽉 찬 대기실에서 이야기한 거야. 엄마한테 말했다면, 신문 광고를 낸 거나 마찬가지야."

"엄마는 분별 있는 분이셔."

"이런 문제에 관한 한 여자들은 대체로 그렇지 못해. 나를 믿어. 나도 여자잖아. 엄마한테 물어봐. 엄마가 어디선가 입 밖에 내셨는지 물어봐."

게리 엄마는 책망 섞인 질문에 조금 퉁명스럽게 반응한다.

"아들, 부탁하겠는데! 마치 내가 네 시즌의 불꽃이 누구였는지 다 기억하고 있는 것처럼 말하는데."

전화기로 짧게 정적이 흘렀다.

"네 옆에 있니? 새 여자 친구?"

"네."

"스피커 켜. 켰어?"

"네."

"세상 그 어떤 엄마도 너 같은 바람둥이에 대해 이집 저집 소문을 퍼뜨리진 않을 거야! 아직 네가 어쩔 수 없이 아빠가 되지 않은 게 기적이다! 아니면 너 아빠가 됐니? 반드시 조심해라. 내 소리 듣고 있지, 게랄트 브뤼크하우젠? 안녕하세요, 새 여자 친구! 내 소리 들리지요? 난 아직 손주를 갖고 싶은 마음은 추호도 없어요! 다 좋은데, 손주는 안 돼요! 아들한테 벗어나려면 아직 최소한 십 년은 더 있어야 한다고요."

아내와 달리 안드레 빈터는 이번 늦여름에 딱 한 번 놀란 채 잠에서 깨어난다. 뭔가를 쫓으며, 끈적이는 땀, 얼음처럼 차가운 땀으로 가슴이 뒤범벅이 된 채. 그날 밤 꿈속에서 바움가르트 박사는 크고 낡은, 밤색 천으로 덮인 등받이 높은 안락의자에 안드레와 마주 앉아 있다.

기억 상실증과 관련해서 아무 진척도 없기 때문에, 안더스한테 뭔가가, 자기 혼자만 간직하려는 뭔가가 무의식 속에 있을지도 모르겠다는 생각을 얼마 전부터 하고 있어요. 그 남자는 친절하게 말한다. 그래서 안더스의 치료 과정이 가로막혀 있는지도 모르죠. 이해하시겠습니까? 그 아인 그렇게 편한 상태가 아니에요. 당신도 아시잖아요? 안더스는 무척 집에 가고 싶어 합니다. 그 심리학자는 안드레에게 신뢰를 보일 때 그러듯 몸을 앞으로 숙인다. 안드레가 말한다. 달리 말하면, 아들한테 있는 미치광이 겁쟁이가 절대 기억하지 않으려고 발버둥치는 게 대체 뭘까요? 이제 당신도 서서히 당신 자신이나 우리한테 조금이라도 대답해야 될 때가 왔다고 생각하지 않나요? 여보세요, 빈터씨? 아뇨? 아닌가요? 당신은 진정 게임의 승리를 원하십니까? 정말 알래스카에 **관심 없나요?**

안드레는 몇 주 전부터 안더스와 마음 편히 랩톱과 암호 걸린 자료에 대해 이야기 나눌 적당한 기회를 엿보고 있다. 같이 장을 보러 가겠는지 물어보려고 안더스 방문을 두드리자 마침내 기회가 찾아온다. 안더스는 카트에 담긴 물건 값 더하는 걸 무척 좋아하고 계산을 절대 틀리지 않는다.

"들어오세요."

소리가 방에서 흘러나온다.

안드레는 방문을 민다. 랩톱이 막 켜지고 있고 바탕화면이 보이기 시작한다. 안드레는 호기심에 끌려 가까이 다가선다. 이제 배경색이 전과 달리 옅은 빨간색으로 바뀐 걸 깨닫지만, **요새**와 **성**은 똑같이 있던 자리에, 모니터 왼편 위쪽 구석에 있다. 몇 주 전 두 아이콘을 처음 보았던 바로 그 자리다.

"그새 해냈니?"

안드레는 사라지기 전에 용기를 짜낸다.

"요새로 들어가는 거요? 아니요. 못했어요."

무슨 이야기를 하는지 재빠르게 알아채는 건 안더스답다. 피하지 않는 것 또한 안더스답다. 단지 왜, 안드레는 왜 그렇게 안더스에게 잊어버린 패스워드에 대해 말하는 게 힘겨울까?

"그거 뭔가 중요한 거겠지? 그렇지?"

"분명히 그렇겠죠. 그렇지 않다면 패스워드 생각에 매여 있을 필요가 없겠죠."

"언젠가 다시 생각날까?"

안더스는 벽에 걸린 은하수 카드를 보여 주었다.

"그게 별 사이에 있어요. 어쨌든 떠오르는 건 다 해 봤어요. 아무리 하찮은 거라도요. 근데 안 돼요."

안드레는 모니터에 비친 아이의 창백한 얼굴을 보았다. 찡긋하는 표정이 아파 보였다. 그는 다음 문장을 아주 조심스레 입 밖으로 낸다.

"어떻게 생각해…… 뭔가 비밀이 있었어? 작년에?"

"네."

"어떤······ 심각한 비밀이야? 뭔가 안 좋은 거야?"

안더스는 의자를 안드레 쪽으로 천천히 돌린다.

"그랬겠죠. 안 그래요? 근데 그렇다면 아주 안 좋은 일이었을 거예요. 너무 안 좋은 일이라서 엄마 아빠한테 털어놓지 못할 정도로요."

안더스의 눈동자는 반짝이는 회색으로 둘러싸여 은은하게 빛나는 거대한 검은 연못이다.

"제가 엄마 아빠를 믿었나요?"

정말 대단하군!

안드레는 침을 삼킨다. 어떻게 알 수 있단 말인가? 무엇이 아이들 영혼 깊숙한 곳을 휘감고 있는지 대체 누가 어떻게 안단 말인가? 어린 시절은 어른으로 숨 쉬는 순간마다 가장자리부터 점점 희미해져 가는 기억이며, 흐린 수채화로 그린, 이제 거의 다다를 수 없게 된 머나먼 곳이다. 그렇지만 스스로 잘못을 저지르고 그 잘못을 기억하는 것은, 결코 구체적인 처벌이 두려워서가 아니라 불협화음에 대한 끔찍한 두려움 때문이다. 잘못을 들켜 사랑받지 못하게 될 거라는 두려운 감정 때문이며, 육체적으로도 자신에게 고통을 안겨 준 두려운 감정 때문이다. 성인이 되어서보다 청소년이었을 때, 멜라니를 만나기까지 그런 감정이 더 강렬했던 게 생각난다. *당신을 사랑해*라고 고백하고 그 사실을 믿을 수 있을 때까지. 안드레는 아직도 첫 키스를 하고 온몸이 얼마나 떨렸는지 기억한다. 자신 안에 깊숙이 자리 잡은 오래된 통증이 회백색 해안에서 몇 센티미터씩 뒤로, 뒤로 빠져나가는 썰물처럼 사라지는 것 같았기 때문이다.

안드레는 별 생각 없이 안더스 머리에 손을 얹었다. 검은 머리카락이 부드럽고 매끈하다. 아들이 어렸을 때, 아직 펠릭스였을 때, 안드레는 아이의 머리카락 냄새 맡는 것을 사랑했다. 세상 어떤 샴푸로도 대신할 수 없는 아이의 향기를, 못 견디게 끌리는 이 향기를 깊게 들이마시는 걸 사랑했다. 수많은 부모들이, 단 한 번이라도 자기 아이의 냄새를 맡아 본 이들이, 어떻게 아이를 때릴 수 있는지 그는 결코 이해하지 못했다.

안드레가 말한다.

"뭐든 떠오르는 게 있으면…… 나를 믿어도 좋아. 네가 그걸 알면 좋겠어. 언제나 그랬듯이 지금도 그래. 우린 같이 해결 방법을 찾을 거야. 알겠지?"

안드레 손 아래에 있던 머리가 살짝 미끄러져 빠져나간다. 안더스는 랩톱을 닫고 일어서서 안드레를 향해 돌아서며 말한다.

"우리 버터 사는 거 잊으면 안 돼요. 다 떨어졌어요."

"사랑해. 언제나 그랬고, 언제나 그럴 거야."

"아들이 이야기를 할 거야."

"걘 아직 아무것도 기억하지 못해."

백 번째 하는 말이다.

"누가 그래? 애가 그랬겠지! 근데 애가 우리 모두를 골탕 먹이고 있다면?"

"난 의사나 심리상담가 같은 사람을 골탕 먹일 수 있다고 생각하지 않아. 자기 부모도 그렇고."

"그러면 당신을 위해서 애를 믿을게. 그럼 지금은?"

"어쩌면 당신이 애랑……. "

"망할 자식 같으니!"

"당신이 아이랑 이 문제에 관해서 얘기해 볼 수 있을 거야."

믿기지 않는 정적이 흐른다.

"제정신이야?"

"그럼 왜 안 돼? 당신이 솔직히 아이한테 이야기하면……. "

"정확히 뭐라고?"

"뭐, 작년 여름에 무슨 일이 있었는지 이제 알겠니? 이런 식으로."

"그런 뒤에는?"

"애가 어떻게 반응하는지 주의 깊게 살피는 거야."

"왜 알고 싶냐고 되물으면?"

"기억 되살리는 걸 도와주고 싶다고 말해. 그래, 맞아! 익숙한 것보다 익숙하지 않은 게 훨씬 쉽게 생각날지도 모른다고. 그러니까 평범한 일상을 기억하는 게 얼마나 중요한지는 당신도 알고 있잖아. 그런데 어쩌면 그런 것들이 머릿속 다른 공간 어딘가에 저장되어 있기 때문에, 그렇기 때문에 익숙하지 않은 게 더 잘 떠오를 수도 있어."

"익숙하지 않은 것들을 위한 자리라고?"

"그래. 익숙하지 않은 것들을 위한 자리."

드디어 옅은 웃음이 보였다. 아주 살짝이지만.

"애가 아니라고 말하는 편이 나아. 기억나지 않는다고."

"기억나지 않으면?"

어깨를 한 번 으쓱했다.

"그러면 우리가 생각해 내야지."

그들은 뭔가를 떠올리기 위해 거의 일 년이라는 시간을 보냈다. 침묵이 이어졌다. 그러고 나서 말했다.

"그럼 좋아. 내가 할게."

"근데 언제?"

"적당한 때. 때가 오면 알아. 언젠가 내가 그때라고 느낄 때."

안더스는 수업 시간에 조금도 뒤처지지 않는다. 대부분의 시간을 다른 학생들과 함께 보내는데, 한 번도 한 학년 위였던 적이 없는 것처럼 눈에 띄지 않게 행동한다. 학업 성취가 과목에 따라 극단적으로 차이 나는 걸 인정할 수밖에 없듯이, 한 학년 유급도 안더스에게 전혀 버거운 일이 아님을 인정해야 한다. 사비네에겐 참 안타까운 일이지만, 그녀의 독일어 수업에서 안더스는 다른 학생들과 함께 공동 과제를 하는 데 거의 흥미가 없다. 그렇지만 의욕 부진은 학생들 사이에서 백 년도 더 된 돌림병이다. 그리고 안더스가 넋을 놓고 창밖을 뚫어져라 쳐다보는 시간은 오로지 사비네 눈에만 띈다. 다른 아이들이라면 신경도 안 쓰겠지만, 안더스는 단 한순간도 시야에서 놓치지 않는다.

수업 시간 말고 안더스가 다른 학생들과 어떻게 지내는지를 판단하기는 어렵다. 물론 새로운 반 친구들과 잘 지내고 있고, 아이들도 안더스와 잘 지낸다. 안더스라는 인물이 준 충격은 급속히 가라앉고 일상을 되찾고 있다. 이 충격적인 사건의 주인공이 워낙 친절하고 말이 없기 때문이다. 그렇지만 안더스는 쉬는 시간에 항상 혼자 제자리에 있다. 다른 아이들과 이야기를 하거나, 매우 드물지만 웃고 있다면, 안더스가 또래를 찾아갔다고 확신해도 좋다. 결코 거꾸로가 아니다. 그렇지만 대체로, 거의 대체로 그렇다고 사비네는 확신한다.

그러다가 사비네를 깊은 불안으로 몰고 간 사건 세 가지가 짧은 기간에 연달아 벌어진다. 시리 클라트의 자전거 헬멧 분실이 시작이었다. 원래 이런 일은 크게 주목할 만한 일이 아니다. 어떤 아이라도 뭔가를 잃어버리고, 그 다음날 다시 찾고 모든 것이 괜찮아진다. 다만 이번에는 그렇지 않았다.

"헬멧이 어떻게 생겼니?"

"흰색이요. 헬멧 가장자리는 파란색이고요."

"없어진 게 확실하니?"

"네, 다른 건 다 있어요."

"헬멧에 이름이 보여요. 뒤쪽에요. 붙여 놨거든요."

미국 고등학교 어디에나 있는 것 같은 선반을 까마득한 옛날에 신청했지만, 아직도 없다. 그래서 학생들은 대부분 재킷과 가방 그리고 헬멧까지 교실 바깥 벽에 박힌 못이나 이동식 옷걸이에 걸어 놓는다.

"그래. 그런데 누가 집에 가면서 바꿔 가져갔다가 나중에 알고는 돌려놓는 걸 깜빡했을지도 모르잖아."

사비네는 아이를 안심시킨다.

"청소하는 분들이 뭔가 찾아냈는지 내일 다시 살펴보자. 응?"

그 헬멧은 다음날 아침 시리 자리에 버젓이 놓여 있었다. 누군가 헬멧 위에 두려움이라는 단어를 금색 유성펜으로 써 놓았다. 사비네는 스물세 번을 세고 속이 뒤틀리는 끔찍한 느낌에 사로잡힌다. 헬멧의 필체를 곧장 알아보았기 때문이다. 활기차고 속도감 있는 글씨체. 사비네는 칠판에 빠르게 글씨를 써내려 갈 수 있어서 언제나 자랑스러웠다. 누군가 내 필체를 연구했어. 모방할 작정으로 집에서 연습해 써먹었군.

"결코 좋은 장난이 아니야."

그녀는 반 전체에 주의를 준다. 헬멧을 높이 치켜들고 누구든 글씨체를 확인해 주길 침착하게 기다렸다.

"전혀 이해할 수가 없어."

그렇지만 금빛으로 쓰여진 단어는 분명하고, 안더스는 적어도 뭔가 아는 듯한 시선으로 사비네를 바라본다. 그녀는 시리의 떨리는 손이 눈에 띄지 않도록 재빨리 헬멧을 돌려준다.

"아무것도 두려워할 필요 없어. 유성펜 자국은 희석액으로 지워야겠다. 분명히 집에 있을 거야. 부모님께 여쭤 봐, 응?"

안더스 입가에 옅은 웃음이 맴돈다. 너무나 미묘한 웃음이다. 나중에 사비네는 이 웃음이 순전히 망상에서 나온 게 아닌지 의심한다. 이런 종류의 망상이야말로 확신을 준다. 헬멧의 낙서는 당연히 안더스가 한 짓이다.

엄밀한 의미에서 두 번째 사건은 사건답지 않지만, 이 경우도 사건 같은 냄새를 풍긴다. 뭔가에 부딪히고 나서 원하든 원치 않든 곰씹게 되는 그런 것. 마치 놀다가 무릎이 깨진 아이가 나중에야 그 딱지를 계속 만지고 잡아 뜯는 것과 비슷하다. 사비네는 수업시간에 작문을 한 편 쓰게 했다. 제목은 어떤 서늘한 날이다.

서늘한

날에

는

발가벗고 밖으로 나가 도처에서 살갗 위로 쏟아지는

눈송이를 느껴야 하지만

주황색과 빨간색은

초록색

그리고

파란색을

부숴 버린다

여름이

오면

이런 말들이 언제나 우리 앞에 검은 천사처럼 서 있다

안더스가 쓴 문장들이 뿌옇게 보이도록 두 눈을 반쯤 찌푸리면,
두 날개를 활짝 펼친 천사가 보인다. 말도 안 된다. 지금까지 살아
오면서 사비네는 이보다 더 큰 공포가 밀려드는 느낌은 받아 본 기
억이 거의 없다.

마지막 사건은 사비네가 개인적으로 관찰한 니쎄와 안더스 사이
에서 벌어진 일이다. 구체적으로 두 소년 사이에 무슨 일이 있었는

지 사비네도 모른다. 이번에 사비네는 쉬는 시간 감독이 아니어서 교무실 창가에 서서 몸을 따뜻하게 하려고 차 한 잔을 두 손으로 감싸 쥐고 있다. 며칠째 몸살 기운이 있다.

건물 밖 정원에서 안더스는, 혼자서, 자주 그랬던 것처럼, 고개를 뒤로 젖히고 하늘을 검사할 기세로 서 있다. 사비네는 창밖으로 안더스를 바라보며 이런 관찰이 점점 강박적으로 이뤄지고 있음을 의식한다. 그때 안더스가 처음 등교한 날처럼, 갑자기 모든 방향에서 학생들이 안더스를 향해 움직인다. 서 있는 자리를 바꿔야 한다는 생각이 갑자기 머릿속에 떠오르기라도 한 것처럼. 아이들은 웃지도 말하지도 않고, 스마트폰 소리에 방해받지도 않고 움직인다.

사비네는 두 손으로 찻잔을 움켜잡는다. 그것은 들리지 않는 음악과 우연에 맡긴 무용 교본에 맞춰 추는 춤과 같다. 그런데도 춤꾼들은 너무나 규칙적인 무늬를 만들어 내는데, 카오스 연구의 그 유명한 시에르핀스키 삼각형(정삼각형의 세 변의 중점을 이어 원래 정삼각형 안에 작은 정삼각형을 만들고, 이 작은 정삼각형을 제거한 뒤 남은 정삼각형들도 무한히 이 과정을 반복하여 얻어지는 도형-옮긴이) 같다. 단 아이들이 만들어 내는 모양은 삼각형도, 지난번처럼 동심원 모양도 아니다. 이번에 아이들은 정원 전체를 가로지르는 길이에, 네댓 명을 포개 놓은 두께로 숨 쉬는 벽을 세운다. 대체 아이들은 자신들이 뭘 하는지 알기나 할까?

어디선가 니쎄가 나타나 여기저기 사방팔방으로 아이들 사이를 헤집고 다니며 벽을 무너뜨린다. 니쎄는 안더스 앞에 다리를 넓게 벌린 채 버티고 서서 몰아치듯 몇 마디 던지고 대답을 기다린다. 아무 대답이 없자, 방금 전보다 조금 더 길고 조금 더 조급하게 말한다. 니쎄가 한 손을 들어 올리는데, 이 손짓은 꼭 겁을 주려는 몸짓처럼 보인다. 벽은 해체되기 시작해 혼란스럽게 뒤엉키고, 이 뒤엉킴 속에서 아이들이 눈 깜짝할 사이에 하나씩 풀려 나온다. 마치 아무도 목표를 발견하지 못했고, 목표가 더 이상 필요하지도 않은 것처럼……

안더스는 까치발을 하고 서서 니쎄의 어깨를 부드럽게 감쌌다. 안더스가 니쎄 귀에 대고 뭐라고 속삭인다. 멀리 떨어져 있지만, 사비네는 니쎄가 몸을 움츠리며 갑자기 창백해지는 모습을 본다. 니쎄는 뒷걸음질을 쳤다. 첫 걸음은 비척거리며 내딛었지만, 그 다음 걸음은 조금 더 안정적으로, 가능한 한 재빠르게, 자신을 뚫어져라 쳐다보는 학생들 앞에서 체면을 잃지 않게, 발을 세게 디뎌 회오리 모양으로 돌면서 자리를 뜬다. 남아 있던 아이들이 천천히, 이번에는 확실히 방향을 잃고 사방으로 흩어지는데, 아무도 방금 벌어진 일과 관계없는 것 같다. 다른 반 남자아이 하나가 손바닥을 펴고 그 위에 껌을 얹어 어슬렁거리며 안더스에게 다가온다. 이 껌은 아이들끼리 방금 얘기한 상표다. 사비네는 현란한 포장지 색깔을 보고 그 상표를 알아본다. 안더스는 그 아이를 보고 웃으며 껌을 집어 들고, 둘은 서로 이야기하기 시작한다. 안더스가 웃는다.

사비네는 온몸이 얼어붙는 것 같다. 그녀는 한 손으로 목을 감싼다. 몰려드는 생각이 싫지만, 떠오르는 생각을 막을 수 없고 질문들이 저절로 떠오른다. 대체 누구에게 맞서 살아 움직이는 벽이 세워졌으며, 실제로 두 소년 가운데 누구를 보호해 주었는가. 니쎄를 찾아보았지만, 사라지고 없다. 두려움이 그를 내몰았다. 금빛 글자, 검은 천사, 속삭이던 비밀.

강을 건너야 한다. 다리를 건너면 얼마 지나지 않아 언덕 위쪽으로 길이 이어지다 마침내 세계대전 당시 난민들이 살던 넓은 터를 지나간다. 이내 정성 들여 앞마당을 가꾼 작은 집들이 늘어서 있다. 집들이 드문드문해지며 길은 풀밭과 목초지로 이어진다. 마침내 도로는 평평해지고 클라겐바허길에서 숲길로 이어지는 지점에서 끝이 난다. 여기에서 100미터 떨어진 곳에 작은 농가가 있는데, 이 숲 가장가리에 위치한 길 위쪽 마지막 집이다. 그 농가 뒤로 난 좁은 길을 따라가면 넓은 잔디밭에 다다른다. 달빛이 밝게 비치는 밤이면 불에 타 메마르고 척박한 땅바닥이 드러난다. 지난해에 일어난 화재를 증명하기 위해 이런 흔적들은 아직도 보존되어 있다. 그래서 헛간의 타다 남은 널빤지들이 손가락처럼 하늘을 찌르는 모습으로 서 있다.

여러 날 밤, 한 소년이 시내에서 이곳으로 올라온다. 소년은 대부분 노인이 한 마리밖에 없는 닭을 작은 개집 같은 곳에 가두는 모습을, 농가의 불빛이 하나 둘 켜졌다 다시 꺼지는 모습을 지켜본다. 그런 다음 가끔은 풀밭으로 가기도 한다. 이곳에서 30분 혹은 그 이상을 전혀 움직이지 않고 어둠 속에 묻혀 서 있다. 오로지 이곳에서 소년은 진정한 고요를 찾고, 오로지 이곳에서 그의 머리가 침묵한다. 그러지 않으면 소년의 머리는 쉼 없이 동시에 떠오르는 인상들 속에서 폭포수처럼 쏟아지는 단어들과의 불협화음으로 거의 깨질 지경에 이른다. 또한 오로지 이곳에서 소년의 몸이 침묵한다. 두 눈에 갖가지 색깔이 맺히자마자 색깔들은 몸속에서 냄새를 만들고, 갖가지 빛의 입자들은 맛을 만들어 낸다. 또 소년은 공기를 불로 들이마시기 때문에 그의 몸은 안에서부터 타들어 가다 불을 다시 흰 눈으로 내뱉기 때문에 그의 몸은 곧바로 식는다.

마침내 집으로 돌아오는 길. 이런 날 밤 비가 내리면, 소년은 집에 도착하자마자 몸을 말리고 낡은 수건으로 신발을 턴다. 이어서 현관 옷걸이 앞에서 누군가 그려 놓은 가느다란 분필 선에 딱 맞춰 조심스럽게 신발을 벗어 놓는다.

9월 23일
피 나 무

"학부모들한테서 걱정된다는 연락이 오고 있어요. 그 애가 몇몇 학생들을 겁먹게 하고 있어요. 어찌 됐든 다른 학생들을 불안하게 한다는 겁니다."

캄탈러는 안더스에 관해 적어 놓은 쪽지 가운데 하나를 집어 들었다. 기억하기 위해 적어 둔 쪽지처럼 보이겠지만, 이는 극적 장치에 불과함을 사비네는 알고 있었다. 쪽지에 뭐가 적혀 있든 캄탈러는 이미 다 외우고 있었다.

사비네는 사무실로 세 발짝만 들여놓고 그 자리에 멈춰 섰다. 교장이 책상에 쪽지를 내려놓고 두 손을 책상에 대며 시선을 떨구는 동안, 사비네는 왼쪽에서 오른쪽으로 재빨리 훑어보았다. 교장은 안더스를 다시 면밀히 연구하려는 것 같았다. 화학실험실을 제외하고 교장실은 학교 전체에서 가장 잘 정리돼 있고 가장 깨끗하며 가장 시원한 공간이다. 창틀에 화분 하나 없다. 벽에는 그림 한 점 없고 오로지 커다란 학교 달력만 걸려 있다. 책상에는 사생활을 엿볼 수 있는 사진 한 장 없다. 교장은 부인과 자녀 둘이 있는데, 딸은 프라이부르크에서, 아들은 미국 어디선가, 어쨌든 외국에서 공부하고 있었다.

"이번에 요약을 해 봤어요."

캄탈러는 다리를 벌리고 서서 말문을 열며 쪽지를 들여다보았다.

"당신의 펠릭스⋯⋯."

"그 앤 제 필릭스가 아닌데요."

"그래요. 이젠 당신의 안더스지요, 맞지요?"

사비네는 나중에 캄탈러의 그 유명한 미소를 떠올리면 〈이상한 나라의 앨리스〉에 나오는 고양이가 얼음 조각을 깨무는 것 같을 거라고 생각했다. 언젠가 한 동료가 캄탈러의 아가리 속 깊이 주먹을 날려 소화기관 끝으로 주먹이 빠져나오면 속이 후련하겠다고 한 말이 생각났다. 소화기관의 쭈글쭈글한 끝까지가 그가 쓴 정확한 표현이다. 사비네는 그의 흥분에 공감할 수 있었다.

124

"어떻게 하면 좋을까요?"

사비네는 일부러 무심하게 어깨를 으쓱하며 말을 이었다.

"펠릭스라고 부르면 반응이 없어요. 안더스라고 하면 괜찮지만요."

"그렇겠죠. 그래서 내일은 이름을 바꾸기 위한 다음 단계를 준비하고, 모레는 오백 명의 학생들 서류를 고쳐 쓰면 되겠군요."

"그러지 않을 거예요. 반에서 이 일에 관해 이야기 나눴어요. 안더스 담당 심리학자는 이런 식으로 이름을 바꾼 건 기억 상실에서 비롯된 정체성 찾기의 단기적 형태일 뿐이라고 했어요."

"심리학자들은 수다쟁이들이죠."

캄탈러는 귀 기울여 듣지도 않고 중얼거렸다. 그리고 다시 쪽지로 시선을 돌렸다.

"동급생들과 관련해서 선생님의 펠릭스한테 독특한 점이 두 가지 눈에 띄더군요."

아, 겨우 두 가지라고?

"우선 색깔과 관계된 겁니다. 선생님도 알고 계시죠?"

고개를 끄덕여도 캄탈러는 이 상황을 다시 요약할 것임을 사비네는 잘 알고 있었다. 캄탈러는 자신이 말할 문장을 충분히 준비했고, 그 문장을 소리 내서 말할 거다. 이제 이마의 주름 하나하나, 수사적인 언어 사용 하나하나까지 잘 계산해서 깜짝 놀란 시선까지 꾸며 내며 모든 극적인 것들을 동원할 거다. 사비네는 손목시계를 확인하고 싶었지만 꾹 참았다. 그때는 쉬는 시간이었다. 이 더러운 인간한테, 찡그리고 있는 이 더러운 인간한테 무척 깊은 인상을 받았다는 확신을 준다면, 사비네는 5분 동안 서둘러 커피를 즐길 수 있었다.

"펠릭스는 묻지도 않고 아무한테나 공공연하게 말을 건다지요. 학생들한테만이 아니라요. 슈퍼마켓에서 펠릭스가 어떤 손님이랑 판매대 사이에서 얘기하는 모습을 어린 벵게르트가 목격했는데, 물론 그것도 억지로 그랬다고 합니다. 그러니까 펠릭스가 사람들에게 이런저런 색깔이 보인다고 말한다는 거예요."

캄탈러는 공중에 손가락으로 작은따옴표를 그리면서 *색깔*이라는 단어에 밑줄을 그었다.

"꼭 이교도들처럼 오우라를 인지할 수 있다고 주장하고요."

"아우라죠. 저도 아우라에 관해 알고 있는데, 그건 이런 거 같아요. 마치……."

"고맙지만 관심 없소."

캄탈러는 단호하게 손을 내저었다.

사비네는 화가 나서 입술을 깨물었다. 캄탈러의 오우라를 고쳐 말하지 않았다면, 좀 더 관대했을지도 모른다.

"다른 문제는 더 심각합니다."

캄탈러가 말했다.

이제 올 것이 왔구나.

"당신의 펠릭스는 여자든 남자든 가리지 않고 냄새를 맡고 애들이 아프다고 한다면서요. 이제까지는 감기나 알레르기에 국한됐어요. 그런데 만약 다음엔 암이나 심장판막 이상 같은 걸 진단하면 무슨 일이 벌어질지 선생님도 예상하고 계신지 모르겠군요."

지금 처음 하는 고민도 아니고, 또 딱 한 번 해 본 것도 아니다. 바로 이런 장면을 수없이 떠올려 본 사비네는 천천히 숨을 들이마시고 다시 내뱉었다.

"뭘 기대하시죠?"

"이런 일들이 중단되길 바랍니다. 그 아이의 처지를 십분 이해한다 쳐요. 그래도 나는 그 아이가 더 이상 물의를 일으키지 않게 조치할 겁니다. 선생님도 물론 그런 절차를 알고 계시겠죠. 선생님이 펠릭스와 이야기를 해서 앞으로 이런 멍청한 짓거리를 그만두게 압박하세요. 그 애는 병원에 입원한 뒤 모두 알다시피 충분히 유명해졌어요. 일종의 관심중독이 생긴 거라면, 어디 다른 곳에 가서 날뛰어야겠지요. 더 이상 학교에서가 아니라."

난 뭐 생각이 없는 줄 아냐, 이 멍청한 인간아?

사비네는 이미 오래전에 안더스와 대화를 시도해 보았다. 한두 번이 아니었다. 그렇지만 그 사실을 캄탈러에게 고백하는 일 따위는 절대 하지 않을 거다. 대화의 결과가 끔찍했기 때문만이 아니다. 안더스는 사비네가 무엇 때문에 얘기를 꺼내는지 눈치 채자마자 사비네를 가차 없이 무시했다. 사비네는 안더스의 관심 밖이었다. 게다가 사비네는 얼토당토않은 감정에 이끌려 이야기를 끝내곤 했다. 안더스의 행동은…… 사실…… 어쩌면 반드시 올바르진 않겠지만, 그렇다고 반드시 잘못된 게 아닐 수도 있다. 알 수 없는 상반된 감정으로 혼란을 겪자, 사비네는 다시 마음을 가라앉히려고 천천히 고개를 저었다.

"아이 부모님과 이야기하는 건 어떨까요?"

사비네가 물었다.

"아이와의 대화가 아무 소용이 없으면 부모도 만나세요. 아이한테 다음에 아버지를 학교로 부르겠다고 분명히 밝히세요. 필요하다면 베른트 크라허랑 같이요."

캄탈러는 눈에 띄게 젠체하며 한숨을 쉬었다.

크라허는 학교 상담사다. 따로 사무실이 있는 건 아니지만, 그는 매주 두 번씩 빈 교실에서 상담을 했다. 나머지 시간에는 교육청의 요청에 따라 불려 다녔다. 사비네는 그와 별로 관련이 없지만, 그에게 호감이 갔다. 그는 조용하고 사려 깊은 남자였다.

"방금 교장 선생님께서 심리학자들은 수다쟁이라고 하지 않으셨나요?"

"대체로 그렇지 전부는 아니오. 크라허는 제정신이오. 난 그렇게 봐요."

캄탈러가 변덕스럽게 받아쳤다.

"하지만 안더스는 이미 상담을 받고 있어요."

"그렇죠. 보시다시피 그 결과가 대단하지요."

"상담을 받아서 그나마 상태가 더 나빠지지 않았을지도 모르잖아요?"

"그런 건 난 모르오. 이제 우리가 끼어들지 않으면 안 된다는 걸 알 뿐이지요. 학부모가 이 문제 때문에 개인적으로 찾아온 뒤에는 너무 늦어요. 아이랑 이야기 나누고, 그런 뒤 아이 부모와 상담사, 우리 상담사와 이야기하세요. 이게 정해진 공식 절차이니 이대로 처리해 주세요."

사비네는 이게 대체 무슨 문제인지, 정말 사무 절차 이상도 이하도 아닌 문제인지 생각해 보았다. 동시에 이 문제는 사비네가 왜 한순간도 캄탈러를 참기가 힘든지에 대한 해답이기도 했다. 그는 학교를 하나의 거대한 기계로 보았다. 자기 자신을 항상 잘 기름칠되어 있는 기계 엔진으로 보았고, 안더스는 기계에서 풀려난 느슨한 나사못 하나에 지나지 않았다. 사비네에게는 기술자 역할이 주어졌고, 그녀의 과제는 이 나사를 다시 조이는 일이었다. 사비네가 성공하지 못한다면, 캄탈러는 마지막 마무리도 서슴지 않을 거다. 사비네는 그가 연설을 마무리하기 전에 극적인 순간을 아껴 두었다고 장담할 수 있었다. 그녀가 옳았다. 캄탈러는 한숨을 쉬고 말했다.

"펠릭스가 일반 학교에 다니는 게 너무 불안정해 보이면, 그 아이를 위해, 자신도 스스로 생각해 보겠지만, 전학을 고려하도록 유도해야 합니다. 아이가 최선의 선택을 할 수 있도록 말이지요."

언젠가 누군가는 이 남자에게 그의 말이나 행동 모두 얼마나 예측 가능한지 틀림없이 말하게 될 거다. 사비네는 짧게 카운트다운을 시작했고 바로 지금!이라고 생각한 바로 그 순간, 캄탈러는 얼음을 깨무는 것 같은 미소를 지었다. 공간을 빠르게 훑고 지나가는 그의 시선은 더 이상 사비네를 향하고 있지 않았다.

"이제 됐습니다. 예기치 못한 어려움이 생기면 알려 주세요."

사비네는 고개를 끄덕이며 방에서 나가려고 몸을 돌렸다.

"아이랑 얘기해 보세요."

캄탈러가 사비네 등에 대고 말했다. 마치 멋진 쪽지 내용이 이제야 생각나 낭비한 5분의 소중한 시간을 한 문장에 쏟아부으려는 것처럼. 정나미 떨어지는 인간!

사비네는 기분을 가라앉히는 데 남은 하루를 다 써 버렸다.

다음날 아침 그녀는 아이와 이야기를 나눴다. 이야기는 잘 안 됐다.

벤은 목초지에서 발을 헛디뎠다. 오늘이 가을이 시작되는 날이라는 생각이 머리를 스쳤지만, 며칠째 보기 드문 더위가 계속되고 있었다. 자신은 물론 니쎄와 안더스도 아직까지 반바지를 입고 있었다. 키가 부쩍 자란 풀들이 맨다리와 엉덩이까지 뒤덮었고, 곤충들이 날아다니며 붕붕거리고 지지거렸다. 대기에서는 드물게 향신료 냄새, 풀 냄새 같은 낯선 냄새가 풍겼다. 벤은 편치가 않았다. 하필 영어 수업을 빼먹다니. 벤은 영어를 아주 좋아했다.

One man went mow, went to mow a meadow……

교실을 옮기는데 니쎄가 벤의 귀에 대고 안더스가 뤼케르 노이펠트 선생한테 스트레스를 받았다고 속삭였다. 그래서 안더스가 너무 열 받아 수업을 빼먹으려 하니까 같이 가서 친구의 의무를 다하고, 학교를 빠져나가자는 거다. 안더스가 뭔가를 생각해 냈단다!

안더스. 그를 그렇게 부를 수 있어 정말 다행이었다. 그가 달라졌으니까. 이전의 펠릭스와는 공통점이 거의 없다. 니쎄가 안더스라는 새 이름을 거부감 없이 곧바로 받아들인 건 니쎄도 똑같이 생각한다는 걸 보여 줄 따름이었다.

지금 이 둘은 벤을 앞질러 걷고 있다. 니쎄는 어느 정도 자연스럽게 행동했다. 그는 안더스에게 붙어 있지만 마치 자기가 명령권을 쥐고 있는 것처럼 굴었다. 벤은 속으로 의아했다. 누군가 명령하려 들지 않는 한, 누가 목소리를 내는지는 벤에게 전혀 중요하지 않았다. 벤은 니쎄를 쫓아갔다. 니쎄가 안더스를 쫓아가니까. 줄 맨 끝에 서 있는 것은 무척 환영할 만했다. 맨 끝에 서 있는 사람은 적어도 어떤 결정도 내릴 필요가 없었다.

안더스는…… 달랐다. 안더스는 그 무엇도 어느 누구도 필요하지 않았다. 그는 자기 자신만으로도, 혼자서도 믿기 어려울 만큼 충분했다. 이 점이 안더스를 매력적으로, 니쎄보다 더 매력적으로 만든다. 안더스에 대한 벤의 존중은 어마어마했다. 한 줌의 공포가 섞여 있기 때문에 존중은 더해 갔다. 사고로 뇌를 다친 게 분명하다. 증거가 있다.

얼마 전 수학 시간에 안더스가 기하 단원에서 계산을 틀렸다. 그러자 안더스는 완전히 **어쩔 줄 몰라 했다.** 두꺼운 글씨체로 써야 할 만큼 정말로! **어쩔 줄 몰라 했다.** 입을 반쯤 벌리고 믿을 수 없다는 듯 책상 위 자기 손을 쳐다봤다. 마치 머리가 아니라 손이 계산을 잘못하기라도 한 것처럼……. 2분, 3분이 지났고, 마침 학생들 모두 바우만 선생이 칠판에 쓴 것을 노트에 끼적거리던 찰나에…… 마지막 줄에 혼자 앉아 있던 안더스는, 평소에 옆에 앉는 프리트요프 벤너가 독감에 걸렸기 때문에, 필통에서 컴퍼스를 꺼내 눈 깜짝할 사이에 컴퍼스를 벌려 왼팔에 힘껏 찔러 넣었다. 그러고 다시 컴퍼스를 뽑아 끈적거리는 검정 덩어리처럼 보이는 핏방울이 맺히길 기다렸다. 그러고 나서 두 번, 세 번 비정상적으로 빠르게, 믿을 수 없을 정도로 정확히 바늘로 찌르고는 갑자기 고개를 들어 벤을 쳐다보았다. 벤이 자신을 관찰하는 걸 내내 알고 있었다는 듯이. 상처 세 군데는 선명하게 삼각형을 이뤘는데, 벤은 다시 재지 않아도 이 삼각형은 1밀리미터의 오차도 없는 정삼각형이라고 장담할 수 있을 것 같았다.

벤은 숨을 깊이 들이마셨다. 이곳 대기는 불쾌하게 짓눌려 있었다. 구름 없는 하늘은 광택 없는 알루미늄 호일처럼 잿빛으로 낮게 드리워 있었다. 벤은 멀리 바라보았다. 줄지어 선 과실수로 가려 있는 학교는 여기서 겨우 100미터 남짓 거리에 있었다. 강에서 겨우 몇 백 미터 떨어진 옛 아우겐 지역 변두리 한가운데, 넓은 땅 여기저기서 과일나무가 자라고 양 목초지로 둘러싸인 이곳에 학교를 세울 때, 사람들은 현대적인 건물에 담을 세워야 할지를 놓고 토론했다. 쉬는 시간이나 방과 후에 아이들이 란강 쪽으로 가는 위험을 감수하려는 사람은 아무도 없었다. 그렇지만 결국 아이들이 학교 경계를 넘지 않을 거라고 믿었다. 대부분의 학생들은 경계 밖으로 나오지 않았다. 하지만 벤은 왔었기 때문에, 자의로 왔었는지를 곰곰이 생각해 보았다.

이 목초지에는 질병이란 질병은 모두 옮길 수 있는 모기류와 뇌수막염을 옮기는 흡혈 진드기 체케가 매복해 있었다. 해충들을 불러들이는 양 배설물이 여기저기 널려 있는 건 두말할 필요도 없었다. 게

다가 강가는 실제로 안전하지 않았다. 거기서 몇 미터 아래로 떨어지면 사람들은 비명을 지르게 된다. 구명 보트! 그러곤 급속도로 물살에 휩쓸려 꼬르륵꼬르륵, 안녕히!가 된다.

벤은 갑자기 걸음을 멈췄다.

"얘들아!"

안더스와 니쎄가 벤을 향해 돌아섰다.

"미안한데 안 되겠어. 돌아가야 해. 영어가 마지막 시간이잖아. 엄마가 데리러 와."

벤이 말했다.

니쎄는 눈을 부릅떴다. 안더스는 풀을 헤치고 벤에게 미끄러져 왔다. 다리가 움직이는 게 보이지 않는데, 실제로 안더스는 걷는 게 아니라 풀이 물줄기에 밀려 눕듯이 미끄러졌다. 안더스는 벤 앞에 바짝 멈춰 섰다. 이제까지 벤은 안더스의 눈이 반짝이는 은회색이라는 걸 전혀 몰랐다. 두 눈이 반짝이는 은회색 빛으로 얼마나 가득한지를. 안더스가 살짝 웃었는데, 나중에 벤은 자신이 이런 말을 직접 했는지, 아니면 그냥 생각만 했는지 구별할 수 없었다.

항상 엄마가 나를 데리러 와. 여기저기 어디나. 나를 데려다 놓고 다시 데리러 와. 계속 감시를 당하지. 아무것도 혼자서 할 수가 없어. 내 삶 전부가 망할 놈의 통제 상태야. 엄마는 노크도 하지 않고 내 방에 들어와. 만약 컴퓨터로 야동 같은 것을 보기 시작하면 어떻게 될까?

엄마는 끊임없이 나한테 따라붙어. 아들, 무슨 계획이 있어? 아들, 어떻게 생각해? 아들, 네 생각도 그렇지?

"엄마를 한번 골탕 먹여 봐."

니쎄가 함께 있었지만, 벤은 거의 의식하지 못했다.

"교육적인 방식으로. 그거 통해. 난 우리 부모랑 계속 그렇게 해."

순간 벤은 갑자기 세상에 이보다 더 정당하고 더 당연한 일은 없을 거란 느낌이 들었다. 엄마 골탕 먹이기. 학교를 골탕 먹이고 온 세상을 골탕 먹이기.

안더스의 눈에서 은회색 빛이 휘몰아쳐 나오는 것 같았다. 그것은 실제로 액체처럼 보였고, 꼭 마실 수 있을 것 같았다.

"너 원래 여기서 뭘 하려고 했어?"

벤이 물었다.

"나무 타기."

안더스가 말하며 옆으로 비켜섰다.

나중에 벤은 이 끔찍한 날 저녁에 친구들이 강 쪽으로 난 길을 택했을 때 벌써 눈치 챘어야 한다고 결론지었다. 벤은 안더스가 옆으로 비켜서면서 은회색 빛에 대한 모든 기억을 간단히 지워 버리던 모습이 다시 떠올랐다. 또 니쎄, 니쎄가 몸을 돌려 목초지 너머 멀리 내다보는 모습이 떠올랐다. 다정함을 꾸민 억지 미소로 밝아지던 얼굴, 안더스를 인정하듯 고개를 끄덕이던 모습이 떠올랐고, 말소리가 들렸다. *오래된 피너도밤나무! 그거 나쁘지 않군, 조금도 나쁘지 않아.*

니쎄가 과장했다 하더라도, 아니다, 그건 정말 나쁘지 않았다. 대부분의 사람들은 그 어마어마한 나무에서 피를 빼고 그냥 빨간 너도밤나무라고 불렀다. 50미터쯤 떨어져 서 있는, 마치 신이 모든 나무의 시조로 이 땅에 남겨 둔 것 같은 나무. 좀 이상하게도 벤은 자신이 1분 전까지 다른 맥락이지만 피에 대해 생각했다는 점을 곱씹었다.

엄청나게 다르지는 않아.

그냥 안더스일 뿐이야.

벤은 그런 생각을 털어 냈다. 빨간 너도밤나무는 그 일대에서 비교가 안 되게 키 큰 나무였다. 300년도 훨씬 더 됐고, 둘레는 어마어마했으며, 거의 시커멓게 하늘로 치솟아 있었다. 이 나무는 멀리까지 뻗어 있는 목초지 한가운데에 홀로 서 있어서 그 거대함이 더욱 두드러졌다. 여름이 지나가고 있었고, 2, 3주 전까지만 해도 밝게 빛나던 나뭇잎들은 이미 어두운 색으로 물들어 있었다. 햇빛은 이 나무를 또 다른 태양으로 바꿔 놓을 테고, 나무는 불타오르는 진홍빛 불꽃 공처럼 아주 사뿐히 목초지에 자리할 거다.

나무에서 란강까지는 돌을 던지면 다다를 만한 거리였다. 위에서, 너도밤나무 꼭대기에서 보면, 곧장 오리나무 웅덩이를 가로질러 강 건너 맞은편까지 모두 한눈에 들어왔다. 단지 이 육중하고 거대한 나무에 그리 쉽게 오를 수 없을 뿐이었다. 나무 밑동이 빙 둘러 완벽하게 매끈했기 때문에, 어렵게라도 밟고 올라갈 굵은 가지가 없었다. 그러니 나무에 기대 놓을 사다리가 필요했다. 아이들에겐 사다리가 없지만, 어쨌거나 이 나무에 오르는 것은 금지돼 있었다. 이와 관련해서 안더스가 금지 사항을 지키지 않는다면, 아니면 니쎄가 그런다면. 좋아, 그렇다면 우선…….

"뭘 좀 보여 줄게."

벤이 말했다.

벤은 어쨌거나 학교를 빼먹은 것에 대해 대가를 치르게 될 거다. 그렇지만 적어도 지금은 원하는 대로 시간을 쓸 수 있다. 그는 풀을 헤치고 안더스와 니쎄를 지나 아무 말도 하지 않고 알 수 없는 흥분으로 가득 차 앞으로 나아갔다. 너도밤나무가 시야를 완전히 가렸지만, 곧 벤은 오른편에 서 있는 위압적인 나무를 지나쳤다. 그는 이파리들이 낮게 유혹하는 소리를 들으며 생각했다. 나중에 다시 와야지.

안더스와 니쎄는 말없이 벤 뒤를 따랐고, 벤은 풀 깊숙한 곳에서 나는 친구들 발소리를 들었다. 벤은 엄마를 생각했다. 수업을 빼먹은 것, 아무 말도 하지 않은 것, 또 골치를 썩게 할 온갖 것들에 대해 엄마가 무슨 벌을 줄지 알면 좋을 텐데. 하지만 벤은 더 안 좋은 일이 벌어지리란 걸 알고 있었다. 그에 대해선 엄마가 이야기할 거다.

"그래도 지금은 아니야."

벤은 되뇌었다. 그는 바지 주머니에 손을 넣어 휴대폰을 껐다. 어쨌거나 이 물건은 몇 주 전부터 작동하고 싶을 때만 작동했다. 부모님께 새 것을 사 달라고 진작부터 말했지만, 부모님은 크리스마스까지 기다리라며 벤을 달랬다. 그러시죠, 부모 마음대로니까.

풀들은 키가 더 커졌다. 하얀 꽃이 피는 키 큰 종자식물들이 일대를 차지하고 있고, 곳곳에 꽃들이 피어 있고, 어른 키만 한 봉선화 향기가 가득했다. 벤은 봉선화라는 이름을 지난해 생태 수업 나들이 시간에 들어 알고 있었다. 그다음이 곧 강가였다. 빠르게 밀려들며 서로 부딪히는 작은 물결들은 은회색이었고, 이 물결은 그리 오래되지 않은 어떤 것에 대한 추억을 불러일으켰다.

할아버지는 벤에게 사람들이 푸른빛 도는 검정 자갈로 포장한 여기를, 강가의 일부였던 이 자리를 보여 주었다. 해마다 봄이면 홍수에 떠내려온 굵은 가지와 잔가지들, 시든 갈대가 그 위로 씻겨 내려간 흔적이 보였다. 물 위로 굵은 나무 말뚝이 삐죽 솟아 있었다. 할아버지는 전에 이곳이 빨래터였을 수 있지만 물고기 잡는 곳이었을 가능성이 더 많을 거라고 했다. 벤도 곰곰이 생각해 본 결과, 그래야 이곳이 오리나무 웅덩이 전설에 가장 잘 어울릴 것 같았다. 이곳에서는 강 건너편에 있는 오리나무 웅덩이가 잘 보였다. 강 위로 검은 오리나무가 넓게 가지를 드리우고 있는데, 그곳 물결은 눈에 띄게 어두운 표면이 있고 주변보다 훨씬 더 어두웠다.

벤이 말했다.

"저기 저 건너를 보여 줄게. 할아버지가 얘기해 주셨거든."

"뭘 설명한다고?"

니쎄가 물었다.

"어, 닉세에 관해서."

벤은 물 위를, 닉세가 사는 완전히 새까만 심연을 가리켰다.

"저 아래 바위 사이 어딘가에 있어. 내가 알기론 십 미터, 아니 이십 미터 더 깊은 어딘가에."

"너 진짜 미쳤구나."

"아니야. 거기에 닉세가 살아. 잭 스패로가 만난, 그런 거 말고."

이 둘은 〈캐리비안의 해적〉을 아주 좋아했다. 니쎄는 영화 시리즈 4부에 등장하는 닉세들을 꽤나 섹시하게 여겼다. 이 닉세들은 위험하기도 했다. 아주 위험했다. 너무 위험한 나머지 벤은 이 물의 요물들을 니쎄처럼 섹시하게 여길 수 없었다. 벤은 이 닉세들이 무서웠다. 그렇지만 이 순간은 무서움과 연관된 게 아니다. 벤은 할아버지와 나눈 대화가 기억났고, 꼭 어제 일 같았다. 사실 거의 2년 전으로 거슬러 가는데, 그때 벤은 할아버지의 말을 다 이해하지 못했지만, 할아버지가 자신을 대한 진지함을 사랑했다.

너희는 좀처럼 바깥으로 나오지 않아. 너희는 모든 것을 보지 못해. 닉세에 대한 이야기들도 알지 못하고, 머지않아 이 이야기를 해 줄 사람도 더 이상 없게 되겠지.

벤은 두려움을 자아낼 것 같은 이 이야기를 왜 들어야 하는지 할아버지에게 물었다.

두려움이 아니야, 존경심이지. 이 이야기는 너게 존경심을 가르쳐 줄 거야. 존경심은 가시로 찌르지 않는 두려움이야. 아, 그리고 토할 것 같은 느낌이 없지.

"할아버지가 그러셨어."

벤은 고집스러울 정도로 이야기를 이어 갔다.

"그건 우리가 잃어 가는 지혜라고 하셨어. 요즘 애들한테 더 이상 이런 식으로 경고할 필요는 없더라도."

"예를 들어 저런 거?"

니쎄는 물을 가리켰다.

벤은 생각에 잠겨 고개를 끄덕였다.

"음. 이런 이야기들은 예전에 애들이 혼자서 아님 여럿이 다닐 때, 저기서 수영을 못하게 했어. 소용돌이나 여울 뭐 그런 위험한 장소에서. 그런데 요즘은 더 이상 아무도 혼자 강으로 헤엄치러 가진 않잖아."

"그건 우리 때문이 아니야. 부모들 때문이지. 부모들은 우리를 너무 간섭해."

니쎄가 말했다.

벤은 어깨를 으쓱했다. 누가 벤보다 이런 사실을 더 잘 알까?

"어쨌거나 닉세가 사람을 아래로 끌어당겨."

벤은 재빠르게 말했다.

"닉세 말이야. 닉세 아이들이 살해됐대. 아니면 애가 하나뿐이었던가. 까먹었다. 어쨌거나 어부들한테. 어부들은 닉세를 몰아내려했대. 닉세가 물고기를 뺏어 갔나 뭐 그랬으니까. 그런데 어부들이 닉세 애만 잡은 거지."

"어부들이 애를 어떻게 했는데?"

"목 졸라 죽였거나 칼로 찔러 죽였거나 뭐 그랬겠지."

"그러고 나서 먹었어?"

벤은 고개를 저었다.

"이 자식, 너 진짜 구역질 난다!"

니쎄는 슬쩍 미소를 지었다. 니쎄는 벤의 말을 조금도 믿지 않았다. 오래전부터 그런 건 아니지만, 벤도 알고 있었다. 벤 자신도 더이상 믿지 않게 될 거다. 언젠가 할아버지가 너도 닉세에 대해 믿지 않게 되면, 그건 네가 어른이 되었다는 증거라고 말했다. 더 이상 어린아이가 아닌 사람에겐 더 이상 아무 기적도 없지.

"생선 순살 튀김."

니쎄가 단어를 매우 즐겁게 길게 늘여 빼며 말했다.

"어쨌거나 바로 그 닉세가 여기 있어. 여기 오리나무 웅덩이에서
부터 닉세가……."

벤이 고집했다.

"진짜? 지금 온다……. "

조롱하듯 니쎄가 말했다.

"그럼 들어가 봐! 여기서 수영해 볼 자신이 있겠지!"

벤이 격렬하게 목소리를 높였다.

이 말들이 올가미가 되면 안 됐다. 니쎄를 부추기는 건 현명한 일
이 아니었다. 그렇지만 벤은 할아버지한테 누가 되는 건 아무것도
용납할 수 없었다. 결국 할아버지는 코에 우스꽝스러운 호스를 끼
고 말도 거의 할 수 없고, 숨도 거의 쉴 수 없었다. 할아버지는 돌아
가시고 말았다. 작년에. 하지만 벤은 아직도 할아버지를 머리카락
한 올까지 똑같이 그릴 수 있을 것 같았다. 늙은 얼굴의 잔주름 하
나하나, 깊게 팬 주름 하나하나, 검버섯 하나하나까지도 정확히 그
릴 수 있을 것 같았다. 약간의 운과 솜씨가 더해진다면 할아버지 눈
빛까지도 그릴 수 있을 것 같았다.

니쎄는 무심하게 어깨를 으쓱했다. 몇 초 후, 니쎄는 티셔츠를 머
리 위로 끄집어 올리더니 면바지 단추를 풀기 시작했다. 그때 안더

스가 니쎄의 팔을 붙잡고 조용히 말했다.

"그러지 마."

"아 씨, 왜 안 되는데?"

"물속이 새까마니까. 온통 까매."

"그래서? 파랄 수도 빨갤 수도 있지. 난……."

"그럼 넌 죽게 되니까."

이 말은 두피로 파고들어 머리카락을 쭈뼛 세우고 순식간에 두개골을 쪼개는 것 같았다. 너무 고통스러운 나머지 벤은 낮게 신음을 토했다. 니쎄는 한마디도 내뱉지 않았지만 얼굴은 돌연 창백해졌다.

"거지 같은 소리 좀 집어치우지."

니쎄는 갈라진 소리로 말했다.

안더스는 잡고 있던 니쎄의 팔을 놓았다.

"내가 말했지. 넌 조심하지 않으면 죽는다고. 아무도 머리 위에 회색 화살표가 그렇게 많지 않아."

그러고 보니 지난주 학교 정원에서 둘 사이에 벌어진 일도 바로 이 일이었다. 니쎄가 충동적으로 지금 당장 안더스와 이야기하겠다고 날카로운 목소리로 말했을 때였다. 벤은 멀찍이서 힘겹게 까치발을 하고 니쎄를 지켜보았다. 갑자기 너무 많은 학생들이 길을 막아 시야를 가렸으니까. 결국 벤은 목도 길게 빼야 했고, 그렇게 해서 니쎄가 안더스로부터 몸을 돌렸을 때의 곤혹스러운 표정을 보

았다. 벤은 순간 몸을 웅크렸고, 문득 자신을 숨겨 준 아이들 장벽
이 고맙게 느껴졌다. 굴욕의 순간 자신의 나약한 모습을 본 걸 알게
되면, 니쎄는 적당한 기회에 망설이지 않고 분노를 폭발할 거다. 팔
꿈치로 찌르거나, 장난처럼 뒤에서 오금을 차거나, 손바닥으로 머
리를 때리거나. 이 모두는 필요 이상으로 거칠어 너무나 아팠다. 이
날 니쎄는 모든 게 확실하다고 주장했다. 안더스에게 물어봤는데,
정말 아무것도 기억하지 못했다는 거다.

　지금 안더스는 손으로 니쎄의 팔을 잡고 있다. 벤은 니쎄가 주도
권을 잃고 풀이 죽었을 거라 예상했지만, 니쎄는 다른 손으로 안더
스의 손을 놀랍도록 부드럽게 내려놓았다. 그리고 목초지 쪽으로
몸을 틀고 자리를 뜨며 말했다

　"너 나무에 올라가려고 한 거 아냐?"

　5분 뒤 벤은 요령이 간단하다는 걸 알았다. 물론 안더스니까. 안
더스는 나무둥치가 매끄러워 발 디딜 곳이 전혀 없다는 문제에 부
딪혔다. 그렇지만 그런 문제 따위는 거들떠보지도 않았다. 대신 나
무 줄기에서 적어도 10미터 정도 길게 뻗어 있는 남자 어른 몸통만
큼 굵은 가지 아래에 섰다. 이 가지는 바닥에서 거의 2미터 높이에
있었다.

　"나 좀 들어 올려 줘."

　안더스가 말했다.

"그런 다음엔?"

니쎄가 말했다.

"어서 올려 주기나 해."

니쎄와 벤은 안더스를 위로 올렸다. 둘이 떠받쳐 주자 마침내 안더스는 둘 어깨 위로 올라섰다. 경량급이라고 벤은 생각했다. 안더스는 팔을 뻗어 가지 위로 올라가려고 버둥거리더니 나무 위로 사라졌다. 벤과 니쎄는 몇 발자국 뒤로 물러서서 고개를 뒤로 젖혔다. 안더스는 가지 위로 내달리고 있었다. 굵은 가지가 뻗어 나온 줄기를 향해 달리면서 더 높이 뻗은 가지를 찾고는, 다시 몸을 버둥거리며 위를 향해 방향을 잡고, 계속 나무를 타고 오르며 날쌘 고양이처럼 내달렸다. 벤이 절대 가능할 거라 여길 수 없는 속도로.

"이 자식."

니쎄가 벤 옆에서 중얼거렸다.

안더스가 높이 올라갈수록 나뭇가지들은 점점 가늘어졌다. 언젠가 안더스는 이리저리 휘어지는 가지에서 버티고 설 곳을 찾지 못할 거다. 가끔 가지 하나가 통째로 부러지며 다른 가지를 스치거나 잠깐 다른 가지에 걸리면, 이파리와 가지들이 바스락 소리를 냈다. 마침내 수백만의 어두운 빨간색 이파리들이 안더스를 시야에서 가려 버렸다. 벤은 안더스가 정확히 어느 높이까지 올라갔는지 알 수 없었으며, 나무 꼭대기에 얼마나 바짝 다가설 수 있을지 짐작조차

할 수 없었다.

"너 벌써 위에 있니? 뭔가 보이니?"

니쎄가 소리쳤다. 대답이 없었다.

"안더스?"

그 순간 믿을 수 없는 장면이 벤의 눈에 들어왔다. 안더스가 맨 위, 거칠 것 없는 나무 꼭대기에서 양초처럼 똑바로 몸을 세우고, 서서히 두 눈을 감고, 하늘을 향해 두 팔을 활짝 벌린 채, 빨간 바다 속으로 용수철처럼 튀어 올랐다. 한 점과 같은 사람 모습. 안더스는 불타오르는 날개를, 그를 어디까지 실어 내릴지 알 수 없는 검정 날 개를 달고 있었다.

"오, **제기랄.** 이 자식아!"

니쎄가 큰 소리로 외쳤다. 안더스가 큰 소리를 내며 추락했다. 의심의 여지없는 추락이었다. 마치 세상을 때려 부수는 위협적인 폭풍우처럼 위에서부터 우두둑 부러지는 소리를 내며 뭔가가 급속도로 떨어져 내렸고, 나뭇가지와 잎들이 부대끼며 불길한 소리가 났다. 몸뚱이가, 어두운 물체가 아이들 위를 뒤덮은 어두운 빨간색 하늘을 찢고 굵은 가지에 세차게 얻어맞았다. 벤은 이때 손바닥에 여러 날 동안 없어지지 않은, 손톱이 살을 파고들어 만든 초승달 모양의 멍 네 개를 새겨 두었다.

"제기랄! 제기랄!"

안더스는 떨어지고 떨어지고 떨어지고, 믿을 수 없이 빨리 떨어졌지만, 벤은 안더스가 쉴 없이 떨어지는 시간 내내 구구단을 외고 100까지 셀 수 있을 것 같았다. 하지만 너무 놀라 머릿속에 어떤 숫자도 의미가 없었고, 벤에게 떠오른 유일한 생각은 단 하나였다. 안더스가 곧 죽어, 안더스가 곧 죽어, 곧 안더스가 곧 죽어!

안더스의 몸은 잔가지와 굵은 가지 사이를 훑고 떨어지며 가지들을 모두 흩뜨리고 부러뜨리고 나서야 땅바닥으로 떨어졌다. 나무 둥치에서 족히 3미터는 떨어져 있었고, 거의 아무 소리도 들리지 않았다. 둔탁하게 쿵! 울리는 소리가 전부였다. 그 소리와 더불어 알 수 없는 나무 위, 알 수 없는 덤불 어디선가, 알 수 없는 새들의 말도 안 되는 노래 소리가 들렸다. 너도밤나무 아래에는 풀이 거의 없고 얼마 안 되는 풀들도 키가 작았다. 땅은 훨씬 더 짙은 갈색이고 단단했는데, 그 위로 지난해 떨어진 시든 나뭇잎과 너도밤나무 열매들이 여기저기 널려 있었다. 그곳에 미동도 없이, 공포스러울 만큼 미동도 없이 가느다란 몸뚱이가 어두운 바닥에 어둡게 얼룩져 있었다.

아주 잠깐 벤은 텔레비전에서 본 송장벌레에 관한 다큐멘터리 영화가 떠올랐다. 검정색과 주황색 톱니 무늬 겉날개가 달린 1센티미터 가량의 딱정벌레는, 이미 죽어 버린 작은 동물의 몸통 아래쪽 땅바닥에 구멍을 낸다. 송장이 땅속으로 천천히 쉴 없이 가라앉아 딱

정벌레 애벌레에게 양분이 되어 줄 때까지. 벤의 귓가로 자신이 내쉬고 들이쉬는 숨소리가 들렸다. 벤은 니쎄를 보았다. 니쎄는 좋아할까? 안더스가 죽었거나 내상을 입어 죽는다면, 비밀은 영원히 지켜질 거다. 비밀이 누구에게 들통 난다면, 차라리 벤은 당장 죽어버릴 거다. 그는 니쎄에게 비밀스러운 시선을 던졌다. 반쯤 벌어진 니쎄의 아랫입술에 침방울이 맺혔다. 충격을 받아 눈은 커질 대로 커진 채, 니쎄는 너도밤나무 아래 웅크린 작은 몸뚱이를 뚫어져라 쳐다보고 있었다. 니쎄는 그 순간 아무도 죽기를 바라지 않았다.

니쎄가 두 번째로 크게 소리 지르자, 그 소리는 곧장 안더스를 움직이게 했다. 믿기지 않았지만, 안더스는 고개를 들고 눈을 떴으며 두 손으로 뒤를 받치며 천천히 몸을 일으키려 했다. 벤은 순간 자기 몸이 당장 바닥으로 꺼지는 듯했다. 긴장이 주는 엄청난 무게가 갑자기 밀려들었다. 벤은 안더스에게 달려갔고, 니쎄가 그림자처럼 따라붙었다. 벤은 안더스 앞에 무릎을 꿇고 앉았다. 마음 같아서는 어깨에 손을 얹고 흔들어 대고 싶었지만, 대신 등을 받쳐 안더스가 앉는 자세를 취하도록 도와주었다.

"머리는 어때? 빨리 말해 봐. 머리는 어떠냐고?"

벤이 다그쳤다.

안더스는 두 눈을 찡그렸다. 그리고 혼자서 중얼거렸다. 안더스의 눈썹이 위로 솟았다. 자기 자신도 놀란 것 같았다.

"괜찮은 것 같아."

"뼈 아프지?"

"그래. 그런데 심하진 않아."

하지만 마음이 아주 아파.

벤은 다시 정신을 가다듬었다. 벤은 니쎄의 도움을 받아 안더스가 일어서도록 밀어 올렸다. 안더스는 가만히 서 있었고, 잠깐 흔들렸지만 곧 중심을 잡았다. 그리고 미술 시간에 쓰는 목각 인형처럼 차례차례 관절 마디를 움직였고, 팔과 다리를 위로 올렸으며, 두 손과 발로 원을 그려 보였는데, 그 모습이 우스꽝스러울 지경이었다.

"뼈는 진짜 괜찮아."

안더스가 결론을 내렸다.

그렇지만 옷으로 가리지 않은 몸 전체가 끔찍한 찰과상을 입었다. 벤과 니쎄는 안더스 주위를 한 바퀴 뺑 돌았다. 꼭 정신 나간 사람이 빨강과 검정 유성펜으로 살갗 위에 길고 짧은 선을 마구 그어 놓은 것 같았다. 곧 셀 수 없이 푸른 멍이 들 것이다. 우아해 보이기까지 하는 작고 영롱한 빨간 진주들이 오른쪽 장딴지 안쪽 전체에 띠 모양을 이루었고, 이마에도 그런 띠가 둘러쳐 있는데 색이 어두웠다. 마치 색깔 있는 땀을 흘리는 것 같았다. 왼쪽 팔은 정말 심각한 상태였다. 어딘가 찢어져서 피가 흘러나왔고 양이 많았다. 이 피가 실개천을 이뤄 손목 즈음에서 굵게 방울져 바닥으로 떨어졌다.

니쎄가 말했다.

"의사한테 가야 해. 병원에 가자. 여기서 10분 걸려. 걸을 수 있겠어? 다리를 절면서라도?"

"물론이지."

안더스가 코를 훌쩍거리며 팔을 들어 올려 피를 바라보았다. 피는 방향을 바꿔 팔꿈치로 모여들어 아래로 똑 똑 똑 떨어졌다.

"아프니?"

벤이 물었다.

"난 굉장히, 굉장히 좋아. 하나도 아프지 않아. 이보다 좋았던 적은 한 번도 없는걸. 이제 갈까?"

"애가 무슨 짓을 한 거니?"

라우라 비케르트가 한마디 내뱉었다. 그녀의 두 손은 침상에 뻗어 있는, 절반쯤 벗은 아이의 몸 구석구석을 찾고 만져 보고 눌러 보면서 바쁘게 날아다녔다. 펠릭스는 끔찍해 보였다. 왼쪽 팔꿈치 아래는 압박 붕대로 응급처치를 끝냈지만, 다시 머리를 다쳤을지도 모른다는 예감 때문에 그녀는 공포에 휩싸였다.

펠릭스를 데려온 두 아이는 펠릭스 발치에 서 있었다. 둘 중 니쎄라는 아이가 어깨를 으쓱하고는 말했다.

"나무 타기요. 나무에서 떨어졌어요."

"얼마나 높은 데서?"

"맨 꼭대기에서요."

"그건 상대적이잖아. 그 나무가 얼마나 높았는데?"

"그게 그 빨간 너도밤나무예요. 란 강가에 있는 아주 오래된 나무요. 잘 모르겠어요. 30미터 정도?"

정말 친절한 아이군.

"그러니까 펠릭스가 나무 맨 꼭대기에 있었다고?"

"어쨌거나 아주아주 높이 있어서 애를 더 볼 수가 없었어요."

라우라는 펠릭스를 내버려 두었다. 펠릭스는 의식이 있었는데 한마디도 하지 않았다. 긴장을 풀고 있는 것 같았지만, 충격 때문이었을 거다. 계속해서 두 눈으로 그녀의 움직임을 좇고 있었다. 다행이었다. 다른 모든 것은…… 그야말로 재수가 없었을 뿐이다. 안에서 분노가 치솟는 게 느껴졌다. 그녀는 아이들을 꾸짖기 시작했다.

"그런데 니들은 애가 나무를 타도록 그냥 내버려 뒀단 말이지? 애가 작년에 머리에 심각한 부상을 입었다는 걸 알면서도? 그 부상이 기억 상실로 이어진 게 거의 확실하고, 아직 완전히 회복됐는지도 모르는데."

니쎄는 당황해서 바닥을 쳐다보았다. 어쨌거나 당황한 것처럼 보여야 했다. 라우라는 니쎄가 마음에 들지 않았다. 자신을 벤이라고 소개한 다른 소년의 눈이 의심스럽게 빛났다.

"근데 얘 정말 멀쩡했어요. 아래로 떨어졌을 때."

니쎄가 고집스럽게 말했다.

"멀쩡하다는 게 대체 무슨 뜻이지? 너희끼리 바로 축구 경기라도 했어?"

라우라는 니쎄를 향해 다그쳤다.

"우린……."

"어떻게 얘를 그냥 놔둘 수가 있었니? 니들 정말 제정신이니, 아니면 미쳤니? 머리를 멍청함에서 건져 줄 앱이라도 필요한 거야? 맙소사, 맙소사, 맙소사!"

그녀의 분노는 끓어 넘쳤고, 마음속 뭔가가 분노를 조금도 잠재우려 들지 않았다.

"그건 내 아이디어였어요."

펠릭스가 침대에서 돌아 누었다.

"네 아이디어? 이 애송이 총각아, 도대체 지능이라는 게 있기나 한 거니? 더럽게 멍청이 같은 생각을 떠올렸네!"

라우라는 그를 향해 달려들었다.

벤은 믿을 수 없다는 눈으로 라우라를 뚫어지게 바라보았다. 벤의 턱이 떨렸다. 벤의 두 눈은 쏟아지는 비난 속에서 잠깐 빛났다. 벤은 어른이 취하지도 않고 아이들에게 욕을 퍼붓는 걸 처음 본 것 같았다.

얘들은 아이들이야. 흥분을 가라앉혀야 해. 네가 소리쳐 봤자 도움도 안 되잖아. 기어를 낮춰. 그래 2단이 낫겠어.

그녀는 어깨를 팽팽히 조이고 억지로 천천히 심호흡을 했다.

"좋아, 총각들. 화를 폭발해서 미안해. 그런데…… 펠릭스가 작년에 나한테 왔을 때, 정말 펠릭스 걱정을 많이 했어. 아직 펠릭스가 완전히 낫지 않은 건 너희도 알고 있지. 내가 지나치게 반응했어. 정말 미안해. 사과 받아 줄 수 있지, 응?"

두 아이가 고개를 끄덕였다.

"좋아."

라우라는 마음이 좀 가벼워져서 말했다.

"그럼 이제 부탁 좀 할게. 그러니까 사라져 줘. 펠릭스를 꼼꼼하게 검사할 수 있도록 말이야. 사라진다는 건, 바로 접수창구로 가서 사정 이야기를 하고 부모님께 전화해 달라고 하는 거야. 어떤 경우에도 너희끼리 이 건물을 떠나면 안 돼. 니들도 충격을 받아서 멍청한 일을 저지를지 몰라. 난 니들이 화물차 타이어에 긁히는 걸 원치 않아. 이해했지?"

두 아이가 고개를 다시 끄덕였다.

"누가 이렇게 영리하게 펠릭스를 곧장 이곳으로 데려왔니?"

"저요."

니쎄가 말했다.

"잘했어. 안녕."

마지막으로 아이들은 두 번 고개를 끄덕였다. 한 번은 펠릭스를 향해서였다. 펠릭스는 두 친구 뒤로 문이 닫힐 때까지 기다렸다.

"저는 괜찮아요. 떨어지면서 머리는 하나도 다치지 않았어요."

"그걸 어떻게 아는데?"

어쩔 수 없이 라우라는 엑스레이를 찍을 거다. 작년부터 그의 머리를 너무 자주 찍었고, 병원은 이미 그에 상응하는 할인쿠폰을 빚지고 있었다. 라우라는 이제 펠릭스를 일주일에 한 번 만났다. 초반부터 경과가 두드러지게 좋았는데, 라우라는 이런 호전이 순풍에 돛 단 듯 너무 순조로운 건 아닌지 남몰래 걱정하고 있었다. 한 번 무너지면 두 배로 어려움을 겪을 수 있었다.

그녀는 자신의 약지를 접고 손을 들었다.

"손가락이 몇 개지?"

"넷."

라우라는 손을 내렸다.

"생일은 언제야?"

"10월 11일"

"그리고 네 이름은?"

"안더스 빈터."

라우라는 흠칫했다.

"놀라지 마세요. 전에는 펠릭스였죠. 제가 이름을 바꿨어요."

라우라는 안심하며 숨을 들이마셨다. 이름을 바꾼다……. 그런 심리적 잡동사니들은 바움가르트가 신경 쓸 문제다. 그녀는 엄지손가락을 접고 손을 높이 들었다.

"또 사네요. 방금 팔을 만들었죠. 그건 십에서 이를 뺀 거예요. 난 내 생일로 해 볼게요. 그 숫자에 내가 태어난 달과 날을 더해요. 그러면 이십구가 나와요. 이건 소수예요."

라우라는 살짝 웃었다. 공포의 파고가 드디어 누그러졌다.

"됐어. 이제 충분해. 근데 너 확실히 두통은 없니?"

"네."

"오케이."

라우라는 서랍으로 가서 소독된 붕대를 가져와 식염수로 적셨다.

"이제 시원해질 거야."

방금 굳은 피는 쉽게 닦여 나갔다. 씻고 보니 훨씬 덜 극적으로 보였다. 라우라는 만족스럽게 장딴지와 이마를 만져 보았다.

"넌 정말 운이 좋았어. 팔꿈치 위까지 더 꿰맬 필요는 없어. 장딴지에는 반창고를 붙이면 되겠고. 작은 찰과상에는 기적의 연고를 바르자. 여기저기 아이오딘 소독액을 칠할게. 괜찮지?"

"그럼요."

펠릭스는, 아니 안더스는 창백했지만 두 눈은 빛났고, 손바닥 피부에서 휘황하게 빛이 나는 것 같았다. 손에 잡힐 듯한 만족감으로 충만해 보였다.

라우라는 벽걸이 장에서 아이오딘액 병을 꺼내면서 물었다.

"나무에 오르겠다고 생각했을 때 괜찮았어? 두통이나 아니면 뭐 불편한 건 없었어?"

"학교에서 스트레스를 좀 받았어요. 담임선생님이 나를 혼란스럽게 했어요. 그렇지만 나무 위에서 내 안이 아주 분명해졌어요."

"분명해져?"

"정리가 된 것 같아요. 난 머리에 생각이 너무 많고, 그 생각에 색깔이 더해지고 소리와 그 모든 것이 더해져요. 뭔가를 하면 나아져요."

라우라의 관심이 깨어났다.

"나무 타기처럼?"

"넵. 아니면 다리 난간 위를 달리거나."

라우라는 아이오딘액을 붕대에 부었다. 갈색으로 천이 물들었다.

"높이가 중요한 거야? 그래?"

"아뇨. 그건 아우라 때문이에요! 집중을 하느냐에 달린 거죠. 집중해서 균형을 잡고, 먼저 생각하고 그래야 하는 거예요. 집중하면 머리가 고요해져요. 근데 강가의 철교 아래 앉아서 기차가 다리 위로 덜컹대며 지나갈 때 소리를 지르면, 지를 수 있는 만큼 크게 소리지르면, 그렇게 해도 괜찮아요. 선생님과 게리는 잘됐나요?"

"뭐라고?"

가능한 한 균형을 소재로 이야기할 것.

"사랑에 빠진 거요. 둘이 잘 이어진 거죠?"

"우리는, 음, 우리는 벌써 몇 주째 함께하고 있어."

그런 것들이 그를 어떻게 괴롭히는지 묻는 게 좋았을 텐데, 대신 라우라는 이렇게 말했다.

"그걸 어떻게 알았어?"

"선생님과 게리가 같이 있는 걸 시내 어디선가 본 것 같아요. 둘 다 무척 행복해 보였어요."

우리가 그렇게 행복해 보였다면, 그건 이미 잘되고 있다는 거지. 그런데 우린 아직 시내도 아무데도 같이 나가지 않았어.

라우라는 침대 앞에 의자를 놓고 안더스 곁에 앉아 이마에 액체로 된 기적의 반창고 스프레이를 뿌렸다. 그녀가 지시했다.

"눈 감아."

"아, 옙, 선생님!"

라우라는 집중해서 치료를 했다.

라우라는 다시 의심스러운 이야기의 실마리를 붙잡았다.

"게리가 나한테 편지를 한 통 보냈어. 너무나 아름다운 연애 편지. 그런데 게리가 편지 쓴 걸 전혀 기억하지 못해. 그걸 알게 됐는데, 넌 어떻게 생각해?"

"그럼 내가 기억 상실을 앓고 있는 유일한 사람은 아니네요."

안더스는 라우라 목에 걸린 청진기를 만지작거리며 덧붙였다.

"이건 프랑스 사람이 발명한 거죠. 19세기 초반에. 근데 그건 나무로 만들었고 깔때기처럼 앞쪽에 청진 판이 달려 있었죠. 사랑에 빠지면 심장 소리가 다르게 들리나요?"

"네 엄마가 나무 타기에 대해 뭐라고 하실까?"

라우라가 물었다. 이 꼬맹이는 자신만이 화제를 바꿀 수 있는 사람이라고 믿는지 이야기를 잘랐다. 하지만 라우라는 좀 더 진지하게 뭔가 말해야 했다. 어쩌면 그 편지를 이 아이가······.

"엄마는 미쳐 버릴걸요."

안더스는 청진기를 놓았다. 그는 라우라의 눈을 똑바로 들여다보며 부탁했다.

"꼭 엄마한테 이야기를 해야 하나요?"

"글쎄, 이렇게 반창고가 많으니 감추기 어렵지. 그리고 맞아, 난 당연히 네 부모님과 소통해야 해."

"그럼 아빠한테 전화해 주실 수 있나요? 엄마 말고요."

"물론이지. 그건 가능해. 너 엄마 앞에서 겁먹고 있구나?"

"아뇨. 난 엄마가 흥분하는 걸 바라지 않을 뿐이에요. 이 사건은 엄마한텐 아무 의미도 없어요. 그저 엄마 머리만 터질 거예요."

"무슨 소리니?"

"엄마는 제자리에서 맴돌아요. 그런데 아무것도 보지 못해요. 눈이 가려 있어서요."

"그렇구나."

꽤나 깊은 인상을 남기는데, 어린 총각!

라우라는 손목시계를 보았다. 10분 안에 내과 주임 의사와 면담이 있는데, 이 면담을 포기하는 건 불가능했다. 너무 유감스러웠다. 그녀는 정말 안더스와 더 얘기를 나누고 싶었다. 라우라는 붉은 갈색으로 젖어 버린 쓰레기를 휴지통에 던져 넣었다.

"그럼 당장 네 아빠한테 전화할게."

"고맙습니다."

"근데 이 모든 것에 대해 바움가르트 박사랑 얘기해 봤니?"

"뭐에 대해서요?"

"네 머릿속 색채와 소리."

"아뇨."

"왜 안 했어?"

"박사님은 너무 호기심이 많거든요."

"나도 호기심이 많잖아. 그렇지 않아?"

"네. 근데 선생님은 호기심이 많다는 걸 인정하는 데다 내가 너무 이상하다고 느끼게 행동하지 않아요."

안더스는 라우라를 보고 살짝 웃었다. 수많은 작은 별들이 잿빛 밤하늘에서 반짝이며 춤추고 있었다. 라우라는 안더스를 따뜻하게 안고 뭐든 다 잘될 거라고 속삭여 주고 싶었다. 그런데 아이는 그런 마음을 이미 알고 있는 것 같았다.

라우라가 말했다.

"이리 와 봐. 팔을 꿰매기 전에 이마 위에 작은 반창고 하나 더 붙여야겠어. 귀여워 보이네. 확실한 게 안전한 거야."

9월 26 ~ 28일
왜 천사는 추락하는가

아이가 나무에서 추락한다. 아이 엄마는 처음에는 너무 놀라서 어쩔 줄 몰라 하다 이내 화를 낸다. 그녀는 한탄하다 비난하고 욕을 퍼붓다 마침내 금지령을 내린다. 마음 깊은 곳에서 우러나는 아이에 대한 진정 어린 걱정이 그 이유 가운데 하나다. 그렇지만 친구들과 이웃, 직장 동료 들로부터 나쁜 엄마로 보일까 봐 두렵기 때문이기도 하다. 이미 사고를 당해 고통받는 아들을 온갖 위험으로부터 제대로 보호하지 못하는 엄마라고. 멜라니 빈터가 잘 알고 있듯이, 이런 종류의 일들은 순식간에 퍼져 나가 사람들 사이에서 따돌림이라는 벌을 받게 한다.

어떤 공간에 들어섰을 때 모든 이들이 한순간 침묵한다든지.

슈퍼마켓에서 만나면 일부러 못 본 체한다든지.

모두가 동경하는 자리를 차지하고 활동하던 학부모협의회에서 신뢰를 잃어버린다든지.

아이들 생일 파티 초대에서 제외된다든지.

그런데 멜라니 빈터는 이런 일들을 속속들이 알고 있다. 작년에 에크하르트 슈탁을 방화범이자 보험 사기꾼으로 지목한 사람이 그녀이기 때문이다.

"난 어땠어요?"

문 앞에 서서 아이가 물었다.

"과외 학생으로?"

"아뇨. 그냥요. 남자애로요."

"재미없는 애였어. 친절하지만 재미없는 애. 넌 육십 년을 살아도 똑같이 친절하지만 재미없을걸. 네 삶에서 뭔가 특별하다 싶은 건 절대 일어나지 않을 거야. 사고 난 게 어쩌면 행운이었다고 할 수도 있어."

"그런 얘기는 아무도 해 주지 않았어요."

"사람들은 그런 말을 안 하지. 이마가 왜 그러니? 코를 브레이크로 쓰기라도 한 거냐?"

"비슷해요. 나흘이나 지났어요. 안으로 들어가도 될까요?"

슈탁은 한 걸음 옆으로 비켜섰다. 안더스는 슈탁을 스치며 안으로 들어갔다. 로미는 기회를 틈타 안더스를 따라 열린 문틈을 비집고 집 안으로 들어왔다. 로미 뒤로 시원하고 세찬 한 줄기 바람이 따라 들어왔다. 슈탁은 점심을 먹고 겨우 한 시간 전에야 로미를 밖으로 내몰았다. 영리한 똥싸개.

안더스는 슈탁에게 묻지도 않고 겉옷을 벗어 비어 있는 옷걸이 못에 걸려 했다. 까치발을 해야 했다. 며칠째 가을 냉기가 뼈마디마다 스며들어 불평하던 슈탁은 도와주지 않고 아이를 유심히 지켜보았다. 슈탁은 뜻밖의 온기가 차오르는 걸 느꼈다.

"잘 찾아왔니?"

슈탁이 물었다.

"네."

옷 거느라 계속 씨름하면서 안더스가 대답했다.

"여기 오는 길을 기억하지 못하는데도?"

"아무 문제도 없었어요. 할아버지가 정확하게 알려 주셔서요."

"아닌데. 난 안 그랬어."

"그럼……."

순간 슈탁은 아이를 영화 속 한 장면에서 끄집어내거나, 아니면 음악에 푹 빠져 듣고 있는 걸 방해하기라도 한 것 같았다. 안더스는 마침내 겉옷을 걸어 흔들리게 내버려 두고 천천히 돌아섰다. 안더스의 얼굴은 뻣하지만 강렬한 표정을 짓는 그리스 비극 배우의 가면과 닮아 보였다. 빈터네 아들은 무척 당황한 것 같았다. 엉망이 된 이마 위로 꽤 깊고 가파른 주름이 생겼는데, 마치 누군가 칼을 들어 수직으로 베어 놓은 것 같았다.

슈탁이 말했다.

"내가 추측한 걸 말해 줄게. 넌 기억이 난 거야. 수학 과외를 받으러 오던 길이. 잠재의식 속에서. 네 엄마가 너를 꽤 자주 데리고 왔잖니."

비극의 마지막 장면. 결말은 마지막 순간에 좋은 쪽으로 바뀌고 막이 내렸다. 아이 이마가 판판해졌다.

안심하도록 설명해 줬기 때문일까, 아니면 그럴듯해 보이는 변명이기 때문일까?

"아마 이런 일들이 자주 일어날 거야. 네가 알아채지 못할 뿐이지. 알아채지 못해도 네가 기억하기 때문에, 그래서 말하거나 행동하는 거야. 맞지?"

"네. 어쩌면 그렇겠죠."

"너 최근에 여기에 한 번 온 적 있니? 낮이든 밤이든?"

"모르겠어요. 어째서 닭을 집 안으로 들어오게 놔두죠?"

"너 말 돌리는구나."

"그걸 모르겠어서요. 어째서 닭이 집 안으로 들어와도 되지요?"

슈탁은 어깨를 으쓱했다.

"왜 개나 고양이는 집 안으로 들어와도 되는데?"

안더스는 바닥을 가리켰다. 로미가 부엌으로 곧장 따라 들어왔고, 초록 올리브색과 흰색이 섞인 똥을 바닥에 남기긴 했다.

"개나 고양이가 아무데나 똥을 갈기지는 않으니까?"

"아휴, 그거."

슈탁은 손을 저으며 덧붙였다.

"로미가 똥을 여기저기 갈겨 대지. 바로 닦아 내기만 하면 그리 흉하지는 않아."

"그 안에 박테리아가 있잖아요."

"그래서? 네 엄마 같은 여자들만 박테리아에 벌벌 떨지."

"그래도 박테리아가 들어 있어요."

"넌 뭐가 낫겠니? 세균 없이 생활할 수는 있겠지만, 세제를 들이붓고 알레르기가 생기는 게 낫겠니? 살림을 어떻게 해야 할지 가르칠 거라면 당장 사라져 주겠니? 아니라면 마실 것 좀 줄게."

"아, 알겠어요. 음료수 마실래요. 우유 마실 수 있을까요?"

"네가 우유를 마실 수 있는지 없는지는 나도 몰라. 그렇지만 너한테 우유를 줄 수는 있어."

부엌에서 슈탁이 유리컵에 우유를 부었고, 안더스는 그 우유를 빠르게 꿀꺽꿀꺽 마셨다. 로미는 식탁 아래에 있었다. 가끔씩 작은 빵 부스러기를 집어 올리려고 부리로 바닥 쪽마루 틈을 콕콕 쪼아 댔다.

"왜 이름이 로미예요?"

안더스가 물었다. 우유가 윗입술에 수염 자국을 그려 아주 어린 애처럼 보였다.

"아내가 제일 좋아하던 여자 배우 이름이야. 로미 슈나이더, 한 번도 못 들어 봤니?"

안더스는 고개를 저었다.

"시씨에 관한 영화 주인공이지. 오스트리아의 황녀 말이야. 한 번도 못 봤어?"

"못 봤어요."

"언젠가 너도 꼭 한 번 보렴. 엄청나게 통속적이야."

"흑백 영화예요?"

"컬러 영화지."

안더스는 고개를 끄덕이고 주위를 둘러보았다.

"사진 없어요? 할아버지 아내 사진요?"

"시간이 지나면서 다 떼어 버렸어. 아내를 매일매일 보는 게 너무 마음 아팠어."

안더스는 살며시 웃으며 우유 때문에 생긴 수염 자국을 손으로 문질렀다.

"그래도 사진 한 장만 보여 주세요, 네?"

슈탁은 잠깐 생각에 잠겼다가 말했다.

"거실로 가자."

거실에서 안더스는 묻지도 않고 낮은 좌탁 옆에 놓인 육중하고 푹신한 소파에 앉았다. 소파 위에 일간지와 텔레비전 잡지가 놓여 있었다. 슈탁은 15년째 사용하지 않은 식기들이 들어 있는 찬장으로 갔다. 찬장 위쪽에 작은 금고가 놓여 있었다. 기껏해야 구두상자 크기에 불과했지만, 서류나 그 비슷한 물건들을 보관하기에 충분히 깊었다. 금고는 벽에 설치돼 있지도 않고 잠겨 있지도 않았다. 슈탁은 금고를 열어 앨범을 꺼냈다. 슈탁이 앨범을 탁자로 가져오는 동안 안더스는 호기심 가득한 눈으로 슈탁을 뚫어져라 바라보았다.

"금고에 앨범 말고는 아무것도 없어. 그래서 금고를 잠그지 않아. 불이 나고부터 화재 예방에만 신경 쓰고 있어. 불 난 얘기는 너도 들었지?"

"네, 베르크발트 인터넷 신문으로 사고가 나기 전 시간들을 다 훑어봤어요. 뭔가 떠오르거나 기억이 날지도 몰라서요. 그렇지는 않았지만요. 할아버지네 닭장은 여름에 다 타 버렸어요. 시내에 사는 사람들은 할아버지가 그랬을지도 모른다고 생각했고요. 할아버지가 방화범이라고요."

"모두 다 그렇게 생각했거나 그렇게 생각하고 있는 건 아니지만, 몇몇은 그렇지. 예를 들어 네 엄마처럼. 그래서 네 엄마가 그때 너를 과외 수업에서 빼 버렸어."

슈탁은 잠시 입술을 삐죽거렸다. 안더스는 여기로 오기 전에 연보라색 여자에게 무슨 변명을 꾸며 댔을까?

"뭐…… 언젠가 그 화재에 대해 얘기해 주마. 어쨌거나 그 이후 이 사진첩을 안전하게 보관하고 있지. 나한테 이 사진들보다 더 중요한 건 세상에 아무것도 없으니까."

슈탁은 사진첩을 펼쳤다. 기억이 밀려들었다. 슈탁은 그림 그리듯 이 기억들에 하나하나 색채를 덧입힐 수 있을 것 같다. 달콤한 고요를 약속하는 따뜻하고 차분한 밤색을. 그렇지만 슈탁은 이렇게 달콤한 고요가 헛된 약속에 지나지 않음을 알고 있었다. 이 색채는 속살거리며 곰팡이 병처럼 자기 생각과 감정을 덮어 버리도록 유혹하고 있었다. 이로부터 자유로워지는 데 여러 날, 아니 심지어 여러 주가 걸릴지도 모른다. 그래서 슈탁은 사진첩을 한 장 더 넘겼다. 새로 펼쳐진 쪽엔 인물 사진 한 장밖에 없었다.

"참 다정해 보이세요."

슈탁은 옆에서 체온을, 아이의 숨소리를 느꼈고, 작은 손가락이 한 여자의 얼굴 윤곽선을 따라가며 그림을 그리는 걸 보았다.

"친절하셨나요? 사진에서는 색깔이 보이질 않아요."

"응?"

슈탁은 아이 말소리에 조금도 귀 기울이지 못했다. 그의 시선이 아이 손가락을 따라가고 있었다. 엘케의 얼굴은 빛나고 빛났다……. 엘케의 쉽게 알아채기 힘든 엷은 웃음을 알아채기 위해 얼마나 자세히 들여다봐야 했던지. 슈탁은 그녀의 이런 웃음 때문에 30년 동안 늘 조금은 놀림 받는 기분이었고, 또 30년 동안 사랑에 빠져 있었다. 눈을 감고도 아주 세밀한 부분까지 아내 모습을 그려 낼 수 있을 것 같았고, 수백만 명 가운데서도 아내 목소리를 가려낼 수 있을 것 같았으며, 대륙 너머에서도 아내 체취를 맡을 수 있을 것 같았다. 아내에 대한 기억은 그의 가슴 한복판에 깊게 새겨져 있었다. 그의 심장은 밤색으로 밤색으로 요동쳤다.

"할아버지, 이제 앨범을 덮는 편이 낫겠어요."

슈탁은 옆에 있는 안더스가 말하는 것을 들었다.

"공동묘지에 있는 할아버지 부인께 같이 가 봐야겠어요."

"그런데 언제?"

슈탁이 속삭였다.

"지금요."

이렇게 그들의 우정은 시작되었다.

같은 날, 아니면 그 다음날 도시의 다른 쪽에서 한 아이가 어떤 친구에 대해 생각하고 있다. 이 친구가 두려움을 불러일으킨 시간들이 있다. 한번은 지난여름 도시 축제가 열린 늦은 저녁 시간이었다. 둘은 서로 만나기로 약속했는데, 아이는 그 친구가 장터에 세워둔 두 대의 축제 마차 사이에 드리운 어둠을 뚫고 모습을 드러내는 걸 보았다. 검정 속에서 검정이 드러났다. 그러고는 대략 얼굴 높이 즈음에 좀 더 밝은 얼룩 하나가, 그리고 몸뚱이에 두 손이 걸려 있는 높이 즈음에 또 다른 얼룩 두 개가 어둠 속에서 드러났다. 아이는 이 어둠이 검정 면바지에 검정 티셔츠 때문이라고 결론짓고 안심했지만, 그때부터 친구 본래의, 아직까지 남아 있는 인상은 똑같다. 그러니까 그 친구는 어둠의 일부였고, 어둠으로 제2의 피부처럼 고치를 틀고 있다.

전에는 친구 3도 있었다. 그렇지만 그 친구는 거의 일 년 동안 죽어 있는 것과 마찬가지였다. 그런데 그 친구가 돌아왔지만 진짜 친구 3이 되지 못했고, 그 친구의 부재에서 생겨난 공백을 아직도 좀처럼 메울 수 없었다. 그곳은 빈자리로 남아 있었다. 친구 3이 같이 있다 하더라도, 그 친구가 있는 곳은 대부분 눈부신 점처럼 얼룩져 보일 뿐이다.

그렇지만 친구 3이 돌아온 다음부터 뭔가가 변하고 있다. 어둠의 친구는 이제 힘을 잃어 가고 있다. 얼마 전 어둠의 친구는 학교에서 어떤 아이에게 자리에서 비키라는 뜻으로 명령하듯 아이를 밀쳤다. 그 친구는 이 행동을 말로 했어야 했다! 아이는 1밀리미터도 옆으로 물러서지 않고 그 친구를 머리끝에서 발끝까지 샅샅이 훑어보다 무시해 버렸다. 어둠의 친구는 그 아이를 그냥 내버려 두었다. 그러고는 마치 그 거친 아이를 추궁하는 게 자존심 상하는 일이라는 듯 어깨를 으쓱하며 그 상황을 넘기려고 했다. 그러고는 시선을 어디에 둬야 할지 모른 채 입술은 파래지고 뺨은 창백해져 옆으로 돌아섰다.

이에 대해선 친구 3에게 책임이 있다. 이 친구는 모두의 주목을 받는 데 성공했다. 거의 아무도 알아차리지 못하게 그만의 조용한 방식으로 관심의 한가운데에 섰다. 어떤 아우라가 그를 둘러싸고 있다. 그에게서는 잠들기 전 네 안에 깃드는 것과 같은 고요가 사방으로 퍼져 나간다. 한밤중 첫 번째 꿈속으로 빠져들 때 그는 위로가 되고, 네 마음 깊은 곳이 뭔가로 흔들릴 때, 두려움이 괴롭히거나 불안이 집어삼킬 때에도 그러하다. 네 세계가 미쳐 돌아갈 때 그의 존재만으로도 균형을 되찾을 수 있고, 세계가 산산이 부서져 버릴 때에도 그의 웃음은 부서져 날카로워진 고통의 모서리를 어루만진다.

어른들과 달리 이 아이는 모든 것에 대해 알고 있다. 아이는 친구 3이 어른들 눈에 이상하게 비친다는 결론에 다다랐다. 어른들은 이 친구를 낯선 시선으로 뚫어져라 바라보고, 몇몇 학교 선생님들처럼 그 친구에게 방어적으로 맞서듯 다가선다. 친구 3이 너무 밝게 빛을 내는 것 같은데, 대체 무엇 때문에 어른들이 이해심을 발휘해야 한단 말인가! 아이는 너무 밝아서 상대방에게 말할 수 없는 두려움을 불러일으키고, 결국 은백색으로 휘황하게 타오르다 갑자기 사그라질 수도 있을 거다. 이렇게 밝은 빛 속에서 모든 게 명명백백 드러날 거라는 두려움. 이게 바로 어른들이 결국 검정에 친숙해진 이유이고, 그래서 어른들은 빛을 피한다. 순전히 두려움 때문에.

어둠의 친구는, 아직 아이이기는 하지만, 이런 검정을 알고 있다. 그것도 오래전부터. 아이는 어둠의 친구가 왜 그런지 결코 밝혀내지 못하고 있고, 그에 관해 감히 질문을 던지지도 못한다. 그렇지만 아이는 어둠의 친구가 위협과 공포, 심지어 폭력에 기반한 자신의 왕국이 손가락 사이로 모래 빠져나가듯 계속 허물어지는 모습을 맥없이 지켜보지 않으리란 걸 너무도 잘 알고 있다. 사람들도 어둠의 친구에게서 이런 걸 느끼고 있지 않을까? 어떤 왕이 싸우지도 않고 왕좌를 포기하겠는가? 그렇다면 이제 친구 3 편에 서야 하지 않겠는가? 어떤 의도도 없이 등장해서, 그 자리를 두고 다투지도 않고, 소위 이 과제를 운명의 몫으로 맡기는 그 친구에게.

입장을 정하는 게 도무지 가능하지 않다. 게다가 아이는 어둠에 둥지를 튼 한 친구와, 고통스러운 밝음으로 휩싸인 다른 친구가 자아내는 긴장 속에서 움직이고 있다.

아이는 두 친구 모두 두렵다.

그렇지만 두 친구 가운데 누구도 떠나고 싶지 않다.

가을인데도 무더운 날씨가 계속되다 최근 들어 서늘해졌지만, 여전히 건조했다. 에크하르트 슈탁은 변함없이 주황빛 도는 노랑과 적갈색으로 물들고 있는 활엽수의 수백만 이파리들을 바라보면서 떨칠 수 없는, 너무나 매혹적인 우울감에 빠져 버렸다. 닭이 놀던 오래된 마당을 둘러싼 숲은 마치 불타오르는 것 같았지만, 안더스와 함께 나무 벤치에 앉아 발 딛고 있는 땅바닥은 검은빛으로 숨이 막혀 죽어 있었다. 나흘 전 빈터네 아들이 처음으로 슈탁을 찾아온 날, 슈탁이 설명해 주겠다고 예고한 이야기에 너무나 어울리는 배경이었다.

"텔레비전 앞에 앉아 있었어. 난 항상 볼륨을 크게 틀어 놓는데, 잘 안 들려서 그런 건 아니고 시끄러운 소리가 나는 게 그냥 좋아. 그날은 날씨가 좋았어. 과하게 더운 건 아니었지만, 저녁 여덟시 반쯤 되니까 제대로 시원한 바람이 불었고, 그 시간에도 거의 낮처럼 환했어. 불이 난 걸 어떻게 눈치챘는지는 아직도 잘 모르겠어. 아마 냄새 때문이었겠지. 상황을 분명하게 파악하기 전에 내 코가 먼저 상황을 알아챘겠지."

슈탁은 다시 한번 냄새를 맡으려는 듯 소리 나게 코로 숨을 들이마셨다.

"그건 뭐 중요하지 않고. 난 이미 밖으로 나왔어. 벌써 여기로 오는 중이었고, 달려오면서 휴대폰으로 소방서에 전화를 했지. 날렵한 젊은이들이었지만, 이 청년들도 저 아래 도시에서 오려면 시간이 필요했지. 시간이 오래, 너무 오래 걸릴 걸 알았지. 나 혼자 닭장으로 왔을 때는 더 이상 다가갈 수가 없었어. 저 건너편, 저 지점 보이니? 아직도 타 버린 나무 덩어리가 네 모퉁이로 땅바닥에 솟아 있지? 그 자리에 수직으로 헛간을 세워 놓고, 모이와 기구, 건축재 같은 것들을 넣어 놓았지. 헛간 문이 닭장으로 타들어 가면서 앞쪽의 벽도 동시에 무너졌어. 한 발짝도 다가설 수가 없었지. 아, 불쌍한 동물들이 울부짖었어……. 얼마나 소리를 지르던지."

엘케, 엘케! 슈탁 자신도 얼마나 울부짖었던지……. 슈탁의 눈앞이 뿌예졌다. 그는 뺨을 타고 눈물이 한 방울 흘러내리는 걸 느꼈다. 그는 깊게 숨을 들이마시고 또 내쉬었는데, 마치 타들어 가는 나무 냄새와 고기 냄새가 다시 콧속에 퍼지는 것 같았다.

"누가 그랬는지 혹시 아시겠어요?"

"아니. 추리소설에서 읽은 갖가지 범행 동기가 있잖니. 그런데 질투, 혐오, 복수심 뭐 그런 것들은 아닐 거라고 생각해. 누가 나한테 관심을 가졌는지, 왜 그랬는지는 하나도 모르겠어. 아니야. 내 생각은 누군가 재미 삼아 그랬다는 쪽이야. 그냥. 알겠니? 그냥 그랬어. 순전히 악의에서. 기껏해야 멍청한 경솔함이었겠지. 어쩌면 청소년들일지도 몰라. 애들이 불장난으로 화풀이를 하려 했겠지. 그다음부턴 진짜 지긋지긋하다."

슈탁은 겨우 웃어 보이더니 침을 뱉었다. 침은 땅바닥으로 떨어져 바닥의 먼지 낀 이물질을 감싸고, 우아하다고 해도 될 듯한 둥근 회검정색 구슬이 되어 몇 센티미터 굴러갔다.

"그런데 다시 아이랑 같이 있는 게 도움이 되네. 너희가 얼마나 밝은지 완전히 잊고 지냈어. 아이들은 세상 어둠 속의 빛과 같아. 진짜, 그건 그래. 너흰 미래를 불꽃으로 밝히고 있어. 변화에 대한 믿음을 간직하고 완전한 희망으로. 이 빛은 내게서 사그라졌지만. 난 더 이상 뭔가가 나아질 거라고 믿지 않아. 그렇지만 너희 가운데 많은 아이들은 어른이 되어서도 그 빛을 간직하고 그 불꽃을 보호하는 데 성공하지. 그래서 아이가 죽는 건 견딜 수가 없어. 아이는 미래의 일부를 자신과 함께 죽음으로 가져가."

"왜 할아버지는…… 왜 할아버지한테서 빛이 사그라졌어요?"

"나도 모르겠어. 엘케……."

슈탁의 호흡이 가빠졌고, 그는 불타 버린 바닥에서 눈을 들어 불타오르는 가을 나무들로 시선을 옮겼다.

"네 하늘에 자리한 별들 모두 점점 더 빛을 잃어 갈 뿐이야. 언젠가는 꺼져 버리고. 넌 뼈 속부터 냉기를 느끼게 돼. 모든 것이 그저 그렇게 변해 버려서 네가 확신했던 것은 꿈과 환영에 불과할 뿐인 거지. 네가 목표했던, 이상으로 삼던 곳에 안개만 자욱하게 내려앉아 어떤 길도 더 이상은 그리로 향하질 않아. 너는 삶에 굴복하고 너를 눕히고 잠들게 할 고요만을 원하게 돼. 너도 알다시피, 너를 둘러싼 너 같은 수많은 사람들은 너무 헤매고 있고, 너무 외롭고 피곤하고, 또 가난하잖니. 우리는 서로 손을 맞잡지 않으면 안 되는 거야. 더 나아지기 위해서. 그런데 우리는 그러지 않아. 그러지 않지."

슈탁은 오래도록 침묵했다. 어느 틈에 그는 아이의 손이 자기 다리 위에 놓여 있는 걸 느꼈다. 그는 따뜻한 손을 만지면서 아이 손을 잡았다. 그리고 생각했다. 내가 이 손을 아주 조금이라도 압박한다면, 이 손은 새알의 작고 얇은 껍질처럼 부서져 버릴 거야.

"그런데 할아버지는 사람들과 멀리 떨어져 살잖아요. 그러고 싶어서요."

"확실히 그렇지. 서로 손을 잡겠다는 생각은 이상일 뿐이니까. 사람들은 서로 너무 달라. 사람들은 내가 자기들과 비슷하게 생각하는 면이 있다는 이유만으로 친구로 받아 주지는 않아. 아니, 모든 걸 다 고려해 보아도 나는 혼자 있는 게 나아."

안더스는 신발로 불에 탄 흙을 긁어모아 작은 더미를 만들었다.

176

그리고 흙더미를 두 발로 왼쪽에서 오른쪽으로, 오른쪽에서 왼쪽으로 밀었다.

"저도 혼자 살 수 있으면 하고 바랐어요. 그러면 좀 더 고요할 거예요. 내 안이요."

"응, 그렇게 생각하니? 맞을 수도 있어. 그런데 혼자면 치러야 할 대가가 커. 혼자 살면 사람들이 달리 보거든. 네가 사람들이 정한 규칙을 잘 지켜서 더는 눈에 띄지 않는 한 사람들은 너를 그냥 내버려 둬. 그런데 손에서 뭔가가 빠져나가면, 사람들은 네 집 앞에 서서 네가 줄 수 없는 대답을 요구하고 너를 비난하지. 너한테 모든 것을, 각자 삶에서 잘못된 것까지 모든 책임을 너한테 떠넘겨. 언제나 그래 왔어. 사람들에겐 이런 행동이 뿌리 깊게 배어 있어. 사람들로부터 멀리 떨어져 살수록, 사람들은 점점 더 이런 행동을 하게 돼. 특히 혼자 살면."

슈탁은 안더스가 신발 굽으로 구석구석 눌러 가로 세로 50센티미터 가량 펼쳐 놓은 흙더미를 보았다. 안더스는 오른쪽 신발 끝으로 그 안에 천천히 그림을 그려 넣기 시작했다. 두 개의 비스듬한 선이 맞닿은 지붕을……

"할아버지한테는 상관없잖아요. 할아버지는 시내에서도 똑같이 잘 살 수 있을 거예요."

안더스는 이렇게 말하고, 지붕 모서리 양 끝에서 아래로 길게 직선을 그었다.

"그러니까 할아버지는 할아버지 안에 혼자 있어요. 그 안에 있으면 누구라도 아무것도 할 수 없어요. 밖에서는 할아버지 혼자가 아니에요. 예를 들면 밖에는 닭이 있어요. 이젠 저도 있고요."

슈탁은 웃으면서 고개를 끄덕일 수밖에 없었다.

"다시 닭을 육십 마리 키우면, 밖에서는 최소한 육십 배나 덜 혼자인 거죠."

안더스는 계속 말하면서 발로 왼쪽에서 오른쪽으로 이어지는 가로선을 그어 두 개의 수직선과 연결했다.

"다시 닭장을 지어야겠어요. 저랑 선생님이랑 아빠랑 같이요. 셋이면 쉽게 해낼 거예요. 그렇죠?"

"그럴 수도 있겠지."

슈탁은 중얼거렸다. 그는 안더스가 흙더미에 그린 집을 자세히 들여다보았다. 다시 숨쉬기가 힘들어졌는데 다른 이유에서였다.

"다만…… 아빠가 우리 이야기를 엄마한테 털어놓지 않을 거라 생각하니?"

"아뇨. 아빠는 엄마한테 저랑 뭔가 같이 한다고 말할 거예요. 같이 경주용 자전거를 탄다거나."

"내가 네 아빠랑 잘 지낼 것 같니? 일에 관해서라면 나는 끌어가는 쪽이야."

"그건 괜찮아요. 아빠는 엄마를 많이 겪었어요. 선생님은 우리 아빠를 분명히 좋아하게 될 거예요. 아빠는 정말 마음이 좋아요."

"그래? 정말 그래?"

슈탁은 말하고 살며시 웃었다. 슈탁은 아직까지 아이 손을 잡고 있다는 사실을 알고 놀랐다. 빈터네 아들은 열병을 앓는 듯 손이 불타는 것 같았다. 그런데 슈탁은 아직도 그걸 알아차리지 못했다. 그렇지만 알아차렸든 그렇지 못했든, 결국 불은 항상 불로 남는다. 불은 다 탈 수 있는 데까지 탄다.

아이가 나무에서 추락한다. 아이 아빠는 처음에는 너무 놀라서 어쩔 줄 몰라 하다 남몰래 이내 기뻐한다. 그는 아이를 꾸짖지 않고 어떤 비난도 쏟아내지 않으며 평정심을 유지하고 아이를 벌주지 않는다. 마음속 깊은 데서 우러나는, 아이에 대한 진정 어린 걱정이 그 이유 가운데 하나이고, 이미 넘어진 사람만 일어서기를 배울 수 있음을 알기 때문이기도 하다. 피 몇 방울이라는 최소한의 대가를 치르고 안드레가 아들을 벌주는 대신 믿음을 보이고 신뢰를 선물한 것에 대해 친구, 이웃, 직장 동료 들은 무척 놀랄지도 모른다. 그들도 그렇게 해야 한다. 지난번 생일을 맞아 그는 아들을 기쁘게 하려고 일부러 일자 모양 고정쇠 두 개를 쓸데없이 지붕에 매달려 했지만, 사실 이웃들에게 자신이 얼마나 멋진 남자인지 증명해 보이기 위해서였다. 대중에게 최대 효과를 발휘할 아이디어가 있는 최고의 슈퍼 아빠. 그렇지만 이런 것이 아이에게 어떤 결과를 초래했나?

아직까지 그의 아들은 안타깝게도 아빠를 신중하게 애써 관심을 갖고 대해야 한다. 사실은 무관심하지만 친절해 보이도록. 그렇지만 안더스는 얼마 전 함께 텔레비전 볼 때 드물게 호의를 드러내며 놀라운 제안을 했다. 오락영화였는데, 예외적으로 텔레비전에 색을 입혀도 좋겠다는 거였다. 로미 슈나이더가 나온 영화였는데, 〈시씨〉는 아니고 더 나중에 만들어진 프랑스 영화였다. 그녀는 발가벗고 수영장 수조에 누워 있었다. 이 점이 멜라니의 신경을 곤두세웠지만, 사실 안더스는 이 수조의 가장 깊은 곳이 얼마나 깊은지 알고 싶을 따름이었다.

어느 날 안더스가 먼저 다가와 함께 뭔가 지을 생각이 있는지 물었을 때, 안드레 빈터는 두 번 생각할 것 없이 바로 그러겠다고 했다. 그런데 에크하르트 슈탁의 닭장을 짓는 일이라는 이야기를 듣고 잠시 망설였다. 주저하는 걸 눈치챈 안더스가 불쑥 아빠 손을 잡았다. 그러자 안드레 빈터에게 옛 기억들이 물밀듯 밀려들었다. 품에 안긴 아주 작은 생명체, 아주 가볍고 아주 부드러운 향기, 이미 그때부터 어두웠던 잿빛 눈동자, 그리고 너무 가늘어 거의 들리지 않던 옹아리. 안더스는 같이 경주용 자전거를 타고 슈탁에게 갈 수 있다는 사실도 알려 주었다. 나중에 이 둘은 멜라니 빈터에게 같이 자전거를 탔다고 설명할 거고, 그건 조금도 거짓이 아닐 거다. 그렇지 않은가?

안드레 빈터는 고개를 끄덕이며 안더스 이야기에 귀 기울이면서 곰곰이 생각하고 있었다. 자신의 큰 손에 놓인 이 작은 손을 다시 놓치지 않으려면 무얼 해야 하는지를.

9월 30일~10월 5일(1)
슈탁의 집에서

　슈탁에게는 유감스럽게도 로미는 안드레 빈터에게 심한 거부감을 드러냈다. 안드레 빈터가 실수로 바짝 다가서자마자 그를 향해 부리를 치켜세웠고, 그가 집으로 들어서자마자 다시 슈탁을 포함해서 모두에게 보란 듯 획 돌아섰다. 한번은 초대받지도 않고 자신 앞에 나타난 침입자의 오른쪽 운동화에 정확하게 배설물을 갈겨 항의를 표시했다. 언제나 그랬듯이, 이로 인해 로미는 슈탁에게 똥싸개! 라는 욕을 얻어먹고 정원으로 쫓겨났고, 다음 며칠을 정원 울타리에서 지내야 했다. 기분이 상한 적갈색 깃털 대포알 로미는 눈앞에

서 빠르게 흐릿해지더니 뒤로 솟아오르는 불타는 가을 숲과 하나가
되었다.

로미와 달리 슈탁은 안드레 빈터를 보자마자 그가 좋아졌다. 안
더스가 아빠를 데려오기 전에 슈탁은 이 남자 얼굴을 몇 번 본 적이
있다. (부엌 창문을 들여다보는 이상한 시선을 보자 슈탁은 고양이 한
마리가 떠올랐다. 그 고양이는 집 앞에 새끼 고양이를 내려놓으려고 입
으로 새끼들을 물고 있었다.) 작년에 몇 번 안 되지만, 그는 연보라색
을 대신해 아들을 직접 수업에 데려왔다.

"집 지어 본 적 있나요?"

슈탁은 인사를 대신해 이렇게 물었다.

"레고요. 언제나 한 가지 색으로."

안드레 빈터가 대답했다.

"파란색인가요, 아니면 무슨 색?"

"파란색은 하늘 몫으로 남겨 둬야 해서 빨간색으로요."

셋은 곧장 슈탁의 부엌에 둘러앉았다. 노년의 남자와 중년 남자,
그사이 한 소년은 타 버린 풀밭을 측량하기 위해 여러 번 일어서야
했지만, 이들은 슈탁의 노련한 지시에 따라 부엌에서 신나게 계획
을 세우고 설계도를 그렸으며 구매 목록을 길게 써 내려갔다. 또 나
무를 주문하고 재료를 구입하기 위해 며칠 동안 그 지역 건축자재
시장을 오고갔다.

그러던 어느 날 한번은 사람들이 이들을 알아보고 말을 걸었다. 이런 일은 사실 피하기 힘들었고, 슈탁은 이런 상황이 벌어지는 장면을 여러 번 머릿속에 그려 보았다. 하지만 실제로 닥치자 아직까지 조금도 준비돼 있지 않은 것 같았다. 여러 해 동안 그는 그리 활기차다고 느끼지 못했지만, 더 이상 상처를 받지도 않았다. 그래서 적이 다가오자 슈탁은 마음속으로 즉각 방어 태세를 취했다. 이웃. 슈탁 집에서 100미터도 채 못 되는 아래쪽 거리에 사는 이들. 중산층의 무뢰한들. 이름은 오래전에 잊었다. 멍청씨든 수다부인이든.

"어머, 이웃에 사시는 슈탁 씨군요. 오랜만에 뵙네요."

이미 중년을 훨씬 넘긴 부부. 부인은 꼴사나운 비대칭 머리 모양을 하고 있었는데, 30년 전이라면 이런 모습으로 자신을 당돌하거나 대담하거나 뻔뻔해 보이게 치장할 수 있었을 거다. 부인은 머리 모양 때문에 자신이 자유분방한 분위기를 풍긴다고 확신하는 것 같았다. 남편은 허리띠 위로 위험스레 출렁이는 배를 걸치고 있었지만, 단단히 조여서 불룩하게 부푼 중간 아래로 허리띠는 보이지 않았다. 스스로 허리둘레가 변함없이 34인치라고 속고 있었다. 게다가 몸무게도 정상이라고.

고개를 조금 숙여 인사한다. 아들이 신문에 여러 번 등장하고부터 눈에 띄지 않기란 거의 불가능했다. 네, 천만에요. 그 순간 벌써 고개를 다시 까딱이며, 감사합니다. 이런 일들이 반복되었다. 안드레 빈터는 인사에 대꾸하면서 눈을 지그시 뜨고 비대칭 머리 여자와 배불뚝이 남자를 찬찬히 바라보았다. 자기 아들에 대해 사소한 말이라도 잘못할 때를 대비해 기다리듯, 깔보듯, 방어하듯. 안더스는 인사에 응하지 않았다.

"닭 헛간을 새로 짓는다며요? 그렇게 들었어요."

배불뚝이 남자가 말했다.

"제대로 들은 거지요. 톱질 소리랑 뭐 그런 소리들이 들려요."

비대칭 머리 여자가 말했다.

공평한 우주라면 어떤 신이든 이 번지르르한 웃음에 곧장 번개를 날려 벌을 내릴 거다.

"좀 시끄럽네요."

배불뚝이 남자는 왠지 긴장한 듯했다. 슈탁은 나중에야 비로소 이해가 갔다. 배불뚝이 남자는 슈탁의 등장에 무게를 싣기 위해 공연히 숨을 들이마시려고 한 거였다. 사람들은 슈탁의 등장을 용납하지 못했다.

"사실 전 닭이 더 필요하진 않아요. 슈퍼마켓에 달걀이 있잖아요. 친환경 유정란도 있고요."

비대칭 머리 여자는 장난스럽게 집게손가락을 들어 올렸다.

"댁의 닭들이 우리 닭들한테 병을 옮기면 절대 안 됩니다!"

"그럼 안녕히 가세요."

배불뚝이 남자는 손가락으로 쓰지도 않은 모자 테두리를 톡톡 쳤다.

"그럼."

슈탁이 말했다. 이 말은 짧은 만남 동안 슈탁이 내뱉은 단 한마디였다.

안드레와 아들은 수레를 밀고 지나가는 이 부부를 뒤에서 뚫어져라 바라보았다. 그런데 안더스는 이 둘의 머리 바로 위를 쳐다보는 것 같았다. 혹시 시대에 뒤떨어진 여자의 머리 모양이나 무거운 짐을 져야 하는 그 남자의 가느다란 다리에 놀라서일까.

"속물."

슈탁이 중얼거렸다.

"근데 왜요? 시끄러운 것을 참기 어려워서요?"

안더스가 물었다

"소음은 문제가 아니야. 집 짓는 소리가 좋지는 않잖니. 이제 우리도 더 주의해야겠어. 그게 아니고 속물은 둘 중에 그 남자야."

"왜요?"

"그 남자는 접시만 한 수준으로 세계를 보면서 꼭 사회 전체의 지평을 설명하는 것처럼 굴거든. 이해가 되니?"

"네."

슈탁은 어안이 벙벙해서 안더스를 돌아봤다.

"흠…… 정말로?"

"네. 이제 저는 타르칠 된 루핑 용지(습기를 막기 위해 타르를 먹인 판지나 마분지–옮긴이)를 모아 둔 데 가서 적갈색 벽돌무늬 용지가 얼마인지 살펴볼게요."

분명한 목표를 향해 안더스가 출발했다. 안더스는 머릿속으로 이미 가려는 곳에 도착해 있었고, 마치 돌고래가 지느러미로 바닷물을 가르듯 주변 공기를 갈랐다. 두 남자는 안더스를 바라보았다. 슈탁은 안드레와 함께 루핑 용지 코너에 뒤따라 가는 동안, 안더스가 이미 모든 재고를 살펴보고 필요한 양만큼 가격을 계산해 놓을 것임을 알았다.

"안더스가 웬만한 건축업자 못지않겠는걸요. 안 그런가요?"

안드레가 말했다.

"허, 참……."

슈탁은 안더스를 지그시 바라보며 말했다.

"아이들은 자라서 우리가 알아본 대로 돼야 해요. 그런데 자라고 나면 우리가 만든 대로 되어 있지요."

슈탁은 안드레를 향해 돌아섰다.

"안더스가 다음 주에 생일이지요, 맞나요?"

"옙."

"뭘 선물할 건가요?"

"개요."

안드레가 말했다.

10월 초, 안더스는 매일매일 생기가 넘쳤다. 공사장에서 남몰래 아들을 관찰한 안드레는 안더스가 팔을 다쳤는데도 놀랍도록 재빠르고 날렵하다는 걸 알았다. 빠르고 날렵하고 영리했다. 안더스의 두 손은 나무를 사랑했고, 나무는 그의 두 손을 사랑했다. 그의 두 손은 가장 작은 쪼가리 파편들을 빼고, 매끄럽지 않은 수많은 각목과 판자들을 옮겼다. 그 밖에도 안더스는 역학에 관해 직관적인 이해력이 뛰어날 뿐 아니라, 어째서 한 곳에는 못을 쳐야 하고 다른 곳에는 나사를 박아야 하는지, 어째서 이곳 나사 지름은 이런데, 저곳 나사는 그렇지 않은지, 어째서 어떤 곳은 수직으로 나사를 조이고 또 다른 곳은 비스듬하게 조여야 하는지 등에 대해 무척 인내심 있고 정확하게 설명할 줄도 알았다. 원래부터 그랬던 것인지, 안드레는 알 수 없었다.

둘은 한 번도 뭔가를 함께 만든 적이 없었다. 나무집도 장난감 자동차도 하다못해 연조차도. 안드레의 오래된 레고 조각들은 아들이 이것들을 가지고 놀 시기가 될 때까지 다락방에 보관해 두려 했지만, 어두운 은신처에서 한 번도 밖으로 나오지 못했다. 그 시간 사이로 생활이 파고들었고, 일상은 해야 할 일들과 편리함으로 치달았으며, 마침내 안드레는 이 레고 조각들에 대해 새까맣게 잊고 말았다. 슈탁이 안드레에게 집을 지어 본 적 있는지를 물었을 때야 비로소 안드레는 레고 조각들을 떠올릴 수 있었다.

빨강이요, 파랑 말고요.

파랑으로는 하늘을 짓지요.

안드레와 안더스의 자전거는 대부분 목초지나 숲 바닥에 아무렇게나 놓여 있거나 나무 벤치에 기대 서 있었다. 멜라니는 이 둘이 어딘가 먼 거리를 달리고 있다고 믿었고, 안드레는 멜라니가 그렇게 믿게 만들었다. 멜라니는 자전거 여행이 어땠는지 따위에 대해 결코 알려 하지 않았다. 이런 건 아빠와 아들 사이의 문제로 여겼으니까. 안드레는 그녀를 속이는 게 별거 아니라고 여겼다. 거짓말 말고는 그 무엇으로도 이해시킬 수 없음을 잘 알기 때문이었다. 또 안드레가 아는 한, 시내에서 이야깃거리가 되는 것에 대해 그녀가 두려워한다는 것은 불 보듯 훤한 일이었다. 그것도 남편과 아들이 범죄자로 의심 받는 사람과 얽히는 바람에 화젯거리가 될지도 모른다는 공포는, 설사 언젠가 슈탁이 누명을 벗는다 해도 사라지지 않을 거다. 게다가 멜라니는 너무 많은 눈을 의식한다. 혼자 사는 것은 언제 공격받을지 모르는 위험천만한 관계 방식이다. 그래서 멜라니 같은 도시 사람들은 대부분 집단 무의식 속에 단단히 새겨진 이런 선입견에 쓰레기 같은 이야기들로 영양을 듬뿍 공급하고 있었다. 이들은 무엇보다도 이 이야기가 숲 지역에서 너무 빨리 잊히지 않도록 신경 쓰고 있었다. 사람들이 속았다는 걸 인정하더라도 선택의 여지가 없었고, 실제로 슈탁의 무고함이 밝혀진다 해도 그건 아무 의미도 없었다.

그런데 그 사람이 전부터 참 이상하긴 이상했어요.

그가 그러지 않았다면, 당연히 그에게 믿음이 갔겠지요.

그 사람에 대해서는 아직도 들리는 소리가 있어요. 제 말이 무슨 말인지 알겠지요?

그 사람이 전부 다 새로 지었대요. 들으셨지요?

그럼 이제 맞혀 보세요. 누가 그 사람을 도왔게요?

머지않아 누군가 멜라니에게 자세히 이야기를 늘어놓을 거다. 쇠락한 옛 도시 위쪽에 자리한 숲 가장자리 슈탁네 목초지에서 멜라니 등 뒤로 무슨 일이 벌어졌는지를. 그리고 언제부터 멜라니 가족이 슈탁과 다시 왕래하기 시작했는지, 혹은 누가 슈탁 집에 불을 질렀는지 알게 됐냐고 물을 거다. 그러면 멜라니는 그런 질문에 주의를 주는 정도로만 대응할 거다. 남편은 어른이고 자기가 무얼 하고 있는지 알고 있을 테니, 개인적으로 직접 묻는 편이 나을 거라고. 말은 그렇게 하겠지만, 속에서는 화가 부글부글 끓어오를 거다.

안드레 빈터는 결혼 생활에 대해 심각하게 재고하고 있는 자신을 발견했다. 그런데 이런 생각을 하면서도 어째서 조금밖에 불안하지 않은지 안드레는 절대 해명할 수 없을 거다. 안드레가 아는 것은, 멜라니는 다른 사람으로 변한 안더스를 결코 용서할 수 없고, 아들은 엄마를 매일 무관심하게 대하고 있다는 사실뿐이었다. 둘은 계속 서로에게서 똑같이 멀어지고 있었고, 그래서 안드레는 아빠 노릇에 그치지 않고 훨씬 더 많은 것을 해야 한다. 안더스에게 잃어버린 보호와 온기, 사랑을 채워 줘야 한다. 그건 너무나 분명했다. 그걸 어떻게 해야 하는지 불안한 마음으로 자문하긴 했지만, 닭장 짓기는 벌써 첫 번째 좋은 연습 같았다.

닭장을 짓는 내내 날씨는 온화하고 맑았다. 비는 한 방울도 떨어지지 않았다. 간단한 건물이 닷새 안에 완성되었다. 슈탁은 이번에 지난번만큼 닭을 많이 키우지는 않기로 결정했다. 아무튼 처음에는 아니었다. 하지만 닭장에 40마리쯤 머물 수 있도록 가능한 한 서둘러 주말 시장으로 다시 가고 싶을 거다. 시간이 지나면 노력하지 않아도 규모는 두 배로 늘어날지도 모른다. 닭장을 크고 넓게 지었기 때문이다. 가로 세로 4×6미터에 이르는, 나무로만 만든 건물이 완성되었다.

"옛날 식으로 재면, 그러니까 16세기부터 19세기 말 아직 미터 단위를 쓰기 전대로 하면, 이건 너끈히 세 발에 네 발은 돼."

목초지 위쪽 나무 벤치에 앉아 쉬는 동안 슈탁이 말했다.

"처음 닭장은 이렇게 발로 쟀어. 그냥 재밌어서."

"한 발이 정확히 몇 미터예요?"

안더스가 물었다.

"1.85미터 정도. 원래 성인 남자가 두 팔을 벌린 끝과 끝의 거리만큼이야. 이 발이 항해할 때는 바로 길에 해당하고. 길이 몇 센티미터 짧긴 하지만. 몇 길 깊이, 이런 말 오래된 영화나 뭐 그런 데서 들어 봤지?"

안드레는 아들이 고개를 끄덕이는 걸 보았다. 이 닭장은 족히 남자 키만큼 높았고 입구에 난 문으로 들어가게 돼 있다. 문 뒤로 공간이 있고, 공간에 난 문을 지나 원래 닭장으로 들어가면 방풍용 투명 합성수지로 된 창문 두 개가 널찍하게 마련돼 있다. 이 창문 바깥으로 여닫이 덧문이 튼튼하게 달렸고, 입구 쪽 두꺼운 문과 마찬가지로 폭풍과 악천후를 대비해 통나무 빗장을 지를 수 있다. 슈탁은 대체로 두꺼운 고급 목재를 무척 중요하게 여겼을 뿐 아니라, 강력하게 힘을 받는 목재의 연결 각도, 나사와 경첩과 견고성도 아주 중요하게 여겼다.

10월 5일 토요일, 닭장 짓기가 끝났다. 계획에 따르면 돌아오는 주에 정원 울타리를 쳐야 하고, 또 닭장 외벽 칠도 남아 있었다. 외벽 칠에 대해 집을 지은 세 명의 신사들은 아무 색으로도 의견 일치를 보지 못했다. 안드레는 어두운 녹색을 제안했고, 슈탁은 두세 가지 대비를 이루는 갈색 톤을 선호했으며, 안더스는 투명 니스만 칠해도 충분하다고 생각했다. 결국 그들은 외벽 네 면과 실내의 전실

내부 도색을 두고 제비뽑기를 했다. 아직 아무도 페인트를 사지 않았다.

"그럼 이제 시작해 볼까요?"

슈탁의 시선은 새파란, 구름 한 점 없는 새파란 하늘로 향했다.

"비가 쏟아질 거야. 오늘 안에. 아침에 일어날 때부터 뼈마디가 쑤셨거든. 적어도 외벽 칠을 마쳐야겠어. 칠도 못했는데 이따 비가 내리면, 나무가 다 마를 때까지 여러 날 기다려야 하잖아. 내벽 칠은 다음 주로 넘기고."

그래서 그들은 건축자재 시장을 향해 마지막으로 차를 몰기 시작했다. 안드레는 이제 엿새가 지나면 안더스가 열두 번째 생일을 맞는다는 사실이 생각났다. 안드레는 오래전에 애완동물 가게에 연락을 해 뒀다. 차를 타고 가면서 개 생각이 떠나지 않았다. 다음주에 안더스보고 직접 개를 고르라고 할 거다. 안드레는 작년에 일어난 사고를 개와 연결해서 거의 생각해 보지 못했다. 날짜를 거꾸로 세어 본 적도 없다. 그랬다면 작년 사고 후 오늘까지 정확히 359일이 지났다는 사실도 깨달았을 거다.

그 숫자는 안드레 빈터 마음에 들지 않았을 거다.

사비네가 초인종을 여러 번 누르다 헛수고를 하고 돌아가려던 순간, 멜라니 빈터가 장을 보고 돌아왔다. 그리고 장바구니들을 아무렇게나 작은 탁자에 기대 놓았다. 사비네는 빈터 가족의 커다란 부엌 한가운데에 놓인 식탁에 앉았다.

"저는 커피 한잔 할 건데, 선생님도요?"

멜라니 빈터가 말했다.

"좋지요. 고맙습니다."

사비네는 눈에 띄지 않게 주위를 둘러보았다. 공간은 유행에 따라 세련되게 꾸며져 있었다. 이런 공간을 가꾸기 위해 자신만의 취향을 갖거나 개발할 필요는 없었다. 빨강, 검정, 하양으로 잘 관리된 가구에서 반짝이는 광택이 났는데, 여기는 영혼 없는 작은 장식품들로, 저기는 정신없이 꾸민 잡동사니들로 채워져 일종의 미적 파산선고가 내려진 상태였다. 하지만 거기엔 라이프 스타일이라는 딱지가 붙는다.

"포르티시오?"

멜라니는 찬장 앞에 서서 어깨 너머로 물었다. 한 손으로 뚜껑 열린 원두커피 상자를 들고 있었지만, 또 다른 상자를 찾는지 다른 손으로 능숙하게 그 너머 선반을 훑었다.

"네?"

"이건 라틴아메리카 원두 포르티시오예요. 향이 특별히 진하도록 볶아져 풍미 깊은 맛이 가득하죠."

"그러면⋯⋯."

살아서 생각하는 존재가 저런 문장을 내뱉다니 믿을 수가 없어. 포장지를 읽은 게 아니잖아. 저 여자는 외워 말했어!

"아니면 리니치오?"

멜라니 빈터는 설명을 이었다. 멜라니는 오른손으로 금빛 주황색 커피 포장을 들어 보여 줬다.

"이게 더 부드러울 거고 곡물 맛이 조금 나요. 이 시간에는 이게 낫지요. 그럼 리니치오로 준비할게요. 선생님도 좋아하실 거예요. 우유는요?"

"넣어 주세요. 설탕은 말고요."

여하튼 사비네는 귀중한 몇 초 동안 멜라니의 선택을 곱씹고 있었다. 자신도 예외는 아니지만, 거의 모든 사람이 어떤 강박에 사로잡혀 있고, 그 강박은 외적 요인은 물론 내적 요인들에 영향을 받는다. 그리고 그러한 영향은 사람들이 의지대로 행동하는 걸 막는다. 그렇지만 풍미 깊은 맛과 곡물 맛 사이에서 사는 사람은 정말로 그렇지 않다. 사비네에게 멜라니 빈터는 늘 호감이 안 가는 정도를 넘어섰다.

안더스가 입학하고 5주 동안 이 여자 마음대로 하게 내버려 두었다면, 모든 선생들은 오늘까지도 그 아들의 일거수일투족을 보고하기 위해 매일 그녀 앞에서 상담을 해 줘야 했을 거다. 1부터 10까지의 신경 민감도를 표시한 척도에서 그녀는 가볍게 8이나 9에 도달할 거다. 그녀와 마주 앉아 있어도 이야기는 거의 오가지 않았다. 멜라니는 누군가의 입장에 서 보지도 않고 무자비하게 일방적으로 이야기했다. 순식간에 모함당한다고 여기고 맘 상해하며 오해 받는다고 느낄 거다. 멜라니 빈터 같은 이들은 눈 하나 깜짝하지 않고 시민법정에 서서 뭔가 사소한 이유로 누군가를 짓밟을 수 있다.

유감이지만, 당신이 숨을 쉬어서 제 눈썹이 탈색된 것 같군요.

뭐 이런 방식으로.

끔찍한 여자.

사비네는 불편하게 주위를 둘러보았다. 그녀는 가정방문을 즐기는 선생이 아니지만 가끔은 피할 길이 없었다. 가정방문은 꼭 학생들의 내밀한 삶의 영역으로 쳐들어가는 것 같고, 어느 정도 그럴 수밖에 없었다. 부모가 한 아이를 위해 짜 놓은 외부 보호막인 집을 들여다보는 거니까. 집은 요람이자 항구이며 도피 지점이자 회귀 지점이기도 하다. 아이의 삶에서 모든 것이 순조롭다는 전제에서.

멜라니가 사비네 앞에 커피 잔을 내려놓았다. 그녀의 손이 미세하게 떨렸지만 태도에 긴장한 빛은 보이지 않았다. 싸우다 지쳐 기진맥진한 것 같았다. 그건 한 주의 피로가 쌓여서가 아니었다. 갑자기 사비네는 이 여자가 안쓰럽기까지 했다.

작년에 사고가 나고 당신도 궤도에서 이탈했지. 그때까지 당신이 그리는 생활은 특별했어. 당신, 당신 남편, 당신 아들이 이뤄 가는 생활은. 강렬한 선으로 이뤄진, 빛나는 색채에 경계가 선명한 그림이었지. 그런데 그 그림들이 망가져 버렸어. 당신 아들이 혼수상태에서 깨어났을 때, 당신은 그 그림을 곧장 새롭게 그리고 싶었겠지만……. 그때 당신 아들이 갑자기 달라졌지.

"과자 드실래요?"

멜라니 빈터가 물었다.

"아뇨. 괜찮습니다."

멜라니는 고개를 끄덕이며 억지로 웃어 보였다. 식탁 둘레에 의자가 네 개 놓여 있었다. 의자 하나는 방문객을 위한 것이 확실해 보였다. 갑자기 사비네는 나머지 의자 세 개 가운데 어떤 의자가 여주인 것인지 스스로에게 내기를 걸고 싶어졌다. 멜라니가 부엌 창문 두 개 가운데 더 큰 창문 앞에 놓인 의자에 앉음으로써 사비네는 몇 초 만에 내기에서 이겼다. 더 많은 빛은 더 넓은 시야를 뜻했고, 더 넓은 시야는 더 많은 통제를 뜻했다.

멜라니가 설명했다.

"안됐지만 펠릭스와 애 아빠가 집에 없네요. 요즘 둘이 자전거를 아주 많이 타요. 갖가지 재활치료보다 낫다고 생각하죠."

펠릭스와 애 아빠.

안더스와 당신 남편.

"먼저 우리끼리 이야기를 나눌 수 있으니 더 좋은데요."

사비네가 대꾸했다. 사비네는 커피를 홀짝였다. 놀라울 정도로 맛이 좋았다.

"그렇게 심각한가요?"

멜라니가 말했다.

"글쎄요. 어쩌면 다음 주 초까지 기다려도 됐을지 모르겠어요. 그런데 어차피 건너편으로 장을 보러 와야 해서 빨리 다리를 건너 면 어떨까 생각했어요."

그 순간 꾸며 낸 새빨간 거짓말. 사비네는 지난밤 거의 눈을 붙일 수 없었다. 더 이상 빈터네와 대화를 피할 수 없음을 알았으니까. 어제 학교에서 일이 벌어지고 나서야 깨달은 건 아니다. 가정방문 이 순간적으로 결정된 듯한 느낌을 줘서 이런 방문에 대한 무게감 을 조금이나마 줄이고 싶었다. 실제로 빈터 가족에게 아들의 정상 에서 벗어난 행동들에 대해 진작 소식을 전해야 했을까. 사비네가 그런 걸 소홀히 여겨 명문화되지 않은 교칙뿐 아니라 명문화된 교 칙까지 어겼지만, 그건 그리 중요하지 않았다.

지난해 사고가 일어난 날, 그녀는 펠릭스 빈터가 뭔가 석연치 않 다는 느낌을 분명히 받았음에도 아이를 군말 없이 수업에서 빼 주 었다. 사비네는 이런 실수를 두 번 다시 반복하지 않겠다고 마음먹 었고, 그 때문에 너무 이상하고 곤란하게 행동하는 안더스를 가능 한 한 지켜 주기로 다짐했다. 아이의 성격을 단정 짓지 않도록, 아이를 부당하게 낙인찍지 않도록, 거친 세상의 손길들이 함부로 하지 않도록. 아홉 달 동안의 죽음으로 인해 세상은 아이에게서 완전히 분리되었다 완전히 새롭게 보일 터였다.

그런 생각들이 어제까지 그녀가 갖고 있던 태도였다. 그런데 지금은 부모 면담 시간이다. 그것도 토요일에, 연락도 없이. 게다가 이미 그녀의 목을 죄어드는 캄탈러 때문에 더 이상은 미룰 수가 없어서.

사비네는 자신을 압박하는 멜라니의 시선을 느꼈다.

"좋아요. 본론으로 들어가지요. 어머님도 아시겠지만, 안더스는……."

"애 이름은 펠릭스죠."

"지금은 학교에서 안더스로 부르기로 했습니다."

사비네는 단호하게 말을 이었다.

"저 역시 이름을 두고 토론하러 온 건 아닙니다. 아드님이 많이 변했어요. 그 변화에 대해 제가 새로 더 보탤 건 아무것도 없습니다. 저는 기회 닿을 때마다 이런 변화가 가족에게 얼마나 많은 영향을 미칠지 짐작해 볼 뿐이죠. 그런데 저도 이런 변화가 학교에 어떤 식으로 영향을 미치는지 매일 목격하고 있습니다. 이런 말씀을 드려야 해서 유감입니다만, 지금처럼은 더 이상 불가능합니다. 어제……."

멀지 않은 어디선가 열쇠 구멍에서 딸그락거리는 소리가 들렸다. 멜라니 빈터는 뒤쪽으로 고개를 치켜들었다. 멜라니의 입술이 움직였고, 사비네는 그 입술에서 젠장!처럼 보이는 짤막한 단어를 읽었다. 몇 초 후 안더스가 부엌으로 들어왔는데, 고개를 앞으로 빼고, 턱은 살짝 들려 있었으며, 코 끝 양쪽이 부풀어 있었다. 마치 어스름 무렵 숲에서 빛 속으로 발을 들여놓고 뭔가 이상한 낌새를 챈 어린 동물 같았다. 안더스는 사비네를 보자마자 붙박인 듯 멈춰 섰고, 그의 아빠는 안더스의 등에 부딪힐 뻔했다. 안드레 빈터는 사비네가 있다는 사실을 알고 짧게 고개를 까딱였다. 그는 아들과 똑같이 검정색과 주황색이 어우러진 자전거 경주용 복장을 하고 있었다. 사비네는 오늘 이 둘이 단 1킬로미터도 자전거를 타지 않았음을 재빠르게 알아챘다. 사비네 자신도 자전거를 타서 이 스포츠 복장을 갖추고 있는데, 흡수력이 엄청나거나 통기성이 환상적이었다. 다시 말해 이 옷들은 옷에 밴 땀자국을 남기지 않는다. 그렇긴 해도 안드레도 안더스 빈터도 땀을 흘리지 않았다.

"이렇게 일찍 돌아왔어?"

멜라니가 말했다.

사비네가 귀 기울여 들은 그녀의 목소리에는 경미하지만 껄끄러움이 묻어 있었다. 맙소사, 사비네는 멜라니가 알고 있다는 생각이 들었다. 멜라니는 자신이 두 남자에게 속았다는 걸 알고 있다!

안더스는 엄마에게 시선을 고정했다. 좀 더 정확히 말하면 다른 사람들을 관찰할 때처럼, 그러니까 멜라니 머리 위 바로 어느 한 지점에 시선을 집중했다. 이런 모습은 사비네가 너무나 자주 관찰해 온 모습이다. 안더스가 말을 했는데, 그 목소리는 너무나 이성적이고 단조로웠다. 엄마는 그 자리에 없는 것 같았다.

"엄마가 우리를 봤어요."

"다음 주 생일에 쓰려고 몇 가지를 미리 장만해 두고 싶었거든. 그런데 큰 마켓에는 그 물건들이…… 맞는 양초가 없잖아. 그러니까 사람들이 건축자재 시장으로 가 보라고 했어."

이 문장은 외워서 입으로 나오는 것 같았고, 실제로도 그렇다고 사비네는 생각했다. 멜라니 빈터의 입술이 배꼽을 누르면 말을 하는 인형 입처럼 움직였다. 멜라니는 남편과 아들을 맞이할 준비를 철저히 해 두었다.

안드레 빈터는 아내를 뚫어져라 바라보았다. 그녀는 그를 한방 세게 먹이고 싶어 하는 것 같았다. 인형 입이 새로 열렸다 닫혔다.

"그럼 거기서 뭘 한 거야? 슈탁과 당신이랑 펠릭스는?"

"우리가 닭장을 새로 짓고 있어요."

안더스는 번번이 아빠를 앞질러 말했다.

"엄마가 슈탁에 대해 생각하는 거, 그가 불을 질렀을 거라는 생각 알아요. 근데 슈탁은 그러지 않았어요. 우유 한잔 마셔도 되죠?"

"찬장에 있어."

"우리를 봤는데 왜 안 왔어?"

안드레가 힘없이 말했다.

"아! 너무 바빠 보이던걸. 방해하고 싶지 않았어."

인형은 다시 서서히 활기를 띠었다. 그렇지만 그녀는 방금 한 말들을 비꼬는 투로 하는 데 딱 절반만 성공했다. 아울러 분노를 잠재우는 데도 딱 절반만 성공했다. 멜라니가 남편과 아들이 거짓여행에서 돌아오는 순간을 위해 그 말을 준비해 두었다는 걸 사비네는 알 수 있었다. 분노에 찬 말을 쏟아내려던 그녀의 계획은 사비네의 예고 없는 방문으로 훼방을 받았다.

안더스는 공간을 채운 긴장감을 무시하려는 듯 선반에서 유리잔을 꺼내 우유를 부었다.

"이 얘기는 나중에 손님이 없을 때 계속할 수 있겠지?"

안드레가 말했다.

사비네는 동의의 표시로 고개를 끄덕일 수 있을 뿐이었다. 집안 싸움에 말려들고 싶은 마음은 조금도 없었다.

"물론이지. 뤼케르 노이펠트 선생님이 꺼낸 주제로 돌아가지."

이제 조롱조가 두드러졌다.

"펠릭스 때문에 방금 작은 긴급회의를 열었어. 뭐에 관한 건지는 아직 모르지만."

"긴급회의?"

안드레가 되물었다. 그는 식탁의 두 여자를 향해 자리를 잡고 앉아 재빨리 안더스를 보았다. 안더스는 유리컵에 있는 우유를 벌컥벌컥 마신 뒤 한 손으로 입을 훔치고 이글거리는 눈으로 사비네를 노려보았다. 사비네는 안더스의 시선을 견뎠다. 그리고 더 이상 그를 배려하지 않기로 했다. 안더스한테는 여러 주에 걸쳐 여러 번의 기회가 있었다. 그렇지만 그는 사비네의 모든 부탁과 경고를 무시하겠다고 마음먹었다. 이제 그녀는 안더스가 자기 행동의 결과와 맞닥뜨린 걸 조금도 흡족해하고 싶지 않았지만, 그러는 건 쉽지 않았다. 마음속에서 야비하고 고약한, 흘려들을 수 없는 아이들 목소리가 환호하고 있었다. 이 정신 나간, 재수 없는 어린애가 마침내 대가를 치르게 됐다는.

"학교에서 사고가 있었어요. 이 일에 관해 저는 두 분 부모님께 알려야 합니다. 강당 출입구 앞에서 어제⋯⋯."

⋯⋯10분 동안의 쉬는 시간, 사비네는 게시판을 꼼꼼히 들여다본다. 연극 동아리와 잡은 약속 두 개가 미뤄져 일정을 다시 수첩에 적는다. 사비네로부터 멀지 않은 곳에 안더스가 니쎄, 빈과 함께 두 명의 추종자를 거느린 빛나는 태양처럼 서 있다. 그사이 니쎄는 뒤따르는 역할을 새로 찾았거나, 최소한 새 역할에 적응한 것 같다. 아이들 세 명이 서 있는 곳에서 몇 발자국 떨어지지 않은 곳에,

이 셋을 별로 의식하지 않고 사미라와 언제나 창백한 엘카가 있다. 단짝 친구인 이 둘은 손을 맞잡고 있는데, 사미라는 그러지 않으면 안 될 것 같다. 앙다문 입술, 광채를 잃은 두 눈은 고통스러워 보이는데, 어쩌면 첫사랑 때문이거나, 아니 의심의 여지가 없다. 사미라와 엘카. 사비네는 이 둘을 안 순간부터 줄곧 백설공주와 빨간 모자로 부른다. 자신이 겪은 첫사랑의 고통이 떠올라 남몰래 웃을 수밖에 없자 몸을 돌린다. 사비네가 다시 몸을 돌리자, 어느새 안더스가 사미라에게 다가선다. 사비네는 곧장 발걸음을 뗀다. 안더스가 지난 시간 동안 너무 자주 아이들에게 다가섰기 때문에, 언제나 반복해서 제지해야 한다. 사비네는 그래야 한다는 게 마음에 들지 않는다. 안더스는 이제 곧 사미라 앞에 선다.

"거기 네 주위가 온통 검은 것들이야. 꼭 재 같아."

사미라는 이마를 찌푸리며 자신을 내려다보았다.

"아무것도 없어."

"옷이나 피부에 붙어 있는 게 아니야. 그 안에 있어. 게다가 검은 것들이 시끄러워."

안더스는 한 손을 들어 사미라의 심장 위에 놓는데, 바로 젖가슴 위다. 엘카가 소스라치게 놀라 비명을 지르고 사미라는 깜짝 놀라 뒤로 물러선다. 여러 학생들이 아이들 쪽으로 고개를 돌린다.

"미쳤어, 이 자식아. 사람들이 다 보는데 여자애한테……"

니쎄가 말을 잇지만, 벤은 전속력으로 나는 듯 다가오는 사비네를 보고 친구를 팔꿈치로 찌를 순간마저 놓쳐 버린다.

"안더스, 너 거기서 뭐 하니?"

사비네가 막아선다.

"아무것도 안 해요."

"네가 사미라를 만졌잖아."

"그냥 사미라에게 어디가 아프고 어디가 시끄러운지 보여 주려고 했을 뿐이라고요."

"사미라가 어디가……. 안더스, 그건 고약한 짓이야. 그건 너도 알잖아!"

"아니에요. 사미라는 속이 아파요. 사미라가 속에서 소리치고 울고 있다고요."

사비네는 더 이상 그런 말을 듣고 싶지 않다. 이 사내애한테 에너지가 달릴 뿐이다. 사비네는 안더스를 꼼짝 못하게 안는다. 그를 잡아 흔들어 대지 않으려면 사비네 스스로도 멈춰야 한다. 나중에 사비네는 안더스를 필요 이상 꽉 붙잡은 건 아닌지, 그래서 아이의 맨 팔목을 움켜잡은 손에 아이의 맥박이 너무 또렷하게 느껴진 건 아닌지 생각해 본다.

"옐카, 같이 와 줄래?"

두 소녀가 나란히 서 있고, 옐카는 사미라의 어깨를 한 팔로 감싼다.

사미라는 공기를 들이마시려고 필사적이다. 사미라는 헐떡거린다. 부끄러워서가 아니다. 안더스가 사미라를 아프게 했기 때문도 아닐 거다. 사미라는 헐떡거린다. 왜냐하면…… 왜냐하면 사미라 부모가…….

흐릿하고 거무스름하게 한 장면이 사비네 눈앞에 떠오른다. 남자 한 명, 여자 한 명, 비명. 그 검은색 형체들은 타 버린, 끓어오르는 분노이자 재 덩어리다. 울음이 공기를 뒤덮고 모두가 울고 있다. 아빠, 소녀, 엄마. 거기에 아이가 한 명 더 있다. 사미라한테 남동생이 있나? 사비네는 이 장면을 언짢게 털어 낸다.

"너희 잠깐 단둘이 있을 수 있니?"

엘카가 고개를 끄덕인다. 신은 영혼이 맑은 어린 생명들에게 복을 준다고 한다. 사비네는 교무실 쪽 복도 가까운 구석으로 안더스를 잡아당긴다.

"안더스, 더 이상 이러면 안 돼!"

속삭이다시피 말하고 있지만, 사비네의 목소리는 협박조다.

"사람들을 만지고 사람들한테 그런 말 하는 거 그만둬야 해."

"그렇지만……."

"더 이상 그렇지만은 없어! 네가 아이들을 두렵게 만들고 있고, 난 더 이상 두고 볼 수만은 없어. 다시 한번 내 말을 듣지 않는다면, 당장에라도 네 부모님과 의논할 수밖에 없어!"

사비네는 안더스의 행동을 이렇게 해석한다. 사비네로부터 벗어

나려 하는 것 같다고. 안더스는 다른 한 손을 자신을 잡고 있는 사비네 손 위로 조심스럽게 올려놓는다. 사비네에게 온기가 퍼지고, 그 온기의 파장이, 그의 심장박동이 사비네를 가득 채우는 것 같다. 안더스의 손은 이 서늘한 날에 위로를 건네듯 따뜻하다. 실수를 저지르는 아이일 뿐인데, 아이를 그렇게 몰아갈 진정한 근거는 존재하지 않는다.

"내 얘기 잘 듣고 있니?"

사비네는 힘없이 말한다.

안더스는 고개를 끄덕이고 천천히 손에서 사비네를 풀어 놓는다. 마치 안더스가 사비네를 잡고 있었던 것처럼. 그의 두 눈은 반짝이는 그늘진 연못이다. 머지않아 소녀들이, 그러고 나서 여자들이 이 그늘 속에 몸을 담그고, 그 속에 가라앉아 모두 익사할 거다. 익사할 거다⋯⋯. 사비네는 깜짝 놀라 한 걸음 뒤로 비척거리며 물러섰다. 안더스에게서 떨어져 번개처럼 재빨리 주위를 둘러보니 아무도 이 돌발적인 상황을 눈치 채지 못했다. 눈치 챘다 해도, 꼭 사비네가 낮은 소리로 뭔가 말하려고 안더스에게 깊숙이 몸을 숙여 안더스가 생각에 빠진 것처럼 보였음에 틀림없다. 사비네는 어지러웠다. 금속성의 뭔가가 입 안에 퍼진다. 입술을 너무 세게 깨물어 비릿한 피 맛이 난다. 안더스는 보일 듯 말 듯 입꼬리를 올려 웃음 짓는데, 그 웃음이 자신을 향한 것인지 아니면 사비네를 향한 것인지 알아차릴 수 없다. 선의의 웃음인

지 아니면······

······악의적인 웃음인지. 방금 안더스가 우유 잔 너머 사비네에게 던진 웃음은 악의적이었다. 사비네는 당연히 외부 상황에 대한 묘사로 제한해 설명했다. 안더스도 의심의 여지 없이 자신과 마찬가지로 그 사고에 대해 기억하고 있는 것처럼. 그녀는 자신의 느낌과 생각으로 다시 한번 그 사고를 눈앞에 그려 보았다.

오, 더럽게 정신 나간 녀석인 게 분명해!

"어쨌거나 사미라는 감정이 너무 격해졌어요."

사비네가 말을 이었다.

"사미라가 곧장 엄마에게 전화를 걸었고, 아바드 부인은 어제 점심때만 해도 교장선생님을 만나려 하셨지요. 다행히 아바드 부인은 이 사고에 그다지 큰 의미를 부여하지 않았지만요. 무엇보다 사미라가 많이 놀랐습니다. 이런 상황 때문에 공식적으로 가정방문을 하게 됐어요. 캄탈러 교장 선생님께서 부모님 면담을 권하기도 하셨고요."

"정확히 우리에게 무엇을 통보해야 하는 거죠?"

멜라니는 냉랭한 목소리로 말했다.

"아들이 곧 학교에서 내쫓겨야 한다는 건가요? 아이가 사고를 당해 아홉 달 동안 혼수상태에 있었고, 그로 인해 아직도 완전히 정상으로 돌아오지 못해서요?"

"아닙니다. 당연히 그렇지 않습니다."

"그럼 뭐죠? 학교 정원에서 공개적으로 돌을 맞게 된다는 건가요? 무슬림 관습에 어긋나게 여자 아이를 만졌기 때문에요?"

"빈터 부인, 이번 기회에 섣부른 판단을 내리려고 하는 건 아니에요. 또 이번 기회에……."

뭔가 쨍그랑 깨지는 소리에 모두 흠칫 놀랐다. 안더스가 빈 우유컵을 거칠게 식기세척기에 넣었다.

"저는 그냥 사미라를 도우려 했을 뿐이라고요."

안더스가 말했다. 창백한 뺨이 빨갛게 달아올랐다

"사미라가 소리를 지르지만, 그렇게 속에서 소리쳐 봤자 아무 소용도 없다고요. 사미라는 밖에서 소리를 질러야 해요. 란강 위로 철교가 있어요. 동쪽 출구 클레어베르크 방향으로요. 거기서 제대로 소리를 지를 수 있다고요. 기차가 다리를 건널 때요. 사미라를 그리로 데려갈 수 있어요. 그렇게 할까요?"

"이건 사미라를 어떻게 도울까에 관한 문제가 아니야."

사비네가 인내심 있게 말했다.

"그렇군요. 그럼 난 이제 자전거 타러 가요."

안더스는 나직하게 말하고 가 버렸다. 아무 말도 없이 부엌에서 나가 버렸다. 등 뒤로 문 닫히는 소리가 낮게 들렸다.

밖으로 나서는 안더스를 부모들은 뜻 모를 표정으로 쳐다보았다. 안더스를 잡아 두기는커녕 부르려고 하지도 않았다. 자전거를 어느 쪽으로 몰고 가는지 보려고 다급하게 창가로 뛰어가지도 않았다. 어쩔 수가 없었다. 사비네 역시 꽉 막혀 버린 것 같았다. 머리는 텅 비고 관절 마디마디를 움직이려는 힘과 의지가 새 나가며 무겁게 가슴이 짓눌리는 것 같았다. 바깥에는 작은 구름 봉우리 하나가 아직도 화창한 오후 하늘에서 태양을 가리고 있을 뿐이지만, 어둠이 부엌으로 내려앉은 것 같았다.

일고여덟 차례 힘겹게 숨을 몰아쉬고 나서야 사비네는 다시 또렷이 생각할 수 있었다. 그때까지 그녀는 몽롱한 상태로 마취에 취한 것 같았다. 아니, 그렇지 않은 것도 같았다. 하지만 사비네는 안더스가 머물며 생활하고 있는 안더스의 영역에 들어와 있음을 마침내 깨달았다. 마술처럼 섬뜩한 안더스의 감정이입 능력이 벽 틈새에 이르기까지 부엌을 꽉 채우고 있었고, 지붕부터 지붕 아래 서까래 끝까지 완전히 빨아들였다. 방금 전 그의 웃음은 자신의 왕국인 이곳에 들어서는 누구나 예외 없이 안더스 법에 지배를 받는다는 뜻이었다. 그 이상 어떤 의미도 아니었다. 안더스는 자기 의지를 관철하기 위해 얼음장 같은 회색 눈으로 상대를 빨아들일 필요도 없고, 따뜻한 손을 만지게 할 필요도 없었다. 여러 감정이나 기억들을 일깨우거나 장면들을 환기시킬 필요도 없고, 어떤 속삭임도 어떤 외침도 필요하지 않았다. 조용히 내뱉은 문장 하나. 그럼 난 이제 자전거 타러 가요. 짐작컨대 이런 뜻만은 아닐 거다.

그리고 이 말은 아직도 사라지지 않았다. 사비네 속 깊은 곳에서 뭔가 또 다른 의미로, 뭔가 불길한 예감처럼 쿵쿵거리며 심장이 뛰었다. 안더스가 말한 마지막 단어들, 그럼 난 이제 자전거 타러 가요는 끝맺는 문장으로 들리지 않았다. 그 뒤로 문장이 덧붙는 것 같았다.

그리고 다시 돌아오지 않아요.

"곧 다시 돌아올 거예요."

멜라니 빈터가 무거운 침묵을 깨고 말했다. 멜라니는 식탁에서 일어나 자기 남편 쪽으로 몸을 돌렸다.

"미안한데 발저네 가야 해. 수잔네와 약속이 있거든. 펠릭스 때문에 더 이야기할 게 있다면 나 없이 당신이 선생님과 얘기하면 되겠지. 안 그래?"

멜라니는 사비네에게 한 손을 뻗어 악수를 청했다.

"진심이세요? 저는 할 만큼 한 것 같은데 아이 행동은 조금도 바뀔 것 같지 않아요. 선생님도 물론 그 점을 눈치 채셨겠죠. 아주 제멋대로예요."

이 상황으로부터 도망치고 있군. 멜라니가 부엌에서 사라질 때 다시 불러 세우고 싶은 심정이었지만, 사비네는 문이 쾅 닫히는 소리를 들었다. 안드레 빈터는 두 눈을 감았다. 또다시 부엌에 침묵이 내려앉았다. 불쑥 4년 전에 겪은 시간이, 맹장 수술을 받던 때가 떠올랐다. 매일같이 수많은 이들이 이런 유의 수술을 문제없이 받지만 사비네는 그렇지 못했다. 성공적으로 수술을 마치고도 여러 달 동안이나 악몽으로 고통을 호소했다. 말할 수 없이 끔찍한 감정. 온몸이 산산조각 나고, 사지가 몸뚱이에서 모두 분리되어 사방팔방으로 흩어지며 몸부림치다 결국 저절로 혼돈과 암흑 속에서 사라졌다.

여기, 울멘슈트라세의 이 집에서 한 가족이 해체되고 있거나 아니면 이미 무너져 내렸다. 사회 단위로서 오래전부터 빈터 가족은 풀어진 바늘땀을 느슨한 실 몇 가닥으로 간신히 이어 놓고 있었다. 사비네는 안드레 빈터를 무거운 마음으로 바라보았다. 그의 두 눈은 여전히 감긴 채였다. 사비네는 어느 순간 문득 흘러가는 초를, 분을 세야 했다고 생각했다. 안드레 빈터와 남겨진, 끝날 것 같지 않은 시간에 대한 숫자를 알 수 있도록.

"누군가와 얘기를 해야 해요."

마침내 안드레가 입을 열었다. 두 눈은 아직도 감긴 채였다.

그런데 우리는 이미 둘이잖아요. 사비네는 생각했다.

안드레는 두 손으로 얼굴을 감쌌다. 그런 뒤 눈을 뜨고 눈꺼풀을 짧게 깜빡였다. 죽도록 피곤한 나머지 잠에 빠져드는 것 같았다.

"자주 그래요. 그냥 사라져 버려요. 여기서 나가 버리죠. 어쩌면, 뭔가가 너무 버거운가 봐요. 지난 며칠, 건물 짓는 동안은…… 그 기간 동안은 좋은 날이 계속 이어졌어요. 우리는 집중해서 일했고 아이도 마침내 편안해 보였어요. 오늘 닭장이 완성됐거든요. 솔직히 말하면, 그래서 아이에게 위기가 찾아올지도 모른다는 생각을 하고 있었어요."

"혹시 아이가 어디로 갈지 알고 계세요?"

"아니요. 그런데 걱정돼요. 꼭 애가……."

사비네는 기다렸다.

"애가 그런 걸 할 수 있어요. 그렇지 않나요?"

안드레는 사비네가 자신을 미쳤다고 생각하지 않는지 떠보려는 듯 천천히 조심스럽게 말을 이었다.

"여러 자기 감정을 다른 이들에게 전가하는 거요."

"네. 스스로도 다른 이들의 감정에 대해 열려 있죠. 그게 안더스가 학교에서 겪는 여러 문제 가운데 하나예요. 아이들은 그런 걸 가장 민감하게 감지해요. 아이들은 그걸 두려워해요. 아이들이 안더스를 피해요."

안드레는 천천히 끊어 말했다.

"작년에, 사고가 나기 전에 아이가 무슨 일엔가 휘말렸어요."

사비네는 긴장하며 안드레를 바라보았다.

"저도 비슷한 추측을 하고 있었어요. 구체적이진 않지만……."

사비네는 펠릭스가 지난해 생일날 조퇴시켜 달라고 말했을 때, 너무 떨어서 겁먹은 것 같아 보이기까지 했다며, 그 당시 받은 인상을 설명했다. 펠릭스가 곧장 집으로 가지 않은 것을 알고 의혹이 더 강해졌으며, 어쩌면 그날 아침 펠릭스에게 속이 매스꺼운 것 말고 다른 일이 있었는지도 모른다고.

"저희도 사고 난 날을 여러 번 곱씹어 봤어요. 사고가 나고 나서 아내와 제가요. 그전에 분명 어디 다른 곳에 갔겠지요."

"그런데 다른 곳 어디요?"

안드레는 어깨를 으쓱했다.

"모르지요. 길에서 아이는 누구 눈에도 띄지 않았어요. 어쨌든 그때를 기억하는 사람은 아무도 없잖아요."

안드레는 이마를 문지르고 입술을 깨물며 생각에 잠겼다가 마침내 결심이 선 듯 고개를 들었다. 사비네는 안더스의 얼음장 같은 회색 눈이 아버지한테 물려받은 것임을 그제야 알아차렸다.

안드레 빈터가 말했다.

"혹시 선생님, 컴퓨터 패스워드 해킹해 보신 적 있나요?"

하늘은 제 모습을 바꾼다. 하늘의 푸른빛은 흰 구름에게 자리를
내주고, 흰 구름은 둥글게 수북하게 탑처럼 쌓여 가는 잿빛 구름에
게 자리를 내준다. 공기는 서늘하게 식어 간다. 안더스는 팬티만 빼
고 옷을 모두 벗었다. 벗은 옷은 조금 비탈진 란 강가 경사면에, 거
의 시들어 가는 장밋빛 도는 물망초와 수선화로 뒤덮인 경사면에
아무렇게나 쌓여 있다. 그는 강가로 바짝 다가가서 두 팔을 옆으로
늘어뜨리고, 시험 삼아 오른발을 조심스럽게 발가락만 물속으로 뻗
어 본다. 가을 냉기가 스며든다. 이 속에서 수영한다면 몸이 얼지

않도록 길고 깊게 숨을 들이마셔야 할 거다. 그러나 안더스는 수영하러 온 게 아니다. 그의 가냘픈 몸뚱이는 푸르고도 회색빛 도는 강물 앞에서 젖빛으로 빛난다. 왼팔에 붙인 반창고만 피부보다 더 밝은 색이다. 거의 흰색에 가깝다.

흰색은 모든 색의 현존이다. 나는 흰색을 그 구성 요소들로 나눌 수 있다. 나의 눈과 나의 정신으로 이 색들을 조각조각 쪼갤 수 있다. 그러면 바람이 불어와 파랑과 빨강과 노랑을 오색 테이프처럼 날려 보낸다. 이 오색 테이프는 내 머릿속에 붙박여 잡아당기고 잡아당기고 잡아당긴다. 다시 내 손가락에서 나와 내 손가락이 세상에 닿는 곳에서 오색 테이프는 소리를 낸다. 오색 테이프는 337과 8693이나 ㅇㅗ치ㄹㅇㄲㄱㅅㅏㅁㅊㅣㄹ 같은 소리를 내려 하기 때문이다.

그들은 이곳에 검은 닉세뿐 아니라 닉세 아이도 사는 걸 알고 있다. 마을 노인들 가운데 한 명이 두 형상을 보았다. 그 노인은 들일을 마치고 사람들 눈에 잘 띄지 않는 덤불 어디선가 깜빡 잠이 들었다. 다른 사람들은 마을로 돌아가면 노인을 볼 수 있을 거라 여겼다. 오리나무 웅덩이를 지나는 길에는 기분 나쁜 소문들이 넘쳐났고, 사람들은 그곳을 지날 때 침을 뱉어야 한다고 충고했다. 그렇지만 오리나무 웅덩이를 돌아가려면 들판의 절반 이상을 더 걸어야 했고, 그러려면 시간이 많이 걸릴 거라는 생각이 노인의 뇌리를 스쳐 지나갔다. 그래서 노인은 모든 용기를 그러모았다. 달빛이 비치는 강을 통과할 때 노인은 첨벙거리는 소리를 들었고, 번개가 내리치는 물이 어떤 거대한 여자 형상의 윤곽을 감싸는 걸 보았다. 그녀의 벌거벗은, 비늘로 반짝이는 상체는 물살을 가르고 높이 치솟았고, 두 팔로는 형체를 잘 알 수 없는, 밝은 빛이 나는 아이 같은 무언가를 안고 있었다. 반은 사람, 반은 물고기였다. 그녀는 아이를 부드럽게 안고 있었고, 그녀 자신도 넘치는 사랑이 내뿜는 따사로운 은빛에 감싸여 있었다. 그녀는 노래를 불렀다. 소리는 그녀의 목에서 나오고 있었지만, 이 세상 어디에서도 찾을 수 없는 소리였다. 이 소리를 듣고 노인은 어지러워졌다. 그는 먼 우주에서 별이 궤도를 돌 때 내는 것 같은 소리를 피하려고 해 보았다. 그 소리는 신이 한밤중 창공의 끝자락을 잡고 그 끝자락을 천천히 둘로 찢기 시작하는 소리 같았다. 그곳에서 노인은 아무 소리도 내지 않고 도망쳤다. 그렇게 마을로 돌아왔지만, 자신이 본 것을 누구에게도 말하지 않았다. 다음날 밤 노인은 또다시 강으로 갔고, 그 다음날 밤 또다시 갔다. 그는 강가 식물 사이에 몸을 감추고 자세히 살피며 상황을 파악했다. 그리고 그가 본 것을 머릿속에 잘 담아 두었다. 셋째 밤을 보내고 나서야 노인은 자신이 본 것을 다른 이들에게 이야기했다. 이제 사람들은 모두 지난 3년간 수확이 왜 그렇게 적었는지 알게 되었다. 바로 닉세가 비를 빼앗아 가고 밤에 노래를 불러 계곡에 흐르는 모든 물길의 방향을 튼 것이다. 아이를 바닥 깊이 안전하게 감추려면 깊은 강이, 끝없이 깊은 강이 필요하기 때문이었다. 이 모든 일이 아이 책임이었다. 흉측한 악동.

안더스는 강 아래쪽으로, 오리나무 웅덩이를 향해서 천천히 걸음을 옮긴다. 그는 무릎보다 훨씬 깊은 물속에 서 있다. 발밑 돌들은 매끈하고, 돌 가장자리는 수천 년 동안 흐른 물에 닳아 있다. 이제 무수한 작은 돌을 대신해 몇 개 안 되는 큰 돌이 자리를 차지하자 바닥은 평평해지고, 발치와 장딴지께서 더욱 거세지는 소용돌이가 뚜렷이 느껴진다. 그때 아무 예고도 없이 깊은 나락으로, 바닥을 조금도 헤아릴 수 없는 검정 안으로 물살이 갑작스레 급히 떨어지리란 걸 그는 알고 있다. 그는 피나무 꼭대기에서 익숙한 세계로부터 드넓은 대양과도 같은 심연으로 향하는 이 경계를 보았다. 물은 처음에 파랬고, 곧 잿빛으로 어두웠다. 어둠이 머무는 그곳에 고요가 깃들어 있다.

나를 둘러싼 것들, 또 내 안에 있는 것들이 너무 소란스러워지면, 난 아주 가만히 앉아 있거나 아주 빨리 움직이지 않으면 안 된다.

가만히 앉아 있으려면 초점을 맞출 필요가 있고, 재빨리 움직이려면 집중해야 하기 때문이다. 그렇지만 가만히 있든 재빨리 움직이든, 나는 나를 가득 메우는 색채와 소리를 번쩍이는 빛으로 된 바늘로 묶을 수 있다. 이 빛 속에서 나는 사람들을 읽을 수 있고, 바늘 끝으로 세계의 살갗에 무늬를 새길 수 있다.

다음날 밤 그들은 강가로 숨어들었다. 노인에게 이끌려 온 남자들 대여섯 명은 불행한 사건에 종지부를 찍기 위해 검은색으로 염색한 그물을 준비했고, 고기잡이용 철제 도구와 단창으로 무장했다. 마을 쪽에서 온 그들은 풀밭을 가로질러 홀로 서 있는, 어린 빨간 너도밤나무를 지나쳤다. 구름이 하늘 위로, 돌출한 뗏목 위로 동시에 몰려들었고, 반달을 가렸다 다시 더 크게 보여 주다 또다시 가려 버렸다. 마침내 남자들은 덤불과 갈대숲에 숨어 밀려드는 물살에 바짝 다가갔다. 노인이 말했다. 정신 바짝 차려. 넘어지지 않게 조심해. 물에 빠지면 영영 끝이야! 바위는 가파른 내리막을 이루고 물살은 너희를 데려갈 거야. 웅덩이 바닥까지 질질 끌고 가서 허파에서 공기를 모두 빼 버릴 거야. 잿빛 모래가, 어쩌면 이끼조차 끼지 않은 끝이 뾰족뾰족한 바위들이 그 아래서 기다리고 있겠지. 그걸 누가 알겠어? 그렇지만 맨 아래, 거기서 물이 소용돌이쳐서 엄청난 힘으로 너희를 가차 없이 위로 밀어낼 거야. 방금 너희를 아래로 질질 끌어당겼듯이. 물은 너희를 찢어 놓을 거고, 그대로 지옥행이야. 바위틈과 수많은 모서리를 지나면서 미처 다시 떠오르기도 전에 몸뚱이에 붙어 있는 마지막 살점까지 갈가리 찢기게 될 거야! 그러니까 폭이 두세 길쯤 되는 암석의 튀어나온 데 몸을 붙이고, 거기서 위쪽으로 몸을 들어 올려 다시 자연적으로 생긴 물살이 잔잔한 웅덩이에 자리를 잡아. 여기서 보면 좀 깊어 보일지 몰라도, 거기에는 물이 엉덩이까지밖에 안 와. 너희도 저기 저 맞은편이 보이지? 꼭 강에 거인이 놓아 둔 접시처럼 보이잖아. 이 석호에서 닉세 아이가 놀아. 수면에 쏟아질 듯 비친 달과 잡기 놀이를 하지. 이른 저녁에만 그러라고 엄마 허락을 받았고, 그 다음부터 아이가 혼자서 물위로 올라오는데, 그럼 사냥하기는 손쉽지. 이제 따라와. 길을 보여 줄게. 이 웅덩이 아래쪽, 깊지 않은 뒤쪽으로. 그곳 물살은 부드럽고 잔잔해. 거기서부터 조금 헤엄을 쳐야 해. 짧은 거리야. 그러니까 무기를 단단히 허리띠에 묶고 나만 따라와, 나만 따라와!

물이 안더스 발 위로 철벅거리며 부서지고 냉기는 그의 호흡을 멈추게 할 것이다. 그러나 안더스에게 냉기는 오히려 반갑다. 그는 냉기를 거의 느끼지도 못한다. 깊이, 더 깊이 잠수할수록 그는 빛과 낮을 뒤로하며 규칙적으로 잠수한 흔적을 뚜렷이 남긴다. 바위와 돌멩이에 부딪혀 방향을 튼, 그를 에워싼 물결은 작고 작은 물살의 소용돌이를 이뤄 그를 압박한다. 몸뚱이와 살갗을 향해 모든 방향에서 동시에 몰려든다. 그는 메아리로 방향을 찾는 장님처럼 그렇게 자신이 어디에 있는지 안다.

강바닥은 아직 멀고 보이지 않지만, 가장 깊은 밑바닥으로 내려가려면, 가만히 떠 있지 않으려면, 어느 때고 폐의 공기가 모두 빠져나가야 함을 알고 있다. 나를 씻어 내리는 물의 열전도력은 공기보다 훨씬 높아 물속에서는 체온이 아주 빨리 떨어진다. 내 몸은 곧 경련을 일으키기 시작할지도 모른다. 이곳에서 죽을 수도 있지만, 죽음이 영원한 고요를 얻기 위한 대가라면 나는 그 값을 치를 거다. 세상의 소음을 더 이상 견딜 수 없다. 빨간 음악, 사람들의 불행, 입안에 감도는 썩은 맛.

석호에 도착하자 어부들은 바닥에 검은 그물을 설치했다. 밤이어서 이 그물은 보이지 않았다. 남자들은 자연적으로 생성된 바위로 둘러싸인 분지 아래쪽과 옆쪽에 자리를 잡고 그물을 움켜쥐었다. 그 아래서 끊임없이 물살과 싸웠고 맨발로 중심을 잡고 서서 발바닥으로 바닥의 감촉을 느꼈다. 닉세 아이가 위쪽 분지 가장자리로 올라온다면, 그 아이는 모든 것을 잃게 될 거다. 일단 그물로 들어오기만 하면 아무것도 빠져나가지 못할 거다. 그래서 남자들은 몸이 얼어 떨릴 때까지 기다렸고, 강물이 철썩거리는 소리를 엿들었고, 구름이 쏜살같이 달을 완전히 삼켜 버리자 모두 흠칫했고, 구름이 다시 달을 내놓자 안도의 한숨을 내쉬었다. 멀지 않은 곳에 터리풀 꽃이 피어 있는 게 분명했다. 묵직하면서도 매혹적인 향기가 강 위로 퍼져 있었다. 향신료 냄새와 달착지근한 냄새가 한꺼번에 풍겼고, 여기저기 말라죽은 초록 해초의 곰팡이 냄새도 뒤섞여났다. 참아. 노인이 속삭였다. 참아야 해! 곧 아이가 깊은 데서 올라와. 애는 어쩔 수가 없거든. 그 애는 달을 따르고 달은 그 애를 끌어당겨. 곧 나타나니까 인내심을 발휘해야 해. 그렇지만 첫 번째 어부는 가늘고 창백한 닉세 아이의 두 손이 분지 가장자리를 붙잡는 것을 보고도, 두 손을 물살에 떠다니는 달맞이 꽃잎, 노란 꽃잎의 날장으로 여겼다.

위에서 통과한 빛을 받아 여기저기 희뿌연 뭔가가 빛나고, 물망초 이파리보다 크지 않은 비늘 조각이 진주조개 속껍질처럼 깜빡거린다. 이 비늘 조각은 얼마나 가뿐하게 물속에 떠 있는지. 아래에서, 웅덩이 바닥에서, 뭔가가, 어두컴컴한 속에서 새까만 뭔가가 움직인다. 그것이 안더스를 저 바닥으로 힘껏 끌어당기지만, 그의 몸에는 산소가 필요하다. 몸과 마음이 힘겨루기를 하는 바람에 안더스는 진주조개 비늘 한 점처럼 몇 초 동안 미적대며 물속에 떠 있다. 하늘은 잠시 세상 위로 넓고 높게, 끝없이 높게 찢어진다. 마지막 햇빛 한 줄기가 강 위로 떨어진다. 비늘은 빛난다. 안더스는 한 손을 뻗어 보지만, 이내 손을 떨군다.

나는 몸을 뒤집어 위를 본다. 얼마나 깊을까! 두 길, 어쩌면 세 길? 저 위에서 비치는 햇살은 방울방울 흘러내리는 것 같다. 햇살이 비춰 비늘이 무지개 색으로 부서지고, 무지개 색 각각은 음을 싣고 있다. 각각의 음들은 내 귓가에서, 내 혀 아래에서, 내 살갗 위에서 서로 다른 달콤한 소리로 울려 퍼진다. 나는 이제야 저 아래 바닥, 다섯 길 깊은 곳의 아이가 어떻게 생겼는지 안다. 아이가 위에서부터 쏟아지는 물결을 향해 어떻게 머리를 돌리는지, 촘촘하고 날카로운 이빨이 돋은 작은 아가리를 어떻게 벌리는지, 또 물을 막 힘없이 들여보내려고 어떻게 목 근육을 끊임없이 오므리며 아가미를 움직이는지 안다. 그것은 조금도 힘들지 않는 숨쉬기다. 난 더 이상 숨 쉴 수 없다. 숨 쉴 수 없다. 숨 쉴 수 없다.

특별한 명령이 필요하지 않았다. 여섯 남자가 동시에 그물을 거세게 잡아챘고, 첨벙거리는 작은 소리를 내며 잠수하는, 고작 1미터 정도의 뿌연 형상을 분지 가장자리 위로 들어 올린다. 흥분한 외침, 반짝이는 물방울들로 가득 찬 대기. 남자들은 분지에서 발을 헛딛고, 넘어지고, 다시 벌떡 일어나 그물을 단단히 거둔다. 흥분한 외침, 터질 듯한 환성. 반면 인간이 낼 수 없는 날카롭고 새된 소리, 이 세상 것이 아닌 아이의 울음소리. 노인은 이에 맞서 울부짖는다. 꽉 쥐어. 꽉 쥐어. 들어 올려. 그 새끼를 때려죽여. 죽도록 때려. 더 세게, 더 세게! 그러자 창과 철제 도구가 아이를 찔렀고, 너무 높아 거의 휘파람처럼 들리던 어린 포로의 울음소리가 멈췄다. 이제 모든 것이 믿을 수 없이 빠르게 진행되었다. 웅덩이 위로 물이 부글거리더니, 먹빛 번개가 솟아나며 빠르게 미쳐 날뛰는 분노로 변모했다. 닉세는 석호 가장자리 위로 튀어나와 자신의 넓은 아가리를 벌려 터져 나오지 않는, 고통을 넘어서는 고통의 비명을 질렀고, 요동치는 물로 채찍질했고, 이곳저곳에 어디에나 동시에 있었다. 비늘로 감싸인 발톱으로 살점과 피부를 갈가리 찢어 놓자, 수만 개 은빛으로 반짝이는 물방울들은 시뻘건 색으로 뿜어져 나오는 미세한 안개비와 뒤섞였다. 강의 여인이 끔찍한 복수를 그들 한 사람 한 사람에게 퍼붓자, 그들, 그 남자들은 비명을 지르고 질러 댔다. 면도칼처럼 날카로운 이빨로 노인의 두개골에서 얼굴의 껍질을 벗겨 내는 동안, 노인은 쉼 없이 비명을 지르고 있고, 석호 아래쪽 가장자리에서 죽은 닉세 아이의 시체가 배를 깔고 미끄러져 떠내려가고 있었다. 마구 찔려 부서진 밝은 빛 보트가 외롭고 슬픈 항해를 하고 있었다.

폐에 공기가 남아 있으면 아무도 그렇게 깊게 가라앉을 수 없다. 안더스는 닉세 웅덩이 바닥까지 실제로 얼마나 먼 길인지 결코 알 수 없을 거다. 세상의 어떤 의지력을 동원해도 허파에 가해지는 압력을 더 이상은 견딜 수 없다. 그때 안더스는 입을 벌려 써 버린 공기를 밖으로 밀어내고 다시 들이마시려 한다. 입과 목구멍 속으로 물이 쏟아져 목까지 들어차자, 숨구멍들을 닫아 보려 하지만 그럴 수가 없다. 액체가 기관지로 밀려들고 안더스는 경련을 일으킨다. 그 무엇과도 견줄 수 없는, 불도 없이 타들어 가는 통증이다. 머릿속에서 뭔가가 부풀다 터지는 것 같다. 슬픔이 안더스를 훑고 지나간다. 이제 처음으로 온전히 깨어나는 순간, 그는 죽어야 한다. 고통 속에서 의식을 잃어 간다. 물리의 복잡한 전류 법칙에 따라 강물은 그를 천천히 위로 밀어 올린다. 아주 천천히, 지나치게 천천히. 안더스는 생각한다. 위로, 위로. 난, 내 이름은, 내 이름은 펠릭스야, 펠릭스 빈터. 난 펠릭스 빈터야. 그래. 그리고 난 이제 곧 죽어.

10월 5일(3)
큰개자리

벤은 빨간 너도밤나무를 감히 타고 올라가야 할지 말지를 두고 오랫동안 씨름하고 있었다. 막상 나무 타기를 시도하기도 전에 실패하고 말 거라는 두려움이 발목을 붙잡았다. 시작부터 넘기 힘든 난관이 막아섰기 때문이다. 나무에 오르기 위해 붙잡아야 할 두꺼운 가지가 가장 낮게 달린 것도 바닥에서 2미터가 넘었다. 그렇지만 눈앞에서는 안더스가 빨간 나뭇잎들을 헤치고 나무 위쪽으로 사라지던 모습이 자꾸만 어른거렸다. 안더스가 조금만 요령껏 서 있었더라면 나무에서 떨어지지 않았을 거다. 나무 꼭대기까지는 특별한 위험 없이 오를 수 있을 게 분명했다. 이렇게 무모한 모험의 대가로 벤은 광활하게 펼쳐진 1킬로미터 폭의 시야를, 신의 시야를 확보할 거다. 그렇게 신의 시야를 얻음과 동시에 안더스보다도 니쎄보다도 낫다는 앎도 얻을 거다. 한순간 벤은 피너도밤나무에 오르고 싶다는 생각을 더 이상 떨쳐 버릴 수 없다는 걸 깨달았다. 결국 그런 생각은 팔이 닿지 않는 몸의 어떤 부분에서 느껴지는 간지러움과 같았다.

더 이상 참지 말기.

토요일 오후에 벤은 운동할 계획이었다. 운동 시간은 언제나 토요일 오후에 잡혀 있는데, 아무도 다른 시간을 잡을 수 있다는 생각을 하지 못했다. 그의 부모는 벤의 계획이 실행되는 동안 당연히 휴식시간을 가질 거다. 이 점이 그의 계획을 더욱 흥분되게 만들었다. 안더스가 피너도밤나무에서 떨어진 다음 벤은 책임감이 부족하다며 벌을 받았고, 3일 동안 인터넷 사용을 금지 당했다. 게다가 벤의 엄마는 벤과 이야기를 나눴다. 또다시 반복되어서는 안 될 악몽이었다.

벤은 엄마에게 평소보다 30분 먼저 스포츠센터로 데려다 달라고 했다. 혼자서 추가로 받는 훈련이라고. 지난 시간에 컨디션이 썩 좋지 않았다고 짧게 설명했다. 실제로 그는 트레이너나 다른 남자애들과 마주칠 여지를 없애려고 했다. 벤의 엄마는 벤이 스포츠센터

정문으로 들어가 그녀를 향해 몸을 돌려 손을 흔들 때까지 벤이 걸어가는 모습을 지켜보았다. 엄마는 이것을 작별이라 부르지만, 벤은 엄마가 어떻게든 자신을 시선으로 통제하는 것에 불과하다고 생각했다. 엄마가 떠난 것이 확실해지자, 벤은 곧장 발길을 돌려 오베르뮐 다리 쪽으로 속도를 내서 걸었다. 이제부터 아무런 방해도 받지 않을 수 있었다. 친구 집에는 아버지가 데려다 줄 거라고 엄마에게 말해 두었다. 그는 스포츠 가방을 어깨에 둘러멨다. 가방이 평소보다 무거웠다. 가방 안에는 갈아입을 옷과 샤워용품과 수건이 하나도 빠지지 않고 들어 있고, 오래된 너도밤나무에 오르기 위한 문제의 해법 또한 들어 있었다.

날씨도 벤 편이었다. 오전에는 하늘에 구름 한 점 없고 초롱꽃처럼 푸르렀지만, 그사이 구름이 끼고 눈에 띄게 공기가 서늘해졌으며 비 냄새가 났다. 벤은 이런 날씨가 해로울 게 하나도 없다고 생각했다. 그래야 땀을 덜 흘릴 거다. 아직까지 가을은 유채색이었고 햇빛이 잘 비쳤다. 이제 두 달도 못 돼 숲은 헐벗어 우울한 잿빛을 띠고, 공기는 얼음장처럼 차가워지리란 걸 상상할 수 없었다. 아빠는 여느 해처럼 크리스마스 노래 CD를 찾아 거실을 뒤죽박죽으로 만들 거다.

벤은 다리 뒤쪽에서 왼쪽의 좁은 길로 접어들었다. 그 길은 아주 작은 정원 지역을 지나 과실수가 늘어서 있는 들판과 목초지로 이어졌다. 그곳에서 한 쌍의 양과 말 두 마리가 무심히 벤을 바라보고 있었다. 벤은 어쩐지 시간을 거슬러 방랑하는 것 같다고 생각했다.

5분 뒤 벤은 목적지에 이르렀다. 여러 가지 냄새들로 뒤섞인 장막이 강 가까이에 있는 목초지를 에워싸고 있었다. 어떤 곳은 좀 더 촘촘하게, 어떤 곳은 좀 더 성글게 짜여 여름의 무덤에서 강렬하고 맛있는, 하지만 거의 달지 않은 냄새를, 무엇보다 란강의 곰팡이 냄새를 풍기고 있었다. 벤은 이곳에 다녀간 지 2주가 지났음에도 아직까지 제초돼 있지 않은 걸 깨달았다. 그때도 이미 풀이 엉덩이 높이까지 웃자라 있었다. 벤은 마치 강을 건너듯 풀을 헤치며 걸어서 이곳을 건넜고, 절반쯤 가서 고개를 늘여 뺐다. 넘어진다면 그 누구도 키 큰 풀 속에 누워 있는 그를 보지 못할 거다.

"너는 분명히 노리갯감이 되고 말 거야. 까마귀가 죽은 네 두 눈을 후벼 파고 다람쥐가 텅 빈 굴속에 오줌을 갈기겠지."

벤이 중얼거렸다.

마침내 너도밤나무 앞에 서자, 나무는 평소보다 더 거대하고 더 위협적으로 비쳤다. 그렇지만 두려움이란 어쩌면 관점의 문제에 불과한 게 아닐까? 벤은 나무둥치 아래쪽 가장자리를 밟고 고개를 뒤로 힘껏 젖혔다. 정신 나간 짓이다. 어두운 불빛으로 일렁이는 바다였다. 이파리들은 바다를 둘이나 이루기에 충분했다. 나무 한 그루에 붙어 있기에는 너무 욕심 많다고 할 수밖에 없지 않나!

벤은 엄청난 줄기에서 뻗어난 가지 아래쪽으로 몇 미터 다가섰다. 그 자리에 스포츠 가방을 내려놓고, 가방을 열어 10미터 길이에 두께가 족히 1.5센티미터 되는 파란 나일론 밧줄을 꺼냈다. 몇 년 동안이나 차고에서 언젠가 차를 묶거나 견인할 때를 참을성 있게 기다리던 밧줄이었다. 벤은 고개를 젖혀 잠시 위를 쳐다보고, 밧줄을 걸 적당한 곳을 찾았다. 머리 위로 뻗은 성인 남자 몸통만 한 가지를 껴안는 것은 불가능했다. 곧 나뭇가지에 밧줄을 걸고 그 아래 매달려 흔들거리며 한 손으로 가지를 꽉 잡아야 했다. 또 가지가 아래로 처지지 않고 몸무게를 감당해야 했다. 그렇지 않으면 그 가지 위의 다음 가지에 도달할 길은 없었다. 벤은 이미 집에서 10미터 길이의 3분의 1 정도까지 발을 걸고 설 수 있도록 고리를 여러 개 만들어 매듭을 지어 놓았고, 각 고리가 대략 60센티미터 간격이 되도록 했다. 그렇게 해서 한 발로 적당한 높이에서 멈춰 설 곳을 더 마련했고, 위쪽으로 몸을 밀어 올릴 수 있었다.

"나란 녀석, 너무 멋지지 않아?"

벤은 낮게 중얼거리며 밧줄 양쪽 길이가 똑같아지도록 중간을 접어 둥그스름하게 만들었다. 그런 다음 꺾인 중간 아래 3미터 정도의 지점을 붙잡고, 목표를 겨냥해서 호흡을 가다듬고, 빙빙 돌려서 둥그스름한 부분을 첫 발 디딜 가지 위로 던졌다. 이 지점이 느슨하게 가지에 걸려 뒤편으로 떨어졌고 머리 높이에서 앞뒤로 흔들거렸다. 벤은 그 부분을 자기 쪽으로 잡아당기고, 밧줄 양 끝을 그 사이로 집어넣어 발을 걸고 설 매듭들이 둥근 고리에 걸리지 않도록 조심스럽게 다시 당겼다. 마침내 보조 사다리가 완성되었다.

빙고!

1분 뒤 균형을 잡고 출발하자, 벤은 엄청난 기쁨을, 목으로 터져나오는 환희를 삼켰다. 이제부터 나무에 기어오르다 나무를 타야 한다. 나무에 기어올라 나무를 타고 오르는 것은 이어지는 10분 동안 매우 집중해야 하는 활동이다. 나무의 첫 번째 층과 두 번째 층의 가지들은 너무나 견고해서 마치 단단한 땅바닥을 딛고 선 것 같았다. 그렇지만 위로 올라갈수록 이러한 감정은 급속히 사라졌다. 벤은 운동을 잘했고 날렵한 근육질 몸매에 지구력이 좋았다. 몇 해 안에 운동선수 같은 몸이 될 거다. 그는 그것을 알고 있었다. 그는 쉽게 나무를 타고 위로 올라가며 스스로도 놀랐다. 발은 알아서 밟을 곳과 멈출 곳을 찾았고, 감각은 가지와 잔가지의 잎들 사이에 생긴 적당한 빈틈을 찾아냈다. 두 손은 단단하게 위나 옆을 붙잡았고, 두 팔은 그를 끌어올리거나 지탱했다. 벤은 거의 앞으로 내달리는 것 같았다. 이때 사용한 유일한 전략이라면, 절대로 아래를 내려다보지 않는 거였다.

10미터 가량 높이에 올라서 벤은 첫 번째 휴식을 즐겼는데, 조금도 지치지 않았고 빨간 나뭇잎으로 망토를 두르고 있는 것 같았다.

20미터를 올라간 뒤에야 벤은 마침내 뭔가를 둘러볼 생각을 했다. 경치를 둘러보려 했지만, 줄기 쪽에 붙어서 움직이는 동안은 불가능했다. 그제서 벤도 나무 꼭대기의 가장자리를 향해 앞으로 나아가야 한다는 걸 깨달았다. 원래 이 일을 시작할 때 스스로 바라던 바였다. 이곳 위쪽 가지들은 아래쪽 가지들보다 훨씬 더 얇고 쉽게 휘었다. 그렇지만 벤은 참을성 있게, 밭은 걸음걸이로 목표를 향해 자신을 끌어올렸다. 바깥으로 가지가 모여 생긴 작은 틈 사이로 잿빛 드리운 푸른색이 어른거렸다. 하늘이었다. 벤은 조심스럽게 손으로 더듬어 발아래 나뭇가지가 시소를 타기 시작하는 곳까지, 폐에서 터져 나오는 공포의 헐떡거림이 그를 짓누르는 곳까지 계속 나아갔다. 두려움이 몰려드는 순간 벤은 먼저 니쎄의 비명소리를 들었고, 곧 안더스가 떨어지면서 내는 소리를 들었다. 나무에서 추락해 나뭇가지가 꺾이고 부러지며 스치는 소리가 들렸고, 시커먼 뭔가가 가지 사이를 뚫고 떨어지는 게 보였다. 작은 몸뚱이가 땅 위로 떨어지자 발아래 바닥이 흔들리는 것 같았다.

계속.

갈리는 가지들.

성.

개신교 교회 위쪽, 경비가 보장된 궁전에 의지해 지어진 반 목조 가옥들로 빽빽하게 들어찬 오래된 시가지.

하늘! 색 바랜 파랑, 흰 구름에서 풀려나온 올들과 갈가리 찢긴 마지막 조각들, 그 뒤의 남서쪽에서 몰려오는, 둥글게 뭉치며 쌓여 올라가는 잿빛 도는 검정색 뇌우.

얼굴을 때리는 바람, 가을과 이별하는 혀 위로 닿는 미각, 마치 나무가 속삭이기라도 하듯 수없이 귀에 살랑거리는 소리, *잘했어!*

그 감정을 말로 다 할 수 없었다. 그 경치를 말로 다 할 수 없었다.

벤의 몸을 관통해 뜨거운 감정이 목구멍 위로 자랑스럽게 터져 나왔고, 눈물이 솟구치는 게 느껴졌다.

눈을 감았다.

눈을 뜨니, 목초지 경계 너머 오리나무와 풀밭 술을 단 강가를 따라 안더스가 경주용 자전거를 타고 30분 전에 벤이 걸어온 길을, 작은 정원과 과실수가 줄지어 서 있는 곳을 지나 목숨 건 속도로 검정과 주황빛 섬광처럼 달리는 게 보였다. 그렇지만 너도밤나무가 아닌 강의 어떤 한 지점을 향해, 얼마 전 벤, 안더스, 니쎄, 이렇게 셋이 오리나무 웅덩이를 건너다보던 바로 그 지점을 향해 미친 듯이 내달리고 있었다.

처음에 벤은 큰 소리로 안더스를 부르고 싶었다. 그 소리를 들을 수 있을지는 당연히 미지수였지만, 어쩌면 자신이 있다는 걸 안더스가 느낄지도 모른다고 생각했다. 마치 바람이 안더스에게 많은 것을 전해 주기라도 하듯, 안더스는 많은 것들을 그저 근거 없이 읽어내는 것 같다. 그렇지만 오늘은 그렇지 않다. 오늘은 바람이 거꾸로 불어왔다. 뭔가 전해 들어야 할 사람은 바로 벤이었다. 목초지를 지나며 안더스가 마지막 50미터 동안 경주용 자전거를 질질 끌고 가는 모습이며, 웃자란 풀밭으로 자전거를 던져 버리고 강가에서 옷을 벗기 시작하는 모습은 거의 보이지 않았다.

바람이 속삭였다.

안더스가 스트레스를 받았어. 안더스가 스트레스를 받으면, 미치기 전에 극단적인 짓을 해서 스트레스에서 벗어나려 해. 안더스는 물로 들어갈 거야. 닉세 웅덩이로. 바닥까지 가라앉으려 해.

그러고는 바람이 다시 불었고 더 많은 것을 전해 주었다.

그는 죽게 될 거야. 바로 강 저기에서.

나중에 벤은 어떻게 그렇게 빨리 나무에서 내려올 수 있었는지 설명할 수 없을 거다. 그렇지만 벤은 빨랐다. 빨리 내려오면서 팔과 다리가 까지고 긁혔고, 층층이 굵은 가지와 잔가지 너머 아래로 아래로 나무를 타다기보다 미끄러지다시피 떨어졌다. 그것은 붉은 바다 속에서 헤엄치는 것과 같았다. 마지막 2미터를 물 흐르듯 움직여 나무에서 뛰어내리자, 마침내 바닥이 발아래 있었다. 너무나 비현실적으로 다가왔다.

벤은 달렸다. 풀이 다리를 채찍질했고, 달리는 길에는 마치 거대하게 솟아난 나무처럼 덤불과 관목이 있었다. 벤은 스스로 기대한 것보다 훨씬 더 빨리 달렸다. 물결이 빛났고, 발에서 신발을 거칠게 잡아당겨 비척거리면서도 넘어지지 않으려고 애쓰는 사이에 벌써 벤은 강으로 들어갔다. 강은 시끄러웠다. 벤을 감싼 강은 미치도록 시끄럽고, 시끄럽고, **시끄러웠다.** 나중에 돌이켜 보니 이런 시끄러움은 벤이 기억하는 한 최악이었다. 제물을 도둑맞는 걸 맥없이 지켜보는 강의 분노에 찬 울부짖음, 바로 그것이었다. 그리고 그 반대편에 방금 엎지른 우유가 남겨 놓은 듯한 밝은 색 얼룩은 가냘픈 몸뚱이의 벌거벗은 등허리였다. 안더스는 자연적으로 형성된 분지의 가장자리, 공포를 자아내는 검은 지점 바로 아래로 떠밀려 왔다. 이 지점에서 벤은 어쩔 수 없이 안더스가 이곳 깊은, 가장 깊은 바닥까지 수심을 쟀을지 무의식적으로 묻게 됐다.

벤은 젖은 발로 물을 가르며 젖은 바지를 무릎 위까지만 접어 올렸다. 벤이 돌 사이로 재빠르게 첨벙 뛰어들자, 돌 사이로 밀려드는 강물이 스스로 부서졌다. 강물은 이곳에서, 닉세 웅덩이 아래에서 다시 천천히 속도를 냈다. 정말 다행이었다.

그를 죽게 내버려 두지 마!

분지에서 벤은 흠뻑 젖었다. 의식 없는 몸뚱이를 물에서 건지는 건 걱정했던 것보다 훨씬 쉬웠지만, 강에서 끌어내는 건 예상보다 훨씬 더 힘들었다. 벤은 안더스 겨드랑이 밑으로 두 팔을 끼우고 헐떡거리며 돌들 너머 뒤쪽, 강가의 다른 쪽으로 질질 끌며 데려갔다.

안더스를 끌어내는 순간, 벤은 심폐소생술을 어떻게 하는지 곰곰이 생각해 보았다. 인공호흡과 박자를 맞춘 심장 압박 마사지. 영화를 봐서 응급조치에 대해 알고는 있지만, 정확한 리듬이 어떤지는 몰랐다. 상관없다. 아무것도 안 하는 것보다 뭐든 다 해 보는 게 나았다!

결국 이 질문은 중요하지 않게 되었다. 벤이 자갈 깔린 강가에 안더스를 막 내려놓으려는 찰나에 안더스가 기침을 터뜨렸다. 모로 누운 가느다란 몸이 여러 번 움찔거렸다. 안더스는 다리를 꽉 끌어당겼고, 넓게 벌어진 일그러진 입에서 물이 간간이 흘러 나왔다. 찐득한 침, 알 수 없는 음식 찌꺼기가 섞인 갈색 띤 노란 점액. 벤은 안더스 옆에 무릎을 꿇고 무너져 내렸다. 갑자기 팔에서 통증이 느껴졌다. 마치 여러 시간 동안 낚시 봉에 걸려 있었던 것처럼. 벤은 옆을 보았다. 안더스는 바로 돌아누웠다. 크게 뜬 그의 눈에 하늘이 가득 고였다.

"안더스?"

벤이 속삭였다.

조용히 고개를 끄덕였다. 그게 답이었다.

패스워드로 잠가 둔 컴퓨터를 침범하기 전에, 둘은 약간의 알코올로 용기를 북돋지 않으면 안 됐다. 안드레는 화이트 러시안 두 잔을 만들었고, 거실에서 사비네와 칵테일을 마시며 오로지 안더스에 관해서 이야기했다.

안드레가 말했다.

"전 단단히 결심했어요. 병원에서 퇴원하고 나서 아이를 새롭게 알아 가기로요. 그리고 그러려면 아이가 저를 새롭게 알아 가지 않으면 안 된다는 것도 이제야 알게 되네요. 아이한테 아직 기회를 많이 주진 못했어요. 뭐, 제 잘못이겠죠?"

사비네 뤼케르 노이펠트는 과도한 업무에 대해 설명했다.

"오전에만 해도 한 아이를 보살펴 주겠다고 마음먹어요. 진작부터 속을 썩여 온 다섯 명의 골치 아픈 문제를 더한 것보다 어마어마한 문제가 있는 아이거든요. 그러고 나면 오후 회의가 시작돼요. 이 회의에서는 교육청에서 책상물림 관리 하나가 나와서 아이들 한 명 한 명의 학업 성취도 추이를 기록으로 남기지 않으면 안 되는 이유를 설명하죠. 그러다 보면 저녁까지 걱정스러운 아이들을 모두 잊어요. 피곤하고, 피곤하고, 또 피곤할 뿐이에요. 설사 아이들을 떠올리더라도 엄청난 서류 덕에 생각할 틈이 없어요. 무엇 때문에 다섯 명에 한 명을 더한 그 아이가, 수리수리 마하수리, 다음 학업 성취도 평가에서 8이나 9등급을 받게 되는 건지!"

흥미로운 이야기를 30분 정도 나누고 나자 둘 모두 안더스의 사생활 공간을 침범할 수 있을 만큼 충분히 긴장이 풀렸다. 그때까지 안드레는 항상 아들 뒤통수만 보고 있었다. 물론 처음에는 안더스에게 뭔가 좋지 않은 일이 벌어졌거나, 아니면 안더스가 무슨 멍청한 짓을 벌였거나 벌이는 중일까 봐 걱정했지만, 그런 걱정은 조금씩 사그라들었다. 전화나 휴대폰도 울리지 않았고 아무도 현관문을 두드리지 않았다. 안드레의 걱정은 사비네 뤼케르 노이펠트가 나눠 가졌음에도 불구하고 그저 감정에서 비롯한 것이었다. 그 점을 인정할 수밖에 없었다.

안더스 방에 들어서자 둘은 정돈되지 않은 침대와 넘쳐나는 책꽂이, 바닥 여기저기 흩어져 있는 옷가지들로부터 인사를 받았다. 안드레는 책상으로 가서 뚜껑 열린 노트북의 전원을 켰다. 이 기계가 작동해서 사용 가능한 상태까지는 1분 이상 걸릴 거다.

안드레가 말했다.

"직장 동료 한 명이 패스워드를 찾으려면 가까이 눈에 보이는 주변에서 찾아야 한다고 했어요. 그건 우연히 조합되는 거래요. 이름이나 생일, 부부 이름, 결혼기념일처럼 딱 떨어지는 개념들보다 백배 낫지요. 언제든 다시 찾아낼 수 있잖아요."

"그렇겠군요. 그리고요?"

사비네가 말했다.

"뭐, 주변을 둘러보세요. 뭔가 적당한 것을 찾았다고 생각되면 말씀해 주세요. 제가 아직 발견하지 못했거나 시도하지 않은 거라면, 선생님께 말씀드릴게요. 예를 들어 개의 여러 종자는 다 잊으서도 됩니다. 이미 모든 것을 다 해 봤어요."

"벌써 자주 시도해 보신 건가요?"

"걱정이 많은 아빠니까요. 저를 비난하지는 말아 주세요."

"절대로 그럴 수 없지요."

안드레는 사비네의 시선이 왼쪽에서 오른쪽으로, 오른쪽에서 왼쪽으로, 어수선한 방 구석구석을 훑으며 지나가는 모습을 유심히 보았다. 이 여선생을 방에 들어오게 한 것을 안다면, 멜라니는 어쩔 줄 몰라 할 것이다. 멜라니는 이 난장판을 제때제때 정리하는 것을 좋아했다. 어쨌거나 멜라니는 걸림돌만 되고 방이 하나도 정리되지 않은 것만 걱정할 거라고 안드레는 생각했다. 당신은 우리한테 아무 틈도 주지 않아. 멜라니, 당신은 스스로에게도 틈을 주지 못하지. 당신 숨이 막히고 있다고. 당신 곁에서 얼마나 더 지켜볼 수 있을지 나도 모르겠어. 슬픔이 몰려들었고 동시에 분노가 치솟았다. 안드레는 둘 모두를 억눌렀다.

"이건 어떤가요?"

"뭐요?"

사비네는 한 손을 뻗어 손가락으로 위를 가리켰다.

"포스터 말이에요. 책상 위, 은하수가 그려진 카드요. 등잔 밑이 어둡다잖아요. 안 그래요?"

안드레는 갑자기 목덜미에 가볍게 소름이 돋는 게 느껴졌다.

"오, 젠장!"이라는 말이 입에서 불쑥 튀어나왔다.

"뭐가요?"

"안더스가 잊어버린 패스워드를 찾으려고 여러 번 시도했어요. 한번은 아이 옆에 있었는데, 제가 '언제든 다시 생각날 것 같니?' 하고 물으니까, '그건 별에 있어요.' 라고 말했어요."

그렇게 간단할까?

그들은 동시에 책상 위 포스터로 몸을 구부렸다.

사비네가 속삭였다.

"별에 뭔가 있나요?"

안드레는 그 포스터를 한 번도 꼼꼼하게 살펴본 적이 없었다. 모든 별자리 그림들은-동물 자리뿐만 아니라-정교한 선으로 서로 경계를 이루고, 한 영역은 다음 영역과 맞닿아 있어서 안드레는 곧장 별자리들을 알아보고 몇몇 별자리 이름을 적어 놓았다. 상상력을 조금 동원하면 큰수레자리는 실제 수레처럼 보였는데, 사고 전 펠릭스는 밤하늘에서 그 수레의 모습을 직접 보여 주었다. 큰수레자리 혹은 큰곰자리가 경계를 이루고 있고, 그 아래에 라틴어로 Ursus major라고 표기되어 있었다. 큰곰자리 오른편으로 펼쳐진 별자리 윤곽을 보고 쌍둥이를 그려 볼 수 있었다. 그 아래로 큰개자리 또한 잘 알아볼 수 있었다. 큰개자리의 가장 밝은 별은……

정말 친절한 조언이군!

안드레는 몸을 앞으로 더 구부렸다. 책상의 스탠드가 방해되자, 안드레는 비스듬히 상체를 틀었다.

"저거 보이세요?"

"뭐요?"

"이쪽으로 조금 가까이 와 보세요. 그럼 이제 보이죠?"

"저기 저건…… 오!"

큰개자리에서 가장 밝고 가장 큰 별은 시리우스라고 불리는데 검정 바탕에 검정색 유성펜으로 표시되어 있고, 측면에서 별자리 위로 빛을 비춰야만 보였다. 아니면 안드레나 사비네가 지금 서 있는 것처럼 비스듬히 측면에서 바라봐야 했다. 이 각도에서 방으로 들어오는 채광에 조금 윤이 나는 포스터의 표면이 반사되기 때문이었다. 그 위로 뾰족지붕의 작은 탑이 반짝였고, 가느다란 선으로 간단하게 그려 넣은 깃발이 있다. 성루였다.

"저건 무슨 상징이죠?"

사비네가 물었다.

"곧 보여 드릴게요. 잠시만요."

랩톱은 부팅이 완전히 끝났다. 안드레는 초조하게 낮은 책상의 자에 앉았다. 그는 사비네에게 암호해독 소프트웨어의 작동 방식을 설명해 주고 요새와 성에 주의를 기울이라고 했다. 그런 다음 그 프로그램을 열었고, 바탕화면에 성이 보이자 연결하기를 클릭했다. 안드레에게 이미 익숙한 창이 열렸다.

패스워드

"이제부터 흥미진진해지겠군요."
사비네가 말했다.
안드레가 시리우스를 타이핑하자, 지시어가 뒤따랐다.

잘못된 암호이거나 트루크립트 난이 아님

"젠장, 그렇지만 아주 간단할지도 몰라. 그럼 어쩌면……"
안드레가 중얼거렸다.
안드레는 확인을 클릭하고 새 패스워드 입력을 시도했다. 대문
자와 소문자로 시리우스를 입력하다 다시 라틴어 표기를 대문자와
소문자로 바꿔 가며 연달아 시도했다. 소용이 없었다.

잘못된 암호이거나 트루크립트 난이 아님

"제가 해 볼게요. 제가 타이핑이 더 빨라요. 그 개념을 소문자와
대문자로 조합해서 가능한 것을 모두 시도해 볼게요."

사비네가 말했다.

안드레는 의자에 앉아 뒤로 물러났고 사비네가 큰개자리를 대문자와 소문자를 바꿔 연달아 입력하는 모습을 잠시 바라보았다. 그러고 나서 의자에 등을 기대고 목 주위를 두 손으로 감쌌다. 사무실에서 힘들게 생각을 곱씹은 다음에 하는 것처럼. 안드레는 두 눈을 감았다 다시 떴고, 두 발을 느슨하게 서로 부딪치다 천천히 의자를 돌렸다. 양쪽 벽면에서 수많은 개들의 수많은 눈들이 안드레를 응시하고 있었다. 모두 스무 쌍의 눈이었다. 안드레는 갑자기 속이 쓰려 오더니 다시 괜찮아졌다. 안드레는 헐떡거렸다. 사비네는 손가락을 자판에서 내려놓았다.

"당신은 알고 계세요."

사비네가 침착하게 말했다.

"행운이 함께한다면요."

안드레는 담담하게 말했다.

사비네는 옆으로 비켜섰다. 안드레가 의자를 돌리고 바퀴를 굴려 책상으로 왔다.

"개예요. 안더스가 갖고 싶어 했던. 안더스는 개와 생일이 꼭 같길 바랐어요."

그 개를 부퍼라고 부를 거예요!

안더스가 펠릭스였을 때, 펠릭스가 아직까지 이루지 못한 채 남아 있는 생일 선물.

내 생일날 부퍼를 동물병원에서 데려와요. 그러면 부퍼랑 내 생일이 같잖아요!

그렇지만 그랬을까? 자기 이름 대신 상상 속에 있는 동물의 이름을? 거기에 자신이 태어난 날짜를 더해서? 안드레는 여러 번 부퍼를 쳐 넣고, 10월 11일을 가능한 모든 대문자와 소문자를 조합해서 부퍼 앞뒤에 붙이고 이리저리 묶어 보았지만, 소용이 없었다. 안드레는 너무나 절망스러웠다. 정말이지 모니터를 부숴 버리고 싶었다.

사비네가 불현듯 큰개자리를 쳐다보았다.

"큰 개! 그렇다면 모두 대문자로?"

안드레는 부퍼를 대문자 WUFFER로 타이핑하고, 엔터 키를 누르고 변경 키를 눌러 날짜를 덧붙였다.

부퍼였다!!!

더 이상 패스워드를 새롭게 입력하라는 명령어가 뜨지 않았다. 안드레 앞에 다양한 선택사항이 있는 트루크립트 화면이 보였고 다음 단계로 진행하기 위한 선택을 기다리고 있었다. 안더스가 성이라고 부르는 컨테이너가 이제 가상의 드라이브에서 연결돼 보이는 것만 빼면 변한 건 아무것도 없었다.

"심장이 터져 버릴 것 같아요."

사비네가 안드레 옆에서 초조한 목소리로 말했다.

"다행이에요. 그럼 최소한 선생님 심장은 아직까지 뛰고 있는 거네요."

안드레가 말했다.

안드레는 기입란에 마우스를 대고 더블 클릭을 했다. 성이 열렸다. 성곽은 문서를 하나만 저장하고 있었다.

summer_fire.mp4

한 손이 가볍게 안드레 어깨 위로 올라왔다. 사비네는 곁에서 안드레를 향해 고개를 끄덕였다. 안드레는 고개를 끄덕이며 응답했고 연거푸 두 번이나 깊게 숨을 쉬었다. 그러고 나서 마침내 더블 클릭으로 비디오 파일을 열었다.

펠릭스가 엄청난 속도로 회복되는 모습은 정말 놀랄 만했다. 벤은 스포츠 가방에서 꺼낸 큰 수건으로 펠릭스를 문지르고 말렸다. 펠릭스는 비틀거리기는 했지만 굳건하게 두 다리로 버티고 섰다. 언제부터인가 펠릭스는 수건을 넘겨받아 스스로 계속해서 몸을 문질렀다. 한 번도 여름을 난 적이 없는 것처럼 밝은 피부가 까마귀처럼 새까만 머리카락과 미묘한 대조를 이뤘다. 입술은 아직까지 푸르스름했지만 점차 앵두처럼 빨간색을 되찾고 있었다.

"좀 어떠니?"

잠시 후에 벤이 물었다.

"괜찮아. 너는 어때?"

"나도. 옷이 젖은 것만 빼고. 그렇지만 갈아입을 게 있어. 엄마가 스포츠 수업 받는 줄 알고 있어. 엄마를 속였어. 나무에 꼭 올라가고 싶었거든."

"그래서 나무에 올라갔니?"

"그러지 않았으면 너를 못 봤겠지. 다 했니? 수건 좀 줘."

벤은 젖은 바지를 벗고 티셔츠를 벗었다. 벤도 젖은 몸을 말리기 시작했다. 벤은 호기심 가득 찬 눈으로 펠릭스를 뜯어보았다.

"너 머리 부딪쳤니? 물속 어디서든?"

"아니. 물속은 소음뿐이었어. 그 속에서 꼭 뭔가가 터지는 것 같았어."

펠릭스는 일어서서 세 발짝 떨어진 곳 여기저기에 놓여 있는 옷을 모아 입기 시작했다. 벤은 기다렸지만, 아무 소리도 들을 수 없었다. 마침내 벤은 참지 못하고 입을 열었다.

"너 기억을 되찾았니?"

"그래."

246

"그리고?"

"뭐?"

"다른 기억들도? 그러니까, 아직도 기억나? 안더스일 때 기억 말이야. 혼수상태에서 빠져나와서."

"그래. 분명히."

펠릭스는 셔츠에 머리를 끼우고 있었다.

벤이 걱정하는 것에 관해선 분명한 게 아무것도 없었다.

"이상하게 느껴지지 않아?"

"아니."

아직까지 펠릭스 안에 있는 안더스가 이런저런 말을 뱉어낸다는 증거가 필요하다면, 방금 그 증거를 제공한 셈이다. 그 누구도 기억을 잃은 채로 혼수상태에서 깨어나지 않으며, 머리를 한 번 부딪혔다는 이유만으로 본디 정체성을 새로운 것으로 바꾸지 않는다. 벤은 바지와 운동복 재킷을 입고 옆에서 친구를 뜯어보았다. 펠릭스는 아직도 젖은 머리카락을 두 손으로 매만져 모양을 내고 있었다.

"이제 슈탁에게 가 봐야 해."

펠릭스가 말했다.

"너…… 뭐?"

"이미 작년에 슈탁에게 가려고 했어. 슈탁한테 다 얘기하고 싶었어. 너도 알잖아. 너희 없이 얘기하려던 걸. 전에 니쎄가 눈치를 챈 것 같았어."

갑자기 벤의 목이 바짝 말라들었다. 벤은 침을 꿀꺽 삼켰다.

"어쨌거나 슈탁은 집에 없었어. 그래서 집으로 돌아간 거지. 그래서 그 다리를 건넜고. 산에서 내려와 그 지역을 통과해 왔거든. 왜 그래?"

벤은 방어적으로 고개를 흔들었다.

"슈탁에게 정말 다 털어놓으려는 건 아니지. 그렇지?"

"아니야. 맞아. 우리가 한 짓은 옳지 않았어. 아직까지도 사람들은 슈탁이 그랬을 거라고 생각하잖아."

"그렇지만 더 이상 아무도 이 일에 흥분하지 않잖아. 아무 증거도 없고. 슈탁이 그랬다고 생각한다는 증거 말이야. 사람들이 엄청 화를 낼 거야."

벤은 힘없이 덧붙였다.

펠릭스는 벤을 뜯어보았다. 방금 강에서 빠져나왔거나, 하늘에서 떨어졌거나, 아니면 땅에서 솟아난 아주 흥미로운 이물질처럼. 그렇지만 벤은 상대를 파고들던 안더스의 시선과 달리 더 이상 그렇지 않다는 걸 곧 알아차렸다. 그렇지만 이 시선은, 펠릭스가 더 이상 특정한 질문들에 대해 *어쩌면, 경우에 따라서, 다시 한번 생각해 볼게* 같은 답을 절대 알지 못한다고 말하고 있었다.

"지금 가야 해. 물에서 건져 줘서 고마워. 넌 좋은 친구야."

펠릭스는 몸을 돌려 풀숲에 누워 있는 자전거 쪽으로 갔다.

"니쎄와는 더 이상 상관하지 않을 거야. 네가 우리 사이에서 결정을 내릴 필요는 없지만, 난 네가 니쎄와 함께 있지 않을 때만 너를 만나게 될 거야. 니쎄는 너무 까매."

"그래. 나도 알아."

벤은 펠릭스가 자전거를 끌고 가는 모습을 뒤에서 바라보았다. 그러고서 뭔가가 떠올랐다. 벤은 크게 소리쳤다.

"너 뭔가 봤니? 물속, 아래쪽에서?"

대답이 없었다. 펠릭스가 길로 접어들어 자전거를 탈 때까지 벤은 계속해서 그를 바라보았다. 그리고 물가로 가서 스포츠 가방과 젖은 옷을 집어 들고 나무로 되돌아가 나무둥치에 앉았다.

내가 그의 생명을 구해 줬어.

벤의 몸이 떨리기 시작했다. 이빨이 딱딱 부딪쳐 조금도 멈출 것 같지 않았다. 벌떡 일어나 두 팔을 흔들고 두 다리를 털었다. 몸을 움직이자마자 떨림이 가라앉았다. 벤은 두 번째로 밧줄에 기어 올라가 굵은 가지에 앉았고, 임시 사다리를 풀어 바닥으로 떨어뜨린 다음, 아래로 가볍게 뛰어 내렸다.

최소한 2미터 높이에서

나쁘지 않군, 친구.

그래, 그런데……?

닉세 쪽으로 얼마나 깊이 내려간 걸까?

그런데 그게 바로 그거였나? 그래, 바로 그거였어. 더 빨리, 더 높이, 더 멀리 이런 것들. 모든 것을 능가하려는 것. 최고가 되려는 것, 첫째가 되려는 것, 가장 큰 알을 차지하려는 구역 싸움. 그 이상도 그 이하도 아닌 바로 그것이 작년에 말도 안 되는 짓거리를 벌이게 한 거야. 아무도 그런 일에 손을 대서는 안 됐어. 그런데 지금 펠릭스가 다시 그 일을 들쑤시려 했다. 진실이 빛 속에서 드러나자마자 악마가 발동을 걸 거다. 벤의 부모님은 평소에는 벤을 너무나 걱정하는 나머지 오래전부터 위치 추적기를 달고 싶어 하는 정도였지만, 이제 허락만 된다면 벤을 죽이려 들 거다. 벤은 저도 모르게 오른손을 운동복 바지 주머니에 찔러 넣었다. 그러자 스포츠 가방에 둔 젖은 청바지에 휴대폰이 들어 있다는 사실이 떠올랐다. 전혀 좋은 상태가 아니었다. 어쨌거나 그 기계는 지난번 통화에서도 삡 소리를 냈다. 강물에 완전히 빠뜨리진 않았지만, 간단하게 샤워할 때보다 물에 더 많이 닿았다.

벤은 스포츠 가방에서 청바지를 거칠게 꺼내 더듬더듬 휴대폰을 찾아 살짝 눌러 보고는 아직 화면이 빛나는 걸 어렴풋이 알아챘다. 작고 규칙적인 신호음이 귓가에서 고르게 울렸다. 단축키로 니쎄 전화번호를 누르자 꼭 모깃소리 같은, 단지 모깃소리보다 덜 거슬리는 낮은 주파수 소리가 났다. 그렇지만 더 이상 호출음은 아니었다.

벤은 기다렸다.

신호음 사이로 뭔가 딱 소리가 났다.

"니쎄?"

벤이 다급히 불렀다.

"니쎄, 내 소리 들려?"

"……세요?"

"핸드폰이 맛이 갔어. 잘 들어. 펠릭스가 슈탁한테 가고 있어! 펠릭스가 슈탁한테 다 털어놓으려고 해! 나한테 다시 전화 좀 해, 알았지?"

신호음만 들렸다.

"니쎄, 내 말 들려? 펠릭스가 슈탁한테 가고 있다고!"

"……내…… 알…… 할…….."

이런 소리 말고는 아무것도 들리지 않자 벤은 너무나 두려웠다.

"뭐라고?"

신호음마저 희미해지더니 전화가 뚝 끊기고 아무 소리도 나지 않았다. 벤은 휴대폰 화면을 보았다. 꺼져 버렸다. 강물에 빠졌다 건지면서 이 기계는 영원히 잠들어 버렸다. 벤은 쓸데없는 기대인 줄 알면서도 니쎄가 다시 전화를 걸어 오기를 몇 분 동안이나 기다렸다. 그러고는 휴대폰에서 유심 카드를 빼내 주머니에 넣고 란 강가로 몇 발짝 빠르게 다가가 분노에 찬 고함을 지르며 기계를 강으로 던져 버렸다.

깊은 곳에서 흐느낌이 터져 나왔다. 수많은 장면과 수많은 소리가 몰려들었다. 슈탁의 양계장. 불꽃. 여기저기 흩어진 키 작은 식물들이 먼저 떠올랐고, 그러다 키가 웃자란 꽃들도 동시에 떠오르기 시작했다. 마지막으로 활활 타올라 하늘을 집어삼킬 듯 불타던 울창한 숲이 떠올랐다. 벤은 일 년도 넘게 걸려 이런 장면들과 현실로 인정하기 어려울 만큼 끔찍한 닭들의 울음소리를 멀리하는 데 성공했다. 그 사건에 대해 생각하는 걸 스스로 금지해 왔으며, 노인에 대한 연민 역시 금지해 왔다. 마음이 흔들릴 때마다 그의 정신은 자동으로 자신의 나약함을 산산이 부숴 버렸다. 심지어 올해 부활절에는 불을 붙이는 행사도 건너뛰고 부활절 달걀 찾기 같은 한심한 짓도 포기했다.

모든 것이 잘됐다. 그렇지만 이제 더 이상 잘되지 않을 거다. 일분 일 초가 지날 때마다 견디기가 점점 더 힘들어졌다. 벤은 절망적으로 풀을 걷어찼다. 고개를 젖히고 위를 바라보았다. 몰려오는 잿빛 감도는 초록빛 뇌우가 너무 무겁고 깊어 땅을 짓누르는 것 같았다. 생각을 거듭할수록 니쎄에게 전화한 건 잘못이었다는 판단이 확실해졌다. 끊어진 몇몇 소리를 알아듣기는 어려웠지만 해독하기는 어렵지 않았다. 그 소리는 내가 알아서 할 것이다였다.

벤이 한 문장 때문에 엄청난 공포에 휩싸이는 일은 드물었다. 니쎄만 아는 숲속 어딘가에 뭔가가 숨겨져 있을지도 모른다고 벤은 일 년 내내 생각하고 있었다. 벤은 도시축제가 열린 지난해 여름, 니쎄가 밤마다 어둠을 뚫고 수레 사이에서 모습을 드러내는 걸 보았다. 어둠은 니쎄를 빛으로 내몰려 했지만, 동시에 어둠이 니쎄를 꼭 붙잡고 있거나 어둠이 니쎄에게 묶여 있는 것 같았다.

니쎄는 너무 까매.

벤은 깊은 슬픔에 잠겨 빨간 너도밤나무의 이파리 지붕 아래로 되돌아왔다. 거대한 줄기에 등을 바짝 기대고 앉아 눈을 감고, 한 손은 매끈하고 서늘한 나무 가장자리에 얹고 다른 손 손가락으로 건조하고 단단한 바닥을 파고들었다. 이런 식으로 하늘과 땅이 연결되고, 위로를 받고, 대답을 듣기를 소망했다. 무엇을 하고 무엇을 내버려 둬야 하는지에 대한 대답을. 그러나 땅은 침묵했고, 한참 전부터 창백한 잿빛 하늘은 멀리서 들리는 천둥소리만 낼 뿐이었다. 하늘은 언제나 사람들에게 선택의 기회를 줄 준비가 되어 있지만, 절대로 사람들 선택을 대신해 주지 않는다고 말하는 것 같았다.

그러면 좋다. 니쎄는 자신이 하려는 걸 할 거다. 벤은 집으로 돌아가 모든 걸 부모님께 털어놓을 거다. 이런 이야기는 경찰한테 듣는 것보다 자식에게 듣는 게 더 낫다. 그리고 나면…….

"그리고 나면 안녕, 여러분이지."

벤은 낮은 소리로 중얼거렸다.

벤은 물건들을 챙겨서 목표를 향해 힘차게 출발했지만, 오베르뮐 다리에 이르자 깜짝 놀랐다. 집으로 향하는 왼쪽 길 대신 오른쪽 방향으로 꺾었기 때문이다. 새로 접어든 길은 짧았지만, 어쩌다 또래들이나 트레이너를 만나지 않도록 서둘러 바퀴를 굴렸고 스포츠센터를 통과했다. 스포츠센터를 지났지만, 그의 페달은 늦춰지지 않았다. 모든 희망을 걸고 벤은 펠릭스가 슈탁에게 가는 대신 집으로 갔기를 끝까지 바랐다. 그렇지만 다급하게 울리는 벨소리에 문을 열고 놀란 눈으로 뚫어져라 벤을 쳐다본 이는 바로 안드레 빈터였다.

형사사건 : 슈탁의 양계장 방화, 클라겐바허길

비디오 자료 summer_fire.mp4 평가

(수사팀장 클라우스 타우흐만이 조서 검토)

칸트슈, 벤(이하 벤)

팔라슈, 니쎄(이하 니)

빈터, 펠릭스(이하 펠)

영상 자료 1과 2는 펠이 촬영, 영상 자료 3은 니가 촬영.

모든 녹화는 펠의 휴대폰으로 이뤄짐 : 해상도가 높고 세부 사항까지 매우 선명함.

영상자료1

장소 : 문이 닫힌 차고 내부(니 부모의 집. 푸흐가세 51)

시간 표시 : 19 : 27h – 19 : 28h

니가 두 손에 빨간색과 흰색 헝겊 가방을 들고 있다.

벤은 니 옆에 흥미롭다는 듯 서 있다.(자주 웃는다.)

펠(화면에 보이지 않고 카메라 조작)

니는 두 개의 헝겊 가방을 내려놓고, 그중 한 개의 귀퉁이를 잡아내려 병 하나를 꺼내 카메라를 향해 들어 올린다.

가방마다 갈색 액체가 든 똑같은 유리병 세 개가 들어 있다(1리터짜리 투명한 병). 다른 가방도 마찬가지다.* [*GCMA 3a에 따른 조제 화염 족매제]

니 : 그러니까, 이게 그 물건이야.

벤 : 이런 건 어떻게 만드는 거야?

니 : 영업 기밀이지, 자식아.

벤 : 그렇겠지. 어쨌거나 인터넷에서 찾을 수 있어.

펠 : (목소리만) Genau. Kaumm dort kom.com

벤 : (웃는다.)

니는 다시 가방을 닫는데, 신경이 곤두선 것처럼 보인다.

니 : 오케이. 창문 닫아. 이제 출발해야 해.

벤 : 이제 우리한테 말 좀 해 줘. 어디로 가는데?

니 : 그냥 따라와. 너희도 깜짝 파티를 망치고 싶은 건 아니겠지?

(카메라가 꺼진다.)

영상자료 2

장소 : 알 수 없는 숲길, 명도가 좋지 않음.

시간 표시 : 20 : 14h – 20 : 16h

니와 벤 둘은 활기차게 길을 간다.

펠(화면에 보이지 않고 카메라 조작)

바닥이 울퉁불퉁한 것 같고, 카메라가 불안정하게 흔들린다.

펠 : (목소리만) ……사람들이 우리 시체를 찾고 영상까지 찾게 되면, 흔들거리는 이 비디오 영상을 보면서 우리가 마지막까지 얼마나 발버둥쳤는지 잘 알게 될 거야.

니 : 여기에 시체 따윈 없어. 너희가 그렇게 되는 건 말도 안 돼.

벤 : 잠깐, 근데 나 이 길 알아. 이건 클라겐바허길이야!

펠 : (목소리만) 뭐…… 진짜야?

벤 : 주택 지역을 거쳐 왔으면 알아봤을 텐데. 근데 위쪽에서 숲을 통과해서 오다 보니…….

펠(카메라를 들고) 잠시 멈춰 선다.

펠 : (목소리만) 그런데 여기서 그가…….

벤 : (몸을 돌려 계속 다가서면서) 그래서 뭐?

펠은 다시 걸어서 니와 벤을 따라잡는다.

펠 : (목소리만) 여기 어딘가가 슈탁네 집 마당이야.

벤 : 내가 뭘 모르는 거야? 그게 누구야?

펠 : (목소리만) 우리 수학 과외 선생님.

니 : 자식, 슈탁은 닭 장수야. 주말시장에서 한 번도 못 봤어? 얼마

전에 우리 엄마랑 슈탁이랑 싸웠어. 슈탁네 달걀 때문에.

펠 : (푸하고 입술을 떨기 시작한다.)

벤 : (킥킥거리며) 이 자식, 야, 이 짜샤, 내가…… 별 짓 다 하게 되

네…… 슈탁 달걀 때문에! (계속 웃는다.)

니 : 아가리 닥쳐, 이 멍청아!

벤 : (웃는다.) 달걀 장수!

니 : 어쨌거나 그 인간이 멍청하게 우리 엄마 성질을 돋웠지. (몸을

돌려 직접 카메라에 얼굴을 들이대고 웃는다.) 그래서 오늘 모두를 위

한 닭날개 구이가 있어.

펠이 다시 멈춰 서 있다. 니와 벤도 멈춰 선다.

펠 : (목소리만) 헐, 난 모르겠어. 꼭 그렇게…….

니 : (빠르고 큰 소리로) 당연히 꼭 그래야지. 장난치는 거지! 숲속 주차장에 있는 나무 벤치나 하나 태우자고 이것들을 챙겨서 숲을 가로질러 끌고 온 게 아니거든! 이제 재수 없는 휴대폰 좀 집어치우고, 너도 좀 들어라. 그리고 도착하자마자 우리는…….

(카메라가 꺼진다.)

영상자료3

장소 : 클라겐바허길, 슈탁의 양계장 앞 풀밭

건물 + 부속건물을 잘 볼 수 있음

시간 표시 : 20 : 21h - 20 : 25h

니와 벤, 판자로 된 벽(닭장) 앞에 서 있다.

니는 첫 번째 가방에서 병을 하나 꺼낸다. 가방 둘 다 그의 발치에 있다.

펠(화면에 없고 카메라를 조작한다.)

니 : ……드디어 물건에 불을 붙여야겠지?

펠 : (목소리만) 당연하지.

니 : 이제 그럼, 닭들한테 버터를 칠하자!

니는 바지 주머니에서 라이터를 꺼낸다. 라이터를 켜자마자 라이터에서 불꽃이 피어오른다. 니는 주저하지 않고 도화선에 불을 붙인다.

니 : (노래를 부르며) 따르릉, 따르릉, 비켜나세요…… 불쟁이가 나갑니다 따르르르릉!

'불쟁이' 하고 노래하는 순간 니는 닭장 세로 면을 향해 첫째 병을 던진다. 벽에 부딪히면서 1미터 정도 반경에 불이 붙는다. 불길이 곧장 솟아오르더니 순식간에 번진다.

벤 : 와우!
펠 : (목소리만) 너무 늦어 버렸어!

니는 건물의 세로 벽을 따라 계속 걷는다.
벤과 펠은 그 뒤를 따른다. (카메라가 심하게 흔들린다.)
니가 멈춰 서 있고, 펠은 (카메라를 향해) 헝겊 가방을 들어 올리며 윙크한다.

니 : 이제 너야.

펠 : (목소리만) 뭐?

니 : 이제 네 차례라고. 자, 빨리 해. 서둘러! 장담하는데, 너 엄청 좋아할걸! 진짜 좋아할 거야!

니는 여러 번 손을 털고 카메라 쪽으로 간다.

니 : 야? 너 떨고 있냐? 내놔. 핸드폰은 내가 맡을게.

니가 핸드폰을 가져가자 카메라가 흔들린다.
역할을 바꿔 펠은 이제 병이 두 개 들어 있는 가방을 든다.
두 번째 가방은 니 옆에 있다.
펠은 고개를 젓는데, 이때 옅은 미소를 짓는다.(불안한가?)
카메라와 불꽃이 켜진 라이터가 니 손에 들려 있다.

니 : (목소리만) 이리로 와서 도화선만 갖다 대. 그리고 그릴 할 예쁜 곳만 찾아내.(웃는다.)

펠은 거의 망설이지 않는다. 건물 앞에서 방향을 가늠한다. 도화선에 불을 붙이고 곧장 병을 던진다. 닭장 벽면 왼쪽 모서리를 맞춘다. 불

꽃이 사방으로 튀며 활활 타오른다. 대략 1.2미터 정도의 반경. 갇혀
있는 닭들이 꼬꼬댁거리며 시끄러운 소리를 낸다. (이때부터 계속해서.)

펠 : (소리를 지르며) 와우! 오, 맙소사······.

펠 : (목소리만) 그래! 바로 그렇게!

펠 : 오, 맙소사! 자식! 다음 것도 내가 할게!

펠은 닭장을 따라 오른쪽으로 꺾어진 곳에 있는 도구를 보관하는 헛
간으로 걸어간다.

니가 카메라를 들고 뒤따른다.

펠이 세 번째 병을 가방에서 꺼내고, 가방은 바닥에 떨어뜨린다.

니가 불이 켜진 라이터를 들고 팔을 뻗는다.

펠은 도화선에 불을 붙이고 병을 응시한다.

니 : (목소리만) 빨리 던져, 이 자식아. 우리한테 불붙기 전에!

펠은 병을 들어 올려 목표를 향해 던진다. 병이 비스듬히 날아간다.

그래서 세 번째 병이 가장 큰 불길을 일으킨다.

대략 1.5미터 길이에 1미터 높이.

벤은 확실하게 거리를 두고 서 있다.

닭들의 비명 소리가 점점 더 커진다.

펠은 학처럼 성큼성큼 원을 돌기 시작한다. 이때 팔을 위아래로 털고, 머리를 앞뒤로 덜렁거린다. 발작적으로 웃으며 소리를 지른다.

> **펠 :** 퍽, 퍽, 퍽, 퍽!…… 끝내준다. 인간들아, 진짜 끝내주는데. 대박 쩌는데! 헐, 대단하다고, 인간들아!

니가 몸을 돌리자 카메라가 흔들린다.

알아볼 수 없는 화면.

> **니 :** (목소리만) 아가리 닥쳐! 아가리 닥치라고! 저기 누가 와. 누가 온다고.
>
> **펠 :** 슈탁이야! 슈탁이 와!
>
> **니 :** (목소리만) 도망가, 튀어!

니가 펠을 따라 뛰자 카메라가 다시 흔들린다.

> **벤 :** (목소리만) 젠장!
>
> **니 :** (목소리만) 각자 다른 방향으로. 들었어? 다른 방향으로 튀어.

니가 카메라를 펠에게 넘겨 주자 카메라가 몹시 흔들린다. 카메라가 위로 덜커덕거리며 움직이자 두 번째 가방을 들고 숲 위쪽(도시에 있는 숲의 클라겐바허길 입구)으로 달려가는 니가 보인다. 화면을 가득 채우며 벤이 펠 앞에 선다.

벤 : 펠릭스, 뛰어!
펠 : (목소리만, 헐떡거리며) 맙소사…… 젠장, 대체 무슨 짓을.

(카메라가 꺼진다.)

오후 늦게까지 비가 내리지 않다가 마침내 온 하늘이 칙칙한 잿빛으로 변하고 음산한 구름더미가 치고 오르며 서로를 짓누르고 있었다. 첫 번째 천둥이 치자 에크하르트 슈탁은 시간에 딱 맞춰 페인트와 붓, 청소도구를 모두 닭장 안에 집어넣은 것을 기뻐했다. 그는 비가 쏟아지는 동안 닭장에 머물러 있을지 생각에 잠겼다. 어쩌면 구름이 물러가는 것처럼 뇌우가 가볍게 스치고 지나갈지 몰랐고, 그러면 닭장에 오래 머무르지 않아도 될 거다. 그렇지만 로미가 집에 혼자 있다. 로미는 천둥과 번개를 무서워했다. 로미는 신경이 곤두서면 아무데나 똥을 쌀 테고, 오늘 슈탁은 충분히 일했다. 슈탁은 공기에서 나는 냄새를 킁킁거리며 들이마셨는데, 외벽에서 풍기는 옅은 칠 냄새가 좋았다. 숲과 어울리도록 옆벽과 뒷벽은 어두운 초록색을 칠하고 앞벽은 모두 갈색으로 칠했다. 안더스가 좋아하는 투명 니스로는 도구와 사료를 넣어 둘 마당에 있는 작은 헛간을 칠할 거다.

그런데 어느 순간 빈터네 아들이 닭장 안으로 들어와 있었다. 안더스가 아닌 펠릭스 빈터였고, 그것도 과외를 받던 때와 다른 펠릭스임을 슈탁은 곧장 알아보았다. 닭장에 달아 놓은 창문 두 개로 햇빛은 거의 안 들어왔지만, 펠릭스의 회색 눈에서 불행을 읽어내는 건 충분했다. 슈탁은 벌써 속이 메슥거리기 시작했다. 슈탁은 말없이 고개를 끄덕여 예상치 못한 손님을 들였다.

펠릭스는 팔을 두 개 뻗은 거리까지 다가왔다. 이런저런 말도 없이 처음에는 머뭇거리다가 이내 점점 조리 있게, 점점 빠르게 이야기하기 시작했다. 펠릭스는 단 한 번도 시선을 떨구지 않았고 목소리도 전혀 떨리지 않았다. 내가 너무 걱정이 많았다. 슈탁은 생각했고, 아내가 그토록 사랑하던 바흐 칸타타 도입부의 슬픈 리듬이 떠올랐다. 펠릭스가 털어놓은 사실이 너무나 충격적이어서 슈탁은 키가 자기 가슴팍까지 오는 이 소년을 인정하고 존중하는 데까지 이르지는 못했다. 펠릭스는 자신의 죄를 스스로 짊어지고자 했다. 사실을 고백함으로써 자기 행동에 대해 성숙하게 책임질 수 있는 방법을 찾았다. 자신도 모르는 사이에 펠릭스는 이 순간 유년과 작별하고 있었다.

슈탁은 중간에 거의 질문을 던지지 않았다. 펠릭스가 왜 이 영상 파일을 보관해 왔는지 알고 싶었다. 이 기록은 화재에 대한 부정할 수 없는 증거인데. 바로 그때 펠릭스가 그 근거를 설명했다. 불을 지른 밤에 화염병 세 개가 남았다. 니쎄가 그 병들을 다시 가져갔는데 도망가는 길에 숲 어딘가에 묻어 놓았다. 니쎄는 며칠이 지나고 학교에서 다시 한번, 다른 장소에서 재미를 맛보겠다고 선언했다. 펠릭스는 이런 일이 또 생기면 경찰에 촬영 기록을 넘겨 버리겠다고 협박해서 이 말에 맞섰다. 그러면 자신도 죄를 덮어쓰겠지만.

게다가 지난해 펠릭스 생일날, 그 불행의 날에 펠릭스는 슈탁의 집으로 향했다. 슈탁을 못 만날지도 모르는데 왜 그랬을까? 양심의 가책이 펠릭스를 견딜 수 없게 만들어 슈탁에게로 이끌었다. 불을 지른 다음날 잠에서 깨어나 이미 양심의 가책에 휩싸였고 점점 더 고통에 짓눌렀는데, 특히 마지막으로 과외 수업을 받고 슈탁의 고통에 공감할 수밖에 없는 상황이 가장 끔찍했다. 무엇보다 절름발이가 된 닭이 그곳에 있었는데, 그 닭의 어린 생명에 대해 슈탁과 펠릭스는 함께 근심했다. 그리고 곧 엄마가 슈탁을 방화범으로 몰아 과외를 그만두겠다고 말했다. 그 끔찍한 저녁이 지나고 펠릭스의 삶은 가짜로 비쳐졌다. 그는 점점 더 거짓 속에서 살고 싶지 않았고, 마침내 조금도 거짓 속에 갇히고 싶지 않았다.

에크하르트 슈탁은 평정심을 유지하려고 애썼지만, 그의 상심은 너무나 깊었다. 펠릭스는 두려움 속에서 그를 자세히 살펴보았다.

슈탁은 이 일을 예감했을까?

그렇지 않다. 그렇지 못했다.

아팠을까, 아주 많이?

그랬다. 아팠다.

그런데도 용서할 수 있을까?

탕 소리와 함께 닭장 바깥문이 닫혔다. 슈탁은 바람에 문이 닫혔다고 생각했지만, 삐거덕거리며 덜컹거리는 소리가 났다. 그때 바깥에서, 의심의 여지 없이, 빗장이 걸렸다. 이제 더 이상 문은 안에서 열리지 않았다. 슈탁은 당황해서 우리에서 몇 발자국 걸어 나와 전실 문 앞으로 다가섰고, 펠릭스가 뒤를 따랐다. 슈탁은 뭐가 문제인지 알아보려고 했는데, 그때 닭장 뒷부분에서 다시 삐거덕 소리가 났고 창문 닫히는 소리가 두 번 울렸다. 노인과 소년은 갑작스러운, 모든 것을 삼켜 버릴 것 같은 어둠에 휩싸여 뒤쪽을 더듬어 보았지만, 이미 밖에서 빗장이 걸린 상태였다. 아직 둘은 아무 소리도 내지 않았다. 펠릭스가 옆에서 숨 쉬는 것을 들은 슈탁은 펠릭스 어깨 위로 더듬더듬 팔을 뻗어 올려놓았다. 둘은 안간힘을 써서 어둠 속에서 들려오는 소리에 귀를 기울였다. 닭장 주위를 돌고 있는 발자국 소리가 났다. 한 번, 두 번 쿨렁쿨렁 하는 소리가 들리는 것 같았고, 벤진 냄새가 닭장으로 스며들었다. 갑자기 펠릭스 눈에서 눈물이 흘러내렸고, 슈탁은 울부짖기 시작했다.

빈터네 차에서 사비네 뤼케르 노이펠트, 안드레 빈터, 벤 칸트슈가 뛰어내리는 순간 사비네가 들은 소리는 바로 이 울부짖음이었다. 이 소리를 듣고 그녀는 나무로 지은 건물 안에 사람이 갇혀 있음을 알았다. 그러나 결코 잊지 못할 장면이 시선을 사로잡았다. 닭장 옆벽 앞쪽의 풀밭 위로 니쎄 팔라슈의 가느다란 형상이 보였다. 금방이라도 소나기가 쏟아질 듯 어둠침침해져 잿빛 그림자로 보일 뿐이었지만, 그 형체는 동그스름한 금빛 불꽃을 쥔 채 팔을 뻗고 있었다. 바로 머리 위의 검은 하늘에서 하나 남은 별이라도 낚아챈 듯했다.

안드레 빈터는 끼익 브레이크 소리를 내면서 차가 완전히 멈추기도 전에 문을 열고 뛰쳐나와 전속력으로 니쎄에게 돌진했다. 어떤 대가를 치러도 상관없다는 듯, 목이라도 부러질 기세로 시내와 오래된 주거지를 통과해 미친 듯 속도를 내서 운전하던 모습과 똑같았다.

어떻게 불이 났는지, 이날 저녁 사비네는 젊은 여경찰의 아주 친절한 심문에도 정확히 말할 수가 없었다. 결정적인 순간에 니쎄에게 달려든 안드레 때문에 시야가 가려졌다. 사비네도 차에서 내렸다. 슈탁의 울부짖음이 귓속을 파고들었고, 안드레가 크게 고함치는 소리를 여러 번 들었다. 멈춰. 안 돼. 그만둬. 이런 말들이었다. 사비네는 조수석의 열린 문 너머로 안드레가 얼마나 빨리 달려가 니쎄를 덮쳤는지 보았다. 나중에 니쎄가 꿋꿋하게 주장한 것처럼 불꽃이 일어난 라이터를 손에서 놓치면서 불이 붙었는지, 아니면 니쎄가 이미 화염 촉매제를 뿌려 놓은 닭장 주변으로 던져 버렸는지는 언제까지나 미지로 남을 것이다.

안드레도 상황을 분명히 파악하기에는 모든 일이 너무 갑작스러웠다. 그렇지만 닭장 외벽에 칠한 염료는 칠을 막 끝내 놓았지만, 오후 시간이 지나면서 말라 있었다. 작은 나무집은 마치 부싯깃처럼 타들어 갔다. 이들 둘은, 니쎄처럼 안드레도 잠깐 1미터 높이로 치솟아 혀를 날름거리며 타오르는 화염에 휩싸인 벽 앞에 선다. 마치 가위로 섬세하게 자른 검은색 종이 공예품들의 날카로운 모서리 뒤로 금빛의 붉은 주황색 불이 활활 타오르며 어른거리는 것 같았다. 그리고 울부짖는 소리, 터져 나오는 고함. 말할 수 없이 높고 뾰족한 아이의 비명.

사비네는 달리기 시작했다. 그 순간 무슨 생각을 했느냐는 질문에 사비네는 대답하기 전 잠시 생각하고는 이마를 찡그렸다. 사비네는 아무것도 생각하지 않았다고, 단지 보았고, 느꼈고, 알았다고 했다. 그녀는 이제 두 팔이 화상을 입지 않는다면, 머리카락 혹은 적어도 두 손이 그을리라는 걸 알았고, 최소한 잠긴 두 창문 가운데 하나를 열어야 함을 추호도 의심하지 않았다. 왜 문이 아니었을까? 일단 문을 여는 것은 특별히 영리한 판단은 아니었을 거다. 창문이 더 가까이에 있었다는 점 말고도 안드레 빈터는 이미 자신의 행운을 시험해 보았다. 불이 났을 때 창문과 문이 동시에 열리면 무슨 일이 벌어지는지, 그 친절하고 젊은 남자 경찰은 확실히 알고 있었을 거다.

그렇게 펠릭스 빈터와 에크하르트 슈탁은 불타는 닭장의 창문으로 구조되었다. 펠릭스가 먼저, 절반은 안에서 슈탁이 받치고 절반은 밖에서 아빠가 들어 주어 나왔고, 뒤이어 기침을 하는 슈탁이 스스로 나왔다. 사비네는 비틀거리고 넘어지면서 그를 농장 부지 가장자리로 끌고 나왔다. 화염 속에서 오래된 나무 벤치를 봐 둔 것이다. 노인 입에서 연신 한 여자의 이름이 흘러나왔다. 너무나 고통스러운 충격이 생명을 위협하는 결과를 낳지 않기만 바랄 뿐이었다. 예기치 않게 어느 순간 벤이 곁으로 왔고, 슈탁 곁에 바짝 다가앉아 그의 어깨를 팔로 감싸며 위로의 말을 건네는 걸 보고 사비네는 감사했다.

이 모든 일이 벌어지는 동안 니쎄 팔라슈는 무너져 가는 소돔 성을 바라보는 롯의 아내처럼 서 있었다. 이제 사비네는 잰걸음으로 니쎄에게 다가가 두 팔로 그를 꼭 안았다. 니쎄는 조금도 저항하지 않았다. 사비네는 니쎄가 흐느끼는 소리를, 귓가에 쟁쟁한 울음소리를 이 순간 혼자 들으려 했다. 오로지 이 울음소리만.

벤은 안드레 빈터가 불구덩이에서 펠릭스를 안아 몇 미터 앞쪽으로 데려와 아들을 껴안는 모습을, 아주 세게 끌어안는 모습을 보았고, 이어서 사비네 뤼케르 노이펠트가 니쎄를 껴안는 모습을 보았다. 한순간 말할 수 없는 외로움이 몰려왔다. 벤은 슈탁의 어깨를 감싼 팔을 더 세게 둘렀고, 죽은 아내를 부르던 슈탁의 소리는 점점 잦아들다 아무 소리도 나지 않았고, 이윽고 건조한 흐느낌이 흘러나왔다.

안드레 빈터가 아들을 풀어 주고 손가락으로 벤치 쪽을 가리키자, 벤이 손짓을 했다. 펠릭스는 고갯짓을 하며 몸을 움직였다. 펠릭스 아빠는 이미 휴대폰을 귀에 댄 채 사비네와 니쎄 쪽으로 갔다. 소방관, 경찰. 더 이상 오래 걸리지 않을 거라고 벤은 생각했다. 그리고 사이렌 소리가 구경꾼들을 불러 모을 거다.

펠릭스는 벤 곁에 앉았다. 떨고 있었다. 다가앉으며 말없이 벤을 보더니 곧 벤 너머 아무 말 없이 텅 빈, 놀랍도록 텅 빈 눈으로 어딘가를 응시하는 슈탁을 꼼꼼히 살펴보았다. 펠릭스는 벤에게 차 안에 있는 담요를 가져다 줄 수 있는지 물었다.

바로 불 앞에 앉아 있는데도 몸이 꽁꽁 얼어 있는 건 이상한 일이었다. 벤이 일어서자 펠릭스가 노인에게 바짝 붙어 앉았다. 벤은 걸어가며 펠릭스가 작게 속삭이는 소리를 들었는데, 어쩌면 슈탁 스스로 속삭이는 소리였는지도 몰랐다. 불길이 무섭게 탁탁거리고 시끄럽게 터지면서 주변의 모든 소음을 삼켜 버렸다.

빈터네 차 쪽으로 가면서 벤은 꺾일 줄 모르는 기세로 분노를 내뿜는 불길을 가만히 지켜보았다. 벤도 바로 이 자리에 한 번 서 보았다. 증인이나 구경꾼이 아니라 범인으로. 자기가 한 짓이 잘못이란 걸 잘 알고 있었지만, 용기가 부족했고, 두려움에 사로잡혀 있었다. 이제 그 속박은 끊어졌다. 그 자리에 나무가 있고 강과 불이 있었다. 더 이상 그 누구도, 어느 누구도, 다시는 벤의 의지를 사슬에 묶어 놓을 수 없을 거다.

담요를 가지고 벤치로 돌아온 벤은 펠릭스가 두 손으로 슈탁의 오른손을 잡고 있는 걸 보았다. 슈탁은 고개를 가슴까지 떨구고 있어서 꼭 잠들어 있는 것 같았다. 벤이 다가서자 펠릭스는 벤을 바라보며 살짝 웃었다. 비현실적인 빛이 두 눈에 서려 있었다. 마치 순수한 은빛이 두 눈에서 넘쳐흘러 쏟아지는 것 같았다. 은빛은 눈에 반사된 불빛을 덮었다. 점점 더 커지는 속삭임이 대기를 채우자, 비가 내리기 시작했다.

에필로그
이후와 이전

가을이 되어도 너도밤나무는 이파리를 떨구지 않는다. 다만 말라들 뿐이다. 다음 해 봄 새로 돋아나는 이파리들이 그때까지 매달려 있는 이파리들을 완전히 밀어낼 것이다. 그래서 소년은 태곳적부터 존재한 너도밤나무가 5월에 꽃망울을 터뜨리기 시작할 때를 조급한 마음으로 기다리고, 새 이파리들이 빽빽하게 돋아나 나무가 하늘을 찌르는, 빛나는 자색 횃불처럼 변하는 6월 초까지 조금 더 기다린다. 그때가 되어야 친구와 무성한 잎 사이로 몸을 완전히 숨길 수 있고, 나무 꼭대기에 올라앉아도 성 주변 산자락에 들어선 구시가지에서 보이지 않을 거다. 이제 둘은 함께 나무에 오를 수 있다. 이런 나무 타기보다 더 쉬운 일은 아무것도 없다.

둘은 나무를 타고 좀 더 편히 앉을 수 있게 10미터 높이까지 오른다. 그곳에서 둘은 다른 아이에 대해 이야기한다. 그의 부모는 그를 데리고 다른 곳에서 새 출발을 하려고 이사를 갔다. 둘은 그가 자신의 검음 가운데 얼마만큼을 가지고 떠났을지 궁금하다. 둘은 불에 타 그을린 곳으로 가 볼지 말지 고민하지만, 일단 없던 일로 한다. 아직 그럴 만큼 준비가 안 되었기 때문이다. 둘은 부모에 관해서도 이야기 나눈다. 소년의 부모는 얼마 전에 갈라섰는데, 잘된 일인지는 확실히 말할 수 없다. 정말로 그렇게 끝나 버린다면. 둘은 너도 밤나무 꼭대기에서 강과 그 속에서 어둡게 일렁이는 닉세 웅덩이를 보기 위해 더 높이, 아주 높이 나무를 타고 오를지 말지 잠시 의논한다. 그렇지만 뭔가가 둘을 멈칫하게 한다. 높이에 대한 두려움은 아니다.

결국 둘은 나무에 가만히 앉아서, 두 손을 머리 위로 뻗어 가지를 단단히 붙잡고 두 다리로 흔들흔들 그네를 탄다. 소년이 갑자기 정적을 깨뜨린다. 둘 다 지난 몇 달 사이 자랐다고. 손과 발은 물론 심지어 다른 신체에 맞게 머리까지 커졌다고. 소년은 뭔가가 자연스럽지 못하고 되다 만 것 같다고 말하지만, 친구는 자신도 똑같은 생각이 든다며 안심시킨다.

소년은 빽빽한 가지와 이파리 틈새로 아래를 내려다보며 눈으로 적갈색 닭을 좇는다. 닭은 나무둥치 바닥 어딘가를 파헤치고 있다. 또 오래전에 애완견 보호소에서 꺼내 오기로 약속한, 조금 나이 든 덥수룩한 잡종 개도 좇는다. 소년은 이 개에게 슈나이더라는 이름을 붙여 주었다. 이름을 부르자 개는 컹컹 짖으며 대답을 하고 소년과 친구는 웃는다.

바람이 살랑거리며 나뭇가지 사이를 훑고 지나가자, 새로 돋아난 밝은 붉은색 이파리들이 햇볕에 소란스럽게 일렁인다. 나무에는 두 소년뿐이고, 두 얼굴 위로 햇빛과 그늘이 번갈아 드리운다.

어쩌면 행운아, 안더스를 만나다

거센 성장통을 겪으며 정체성을 찾아가는 이야기는 청소년소설의 고전적인 주제다. 감당할 수 없는 혼란과 고통 속에서 소설의 주인공들은 흔히 자살을 택한다. 『어쩌면 행운아』도 이런 '뻔'한 모티프에서 한 발짝도 벗어나지 않았다. 그렇지만 이 소설은 완전히 달랐다. 뭔가에 홀린 듯 『어쩌면 행운아』를 읽게 된다. 눈에 보이듯, 냄새가 풍기듯, 맛이 느껴지듯 감각을 자극하는 표현들이 강렬하다. 아우라를 보며 불행과 질병을 읽어 내는 소년의 초자연적인 능력, 옛이야기 모티프가 펼쳐 놓는 새로운 시공간, 장마다 시선을 달리하는 이야기 방식 등은 이전 이야기들과 완전히 다른 톤으로 세계를 펼쳐 보인다. 삶에 대한 깊은 은유와 상징을 만날 수 있고, 때로는 한 편의 시처럼 머물며, 때로는 한 편의 드라마나 추리소설을 읽듯 암시를 찾고 추리하며 긴박하게 읽게 된다.

이야기는 시작부터 불길해서 오싹한 느낌을 준다. 부모가 아이에게 '행운아'를 뜻하는 펠릭스라는 이름을 지어 줄 때부터 주인공의 불행한 운명이 예고된다. 펠릭스는 엄마 차에 치여 혼수상태에서 빠졌다가 엄마의 임신 기간과 정확히 일치하는 263일 만에 기적적으로 깨어난다. 이러한 설정은 자신이 원하는 대로 아이의 삶을 만들어 가려던 엄마의 욕망이 치달은 파국을 보여 주지만, 펠릭스가 죽고 안더스로, 불행의 굴레를 깨고 또다시 펠릭스로 다시 태어나는 거듭남의 과정을 극적으로 조명한다. 나아가 모든 인간은 자신을 부정하고 또 긍정하면서 새로운 존재로, 진실한 존재로 거듭난다는 사실도 대면하게 한다. 불길한 시작의 극적 전개를 통해 기억을 되찾고 자신의 죄와 마주하며 양심에 따라 책임을 다하는 펠릭스의 거듭남은, 익숙한 진실을 낯설게, 잊히지 않도록 보여 준다. 삶은 자신에 대한 부정과 긍정의 연속이며 죽음과 탄생의 연속이라는 진실을.

혼수상태에서 깨어난 펠릭스의 고통은 강렬하다. 기억을 잃고 정체성의 위기에 빠진 자아가 현실의 부조리한 민낯과 대면하는 고통을 독자는 '이해'하는 대신 '감각'하게 된다. 자신의 이름조차 낯선 한 소년의 세계는 끊임없이 쏟아지는 색과 소리와 냄새들로 꽉 차 있다. "두 눈에 갖가지 색깔이 맺히자마자 색깔들은 냄새를 만들고, 갖가지 빛의 입자들은 맛을 만"드는, "빨간 음악, 사람들의 불행, 이 안에 감도는 썩은 맛"을 독자들도 같이 느낀다. 비릿한 쓸쓸함이 입안에 퍼지고 얼굴이 일그러진다.

　이런 과정에서 펠릭스는 자신을 안더스로 선언할 수밖에 없었다. '다르다'는 뜻의 anders에서 a를 대문자 A로 바꿔 얻은 이 이름은 자기 부정과 긍정, 거듭남의 동력이 된다. 이는 온순하게 길들여진 펠릭스와 자신은 전혀 다른 존재라는 선언이자, 자신의 뜻대로 길을 열어 가겠다는 의지의 표현이며, 아울러 자신은 남들과 다르게 세계를 본다는 자기 인식이기도 하다. 안더스는 타인의 질병과 불행까지 민감하게 읽어 내고 그 사실을 가감 없이 이야기함으로써 고통을 덜고자 하지만, 그의 진실된 목소리는 무시당하고 문제아로 낙인찍힌다. 이렇게 '다르다'는 것이 거부되는 닫힌 사회에서 안더스의 숨통은 점점 더 조여든다. 남과 '다른' 안더스는 설 자리를 잃는다.

　잃어버린 기억을 찾아, 끝없는 자극으로부터 고요를 찾아 안더스는 위험천만한 란강 철교로, 방화범이자 닭 살해범으로 지목된 슈탁의 집으로 간다. 또 모든 나무의 시조인 듯 태고부터 서 있는 피나무로, 그리고 말 안 듣는 아이들을 두려움에 떨게 하는 검은 닉세 웅덩이로 나아간다. 용기를 다해 극한에 도전하며 금기를 깬다. 단순한 반항이 아니다. 자신의 혼란과 고통에서 벗어나기 위한 어쩔 수 없는 몸부림이며, 유일하게 시도해 볼 수 있는 도전이기 때문이다. 그렇게 30미터도 넘는 피나무 꼭대기에 올라 신의 시야를 확보하지만 이내 날갯짓하며 땅으로 떨어지고, 자신의 진심을 왜곡하는 세상에 대한 좌절로 닉세 웅덩이에 몸을 던진다. 창공으로 지하로, 알 수 없는 과거의 시간과 공간으로, 생명과 불화의 근원지로 나아간다. 온몸이 부서져라 살아 있음의 고통과 맞서다 죽음이 임박한 순간 안더스는 비로소 진실을 깨닫는다. 닉세 전설과 잃어버린 기억의 진실을. 친구들과 치기에 휩쓸리던 자신을. 불에서 느낀 쾌감과 그 속에서 무참히 죽어 간 생명들의 고통을. 그리고 그 모든 행위를 책임져야 한다는 것을. 이런 깨달음 속에서 안더스에게 평화가 찾아든다. 이제 안더스는 혼란과 고통에 갇힌 존재에서 풀려나 마침내 펠릭스로 돌아온다. 펠릭스는 사고 바로 전 하려던 일을 해내고 마침내 자유를 얻는다. 펠릭스는 더 이상 안더스가 아니며, 이전의 펠릭스도 아닌 거듭난 펠릭스로 다시 태어난다.

이러한 안더스의 여정은 독특한 방식으로 서술되었다. 각 장은 안더스와 밀접한 인물들의 시선으로 펼쳐지는데, 사이사이 다른 활자체를 이용해 인물들의 속마음을 드러낸 점이 인상 깊다. 특히 안더스가 기억을 되찾는 '닉세 웅덩이'에서는 세 가지 시선이 세 가지 활자체로 교차된다. 닉세 웅덩이로 들어가는 안더스, 닉세 전설, 그리고 닉세 웅덩이에서 절규하는 안더스의 내면. 그 안에서의 진실 찾기는 팽팽하다.

이런 서술 방식으로 인해 독자는 각 인물의 내면을 직접 들여다봄과 동시에 그들의 시선에 거리를 유지하며 자신만의 자유로운 해석 공간을 얻게 된다. 죽음의 문턱에서 절규하는 안더스의 목소리를 듣고 안더스가 펠릭스로 다시 태어나는 장면을 목격한 독자는, 안더스가 발견한 닉세 웅덩이의 진실과 안더스의 기억 찾기 사이의 연관을 스스로 상상하고 해석해야 한다. 검은 천사와 피나무에서의 추락, 니쎄라는 인물에 대한 해석도 열려 있다. 비록 사비네는 니쎄를 타고난 악의 괴수로 보았고, 안더스와 벤 역시 그러하지만, 니쎄가 앞으로도 계속 '검을지'에 대해 독자가 의심해 보게 되는 것은 바로 등장인물들의 시선을 객관적으로 보게 하는 서술 방식 때문일 거다.

『어쩌면 행운아』에서 만난 안드레와 멜라니, 벤과 니쎄, 슈탁, 사비네와 캄탈러, 힐데가르트, 게리와 라우라 등의 인물 역시 현실감 넘친다. 이들은 진실을 말하는 안더스로 인해 자기 자신과 대면하게 되고 그중 몇몇은 치유의 길로 접어든다. 외롭게 노년을 보내며 잿빛 생활을 하던 슈탁이 안더스와 오래도록 손을 맞잡고 온기를 느끼던 여운이 아직도 진하게 남아 있다. 학교라는 제도에서 완전히 자유롭지 못하지만 학생과 인격적인 관계를 꿈꾸는 사비네, 불안에 울부짖는 니쎄를 껴안던 순간 그녀가 품은 연민과 진정이 빛난다. 사랑하는 아들 손을 다시는 놓지 않으려는 안드레와 외부의 시선에서 조금도 자유로울 수 없는 멜라니를 통해 진실한 사랑의 관계는 어떠해야 하는지 곱씹지 않을 수 없다.

안더스, 아니 펠릭스의 현실을 다채로운 인물들과 시공간으로 촘촘하게 펼쳐 보인 『어쩌면 행운아』는 읽을수록 새로운 감상과 해석의 지점을 발견하게 된다. 이 독특하고 멋진 책을 함께 읽고 이야기 나눌 친구들을 빨리 만나고 싶다.

옮긴이 이 명 아